致青春 142

我有霸總光環

【第二部】

攻城為下

（下）

江月年年　著

高寶書版集團

目錄
CONTENTS

第一章　美麗的誤解

張嘉年看她醒來，他連日的愁緒終於一掃而空，吐槽道：「妳並沒有昏迷那麼久。」

楚楚伸出手，向他展示手指上的戒指，問道：「那這是什麼？」

漂亮的戒指閃閃發亮，戴的還是婚戒的位置。

張嘉年臉上浮現一絲心虛，他的視線飄到一旁，輕聲道：「送給妳的。」

楚楚滿意地點點頭：「看你如此上道，恭喜你提前轉正。」

張嘉年微微一愣，他見她靠坐在床上狡黠地笑，焦躁難熬的內心也終於平緩，失而復得的情緒油然而生。他向來患得患失，直到差點失去，才發覺如今的時光得來不易。

楚楚看他眼神盛滿柔光，專注地盯著自己，嘀咕道：「好痛……」

果不其然，張嘉年大驚失色，連忙問道：「哪裡痛？」

楚楚眨眨眼：「全身都痛，要親親才會好。」

張嘉年：「……」

張嘉年聽到熟悉的無賴論調，他深吸一口氣，終於俯身上前，垂眸想要吻她。楚楚乖乖地抬起臉，卻聽見門口傳來一陣驚呼：「楚總醒啦？太好了！」

張嘉年被這聲音嚇了一跳，差點栽倒在她身上，他趕忙假裝沒事發生，又退回到一邊。

楚楚眉頭直跳，她被驟然打斷好事，咬牙道：「ＶＩＰ病房還如此吵鬧？」

楚楚：正常人在看到這一幕，應該要默默離開才對吧？大吵大鬧是什麼意思？

楚楚醒來的消息順利傳遍天下，親屬們魚貫而入，楚彥印打頭陣，張雅芳尾隨其後。楚彥印見她甦醒，差點聲淚俱下：「我的女兒……」

楚楚遲疑道：「我都跟你說過，我不是你女兒……」

楚彥印聞言，他立刻抹掉快要湧出來的眼淚，中氣十足道：「閉嘴！親子鑒定都在這裡，妳還敢胡說？」

楚楚在搶救期間需要輸血，加上趕來的胡醫生帶著楚家父女所有的檢查資料，自然能證明兩人的父女關係。

楚楚的血液資訊記錄得清清楚楚，從小到大沒有任何變化，怎麼可能不是他女兒？她肯定是在被綁架的時候怕他難過，所以口不擇言。楚彥印當時得知此事還相當錯愕，誤以為已逝的妻子給自己戴過綠帽。

楚楚執著道：「我都說了多少次？現在我是爸爸，你才是女兒！」

楚彥印：「……」

張嘉年看不下去，小聲提醒：「咳……在妳昏迷期間，交換就正式結束了。」父女交換的最後一天，正是楚楚搶救的日子，她在昏迷中結束擔當父親的任務。

楚楚聞言後頗感驚訝，臉上浮現出失落的神情，像是錯過寶貴的時光。

她沉思片刻，看向楚彥印，試探地說道：「我這次算不算是救了你一命？」

楚彥印應道：「算。」

楚楚冒險返回廠房救他，可謂有勇有謀。

楚楚：「那我這次就算償還生育之恩，我們以後可以公平地競爭爸爸之位吧？」

楚彥印斬釘截鐵道：「不可以！」

楚楚看他不上當，不滿地嘖了一聲。

張雅芳絕對是狀況外的人物，她被緊急叫來，只知道楚楚陷入昏迷，並不清楚大小楚遭遇綁架的事情。

她看到楚楚清醒後相當驚喜，楚楚看到她也萬分高興。兩人興高采烈地寒暄一番，張雅芳笑著感慨道：「都還沒沖喜，人就醒來啦？」

楚楚面色古怪，直接道：「雅芳阿姨，這都什麼年代了，居然還相信沖喜？這都是迷信的行為，妳要多跳廣場舞，少看網路上那些奇怪的文章。」

她和張雅芳的關係很好，知道對方經常看一些養生祕聞、道聽塗說的內容。

張嘉年沉默片刻，突然開口道：「……我回國後會好好監督她的。」

楚楚緊皺眉頭，小心翼翼地問道：「這是你出的主意？」

楚彥印冷靜地補刀：「嘉年甚至答應舉行儀式，不管我怎麼阻攔都沒用。」

楚彥印此時簡直揚眉吐氣，他作為堅守到最後的唯物論者，終於取得至關重要的勝利，真理果然是不以人的意志為轉移！

楚楚望著張嘉年長嘆一聲，實在搞不懂高學歷的張嘉年怎麼會信邪，難道是因為她以前聲稱自己是修士？他大概是病急亂投醫，才會什麼都答應。

楚楚望著張嘉年搖搖頭，無可奈何道：「像你這種思想較為落後的人，只能由我終身督促你學習進步。」

張嘉年當眾聽到「終身」一詞，莫名有點臉紅，手足無措地站在原地。

楚彥印替他打抱不平：「嘉年是關心妳……」

張雅芳在心底默默白了大老闆楚董一眼，心道他怎麼連抓個重點都能抓錯，關鍵字難道不是「終身」嗎？

張雅芳拉著楚彥印往外走，出言道：「讓他們獨處一下，我們先出去！」

楚彥印莫名其妙被張雅芳帶出病房，兩名長輩站在走廊裡交流。楚彥印不禁眉頭緊皺，頗不是滋味道：「妳怎麼如此平靜？他們可是……」

楚彥印得知楚楚和張嘉年的關係後大吃一驚，然而張雅芳卻波瀾不驚，看起來都不像當事人的母親。

雖然楚彥印早就見識過她潑辣的作風，但如今還是萬分不解。

張雅芳簡單暴力道：「我不打算操心他的婚事！」

楚彥印：「……」

張雅芳從很早以前就打定主意，不會干預張嘉年擇偶的事宜，她也不是閒到會去為難媳婦的惡婆婆，只是罵走過不少非要相親的古怪岳母而已。

如果不是張雅芳性情使然，以張嘉年的條件來看，早就被三姑六婆死纏爛打了。

張雅芳早已在心中想好，她要是跟未來的媳婦處得來，就留在目前的家裡；要是跟對方關係不好，就拍拍屁股回老家，喝茶、打麻將也挺開心的。

她思索一番，如果是楚楚的話……每週都可以相約喝茶和打麻將！

張雅芳小聲道：「既然日子已經定下了，不如……」

楚彥印：「？」

屋內，閒雜人等陸續離開後，讓楚楚和張嘉年有了獨處的空間。

楚楚的傷口尚未癒合，又一連接見這麼多前來探病的人，感覺身體有些疲乏。她靠著枕頭，幾乎要昏昏欲睡，卻仍忍不住好奇道：「你真的相信沖喜？」

楚楚頗感遺憾，要不是她剛才嘴快，是不是就可以滿足張總助的意願？

不過她不知道原書女配角的戶口名簿在哪，得回去找找看，難道在老楚那裡？

她正摸著下巴思考，便聽張嘉年輕聲答道：「……我不信。」

張嘉年當然知道這是無稽之談，只是自欺欺人的說法。

他靠在窗邊，眼神平靜而悠遠，垂眸道：「但妳如果一直沒醒，我好歹還有理由陪著妳。」

楚楚一愣，讀出他語氣中淡淡的落寞，隨即認真地建議道：「嗯……其實婚姻法給你的理由，會比迷信還要充分。」

張嘉年：「……」

楚楚振振有辭：「你真的不能逃避法律學習。」

張嘉年：「如何學習？」

楚楚：「在實踐中學習，在學習後實踐。」

張嘉年：「好。」

楚彥印和張雅芳被叫進屋，兩人皆一頭霧水。

楚彥印好奇道：「怎麼了？」

楚楚靠坐在床上，張嘉年沉靜地站在床邊，完全是一對璧人。她慢條斯理地鄭重宣布：「敬愛的老楚、雅芳阿姨，我們剛剛討論了一下，打算在最近訂婚。」

雖然張雅芳沒什麼反應，但楚彥印卻露出一臉疑惑的神情：「？」

楚彥印：「等等，這又是在演哪一齣……我都說了，沖喜是無稽之談！」

楚楚：「不，我們這次是想一起學習進步，才會做出這樣的決定。」

楚彥印雖然知道兩人的情況，卻覺得進度太快，下意識地反駁道：「我不同意，怎麼能如此草率……」

楚楚理直氣壯道：「政府都沒有不同意，你憑什麼不同意？」

楚彥印：「……」

楚彥印：政府也沒有同意啊？

張嘉年眼眸清亮，他誠懇而謙遜道：「請您放心，我會好好照顧楚楚的……」

楚彥印痛心疾首地捂住臉，恨鐵不成鋼道：「嘉年，你怎麼還是不明白？」

張嘉年明明才是最吃虧的人，怎麼被人賣了，還要幫忙數鈔票？為什麼不能稍微學會反抗？

張雅芳只差拍手慶祝，沒想到這麼快就美夢成真。她欣喜地望向楚楚，如同看到久別多年的孩子，親切地喚道：「我的小寶貝啊！」

「？」張嘉年聽到這話，他條件反射地做出反應，還覺得張雅芳女士有點肉麻。

張雅芳沒好氣道：「我沒在叫你！」

楚楚應道：「雅芳阿姨！」

張雅芳和楚楚激動地相擁，兩人只差熱淚盈眶，感人的親情重逢畫面，簡直讓觀眾潸然淚下。

張嘉年：「……」

張嘉年嚴重懷疑自己被當成跳板，促使臭味相投的兩人終於成為家人。

雖然楚彥印覺得訂婚一事有待商議，但全場似乎沒人在意他的感受。

唯一尊重楚董意見的張嘉年，還唯恐楚彥印不放心，他耐心地許諾保證，倒讓老楚更加受挫。

楚彥印見大勢已去，他思緒一轉，又惦記起訂婚宴。既然事情已成定局，那訂婚宴就變得至關重要，不但會在宴會上見證兩人的關係，更是楚楚首次在齊盛集團內正式亮相。

雖然所有人都知道大小楚的關係，楚楚也在齊盛電影工作過一段時間，但她還沒有真正走進集團過，也沒有跟紛繁複雜的員工們打過交道。

如今她快要成家，也理應立業，正好藉此機會漸漸融入。

儘管楚楚有些跳脫，但有張嘉年在旁輔佐，問題應該不大。

楚彥印想通一切後，竟然說服自己，直接道：「那訂婚宴就由我來籌備？」

楚楚對老楚的變臉功力著實佩服，他上一秒還反對，下一秒就自薦訂婚宴總召？

她開口道：「可以是可以……」

楚楚不好打擊楚董策劃活動的積極性，又覺得訂婚宴應該是以家庭為範圍的，便沒有過問太多。

她哪知道楚彥印已經在心裡擬出一整排名單，不但要邀請合作頻繁的大集團代表，還有齊盛內部的重要人物，人員複雜程度堪比升級版的齊盛年會。

等楚楚的傷勢痊癒後，便開始著手回國的事宜，她在臨走前還見了中文哥一面，儘管是隔著防護欄。

綁匪咕嚕哥被營救人員當場擊斃，在地上挺屍的中文哥卻撿回一命，但很快就被逮捕。他臉上的淤青已經褪去大半，只留下滿臉的雀斑，正在遭受警方的審問。

警方正在徹查雇凶的幕後人員，然而中文哥卻是一問三不知，畢竟他也是奉命行事。中文哥只覺得自己一睜開眼，事情便天翻地覆，他的搭檔直接喪命，自己被逮捕，腦袋還被敲出腦震盪。他剛開始還三緘其口，想用沉默來應對審問。

楚楚看他裝死，建議道：「你得用中文跟他說，萬一他只聽得懂中文呢？」

警方：「？」

楚楚坦白道：「他是留學生，所以會說中文。」

警方得知「會中文的留學生」這一點後，瞬間加快調查進度，獲得中文哥的詳細資料。因為中文哥背後的組織相當龐大，跟無數勢力有著不正當交易，所以查出幕後真凶的任務並不容易，只知道對方對楚彥印懷抱極大惡意。

中文哥等人潛入醫療機構許久，一直在暗中觀察楚彥印的行蹤，知道老楚此次是最後一次複查，才會當機立斷地行動。

楚楚早料到真凶不好抓，她坐在私人飛機上，心有餘悸地說道：「搞得我以後都不敢亂出國了。」

她以前天不怕地不怕，但現在是快要成家立業的人，還是要在乎自己的安危才行。

張嘉年想了想，認真地建議道：「不如雇一位保鏢？」

楚楚平時根本不會帶保鏢，她原本的司機是從大宅配備而來，曾兼顧保鏢的職責，後來也被她勸下車。

楚楚不喜歡身邊總有人圍繞著，不像楚彥印出行都有助理及保鏢。

張嘉年過去怕她覺得厭煩，所以沒有出言指正這些問題，但在經歷這次的事件後，顯然也把他嚇壞了。他不過是稍微離開兩人一下，大小楚居然就被人擄走，差點釀成慘案。

楚楚：「感覺保鏢都是叔叔級的人物……」

張嘉年平和道：「可以根據妳的要求招聘，妳想找什麼樣的？」

楚楚興致勃勃地盤點：「年輕一點，長得好看，身手矯健……」

張嘉年聞言，他目光猶如深不可測的冰山，嘴角掛上一絲若有若無的營業性假笑，安靜地聽著她開出來的條件。

楚楚在他的死亡視線下幡然悔悟，她憑藉強大的求生欲，特別強調道：「……而且要是女生！」

楚楚：（在作死的邊緣瘋狂試探.jpg）。

張嘉年面露猶豫：「如果是女生，可能有點困難……」

他還沒有小心眼到會拒絕任何異性靠近楚楚，畢竟是關乎到她生命安全的事情，但是女保鏢聽起來難度有點高。

楚楚：「總會有厲害的女孩子吧？」

楚楚回到公司後，張嘉年立刻通知王青招聘保鏢，他簡單地將楚楚的要求修飾一番，轉達給人事部門。

沒過多久，銀達投資的官網便掛上最新的招聘啟事，各大招聘網站上的資訊也隨之更新。

橘子俠：『銀達居然公開招聘總裁保鏢？四捨五入不就是男性向小說《美女總裁的貼身保鏢》？』

便利貼達人：『幫大家劃重點，要求的性別為女性，《贏戰》勝率百分之八十以上，且形象氣質佳（doge.jpg）。』

紅葉：『這是在招聘保鏢，還是招聘主播，如果真的符合條件，怎麼可能會想不開去應徵啊，勝率百分之八十絕對是大神，搞直播綽綽有餘！』

三角形：『ＶＩＲ都在銀達做高管了（doge.jpg）。』

花藤：『楚總：雖然我是菜鳥，但我的下屬都得是大神。』

楚總的條件極度苛刻，就連往日極有效率的人事部都束手無策，半天都招不到適合的人選。

如果是開普通的條件來招募，照理來說，可以跟很多保全公司聯絡，無奈沒有哪家公司碰過「遊戲勝率百分之八十以上」的苛刻要求。

好在楚總似乎對此事不太上心，並沒有三番兩次地催促進度。人事部只能長期掛著招聘廣告，只是成功的機會有點渺茫。

楚家大宅內，楚彥印像往常一樣回到家中。他在餐桌前落坐，整了整領帶，看向林明珠，問道：「她什麼時候會回來？」

楚彥印決定今天跟楚楚正式談談，有關她逐步進入齊盛事務的事情。

他在經歷此次大難後，突然想通很多事情。她是自己唯一的女兒，一味地懷疑她的能力和觀點，著實不是父親該有的行為。

楚楚當時都敢跑回廠房救他，他為什麼不敢讓她在齊盛大幹一場？

楚彥印回顧過去，或許真是當局者迷，旁觀者清。他深陷於此山太久，看不到險峰的全貌，才會在山間迷路。如今楚楚跟各大派系毫無牽扯，說不定真有解決問題的辦法。

林明珠詫異道：「誰？」

林明珠對大小楚在國外的腥風血雨一無所知，她只知道眾人耽擱了一些日子。在回來之後，老楚便提出要舉辦楚楚和張嘉年的訂婚宴。

林明珠想了想，恍然大悟地解釋：「她去嘉年家了。」

楚彥印萬分驚愕：「我怎麼不知道？」

林明珠：「她說既然交換已經結束，人與人保持一點距離，才會產生美感，不會天天過來了。」

林明珠同樣鬆了口氣，楚楚不在家，她就不用再裝作溫柔的後媽，工作量瞬間減輕不少。

楚彥印：「？」

楚彥印：父女情隨著她失去爸爸之位而瞬間變淡？

另一邊，張嘉年竟然逐漸懷念起在大宅的生活，他默默地擇菜，耳邊環繞著生命中最重要的兩個女人的有說有笑，內心毫無波瀾。

楚楚本來陪著張雅芳看電視，最終還是偷偷溜過來，詢問道：「需要我幫忙嗎？」

廚房內，張嘉年的袖子被挽起，露出白皙的手腕。他正握著菜葉，認真地工作。楚楚剛才就想過來幫忙，卻屢屢被張雅芳叫走，一直沒有機會。

張嘉年瞥了楚楚一眼，搖搖頭：「算了，她等等肯定又會叫妳……」

果不其然，身處客廳的張雅芳便再次喊道：「寶貝——」

張嘉年：「……」

張雅芳女士如此親熱的態度，讓他嚴重懷疑楚楚姓張，全名張楚楚。

他要是哪天被張女士收回姓氏，不能再姓張，只配叫嘉年，他也不覺得奇怪。

楚楚有點遲疑，她覺得把可憐的小朋友獨自留在廚房不好，但面對張雅芳又盛情難卻。儘管她小小地提出建議，張女士卻充耳不聞。

張嘉年對自己母親的態度見怪不怪，這本來就是兩人的相處方式。他眼神溫潤，語氣柔和道：「沒關係，妳出去吧，菜很快就好。」

楚楚左看右看，猶豫道：「真的不需要我幫忙嗎？」

張嘉年看楚楚止步不走，心知不安排一些工作給她，她斷然不會離開。他雙手溼透，不太方便擦乾，開口道：「妳幫我把圍裙拿過來。」

「哦……」楚楚環顧一圈，找到藏在旁邊的新圍裙，小心翼翼地拿過來，「……你要穿這件？」

楚楚望著圍裙，不禁陷入沉思。清新的藍色格紋上遍布著雪白色蕾絲，真是可愛又迷人的少女配色，非常符合張總助溫和有禮的人設？

張嘉年萬萬沒想到，家中新換的圍裙是如此模樣，他鎮定道：「謝謝，麻煩妳把它放回去吧。」

楚楚義正辭嚴：「我跟你說，這條圍裙真的很符合你的氣質，必須穿穿看！」

張嘉年：「哪裡符合？」

楚楚侃侃而談：「清新淡雅的馬卡龍藍，襯托張總助沉靜理性的心智，素淨雪白的蕾絲邊，象徵你純潔的內心，特別的配色能顯現出你宛如蓮花般中通外直、不蔓不枝的氣質……」

張嘉年：「……」

張嘉年：編，妳繼續編，怎麼沒人找妳去當國文老師？

楚楚唯恐天下不亂，她拿著圍裙圍著他轉，殷切道：「試試看吧，絕對很好看。」

張嘉年怎麼可能不知道她的鬼主意，無非就是想打趣自己。他彆扭地想要躲藏，推卻道：「我手上有水，不方便穿……」

楚楚真誠道：「我幫你穿！」

楚楚踴躍地提議，將張嘉年逼到角落，有種不達到目的便誓不甘休的執著。張嘉年瞟她一眼，最終服軟，卻還是強調道：「不准拍照。」

楚楚眨眨眼，立刻滿口答應：「好。」

楚楚：才怪。

張嘉年只得伸出手臂，任由她將過於少女的圍裙穿在自己身上，同時在內心吐槽張雅芳女士的審美。

楚楚興致盎然地開始動手，他肩寬腿長、身材挺拔，她雙手扯過圍裙的帶子，在他的腰間上打了個蝴蝶結。

雖然圍裙的配色有點奇怪，但從背面看居然還不錯？

楚楚望著張嘉年的背影，一時鬼迷心竅，竟忍不住上前，從背後抱住他，使勁地用臉蹭了蹭，像是強行擼貓的宵小之輩。

張嘉年沒料到她突如其來的舉動，他察覺到她猶如貓咪洗臉的行為，哭笑不得道：「怎麼了？」

楚楚幼稚道：「我是圍裙小精靈，正在防止你背後濺油。」

張嘉年：「……」

張嘉年：嗯，幸好她不是菜刀小精靈，不然他現在就完了。

晚上，楚楚在張家享用極合心意的一餐。儘管張嘉年顧慮她的傷口，禁止她食用過油過辣的菜色，但其他清淡的家常菜也很夠味。

飯後，三人又玩了一會兒牌，老年人張雅芳便率先休息，在漱洗後跟楚楚道晚安。

雖然大家未來會正式成為一家人，但楚楚這次仍舊住在客房。

她看張雅芳的房門關上後，便偷偷摸摸地跑到張嘉年的房門口，想要來個突襲，卻被他逮個正著。

張嘉年身穿居家服，正坐在床邊低頭看手機。他抬頭見她站在門外，便拍了拍自己身邊的位置，示意她坐過來，開口道：「正好，我剛才打算去找妳。」

楚楚聞言後面色古怪，她本以為張嘉年會推拉婉拒一番，沒想到他居然主動邀請自己，一改往日保守禁慾的作風。

楚楚疑惑地走進來，又聽他補充道：「把門帶上。」

楚楚眉頭微皺：「……嗯，這會不會太快了？」

張嘉年不解：「什麼意思？」

楚楚遲疑道：「雅芳阿姨還在隔壁，不然我們現在回燕晗居？」

雖然他們都是成年人，不用避諱太多，但還是得考慮周圍人的感受。

張嘉年明白她的意思後，頗有點惱羞成怒，咬牙道：「我只是想跟妳談談。」

楚楚乖乖地坐在床邊，她將手放在膝蓋上，像個正襟危坐的小學生，恍然大悟地拖長聲調：「哦……」

楚楚：「其實妳也可以想點別的？」

張嘉年：「……」

張嘉年唯恐她突然飆車或岔開話題，趕忙回到正題，說起正事：「楚董、楚叔叔讓我問問妳，完成百億目標後的規劃。」

張嘉年最近才開始改口，還有些不適應，時常口誤。

楚彥印卻發現種子選手化身自家人的好處，他本來就時常透過張嘉年跟楚楚溝通，現在變得更加方便。

雖然今年還沒過完，但銀達本年度淨利率絕對超過百億，主要貢獻方則是即將啟動IPO的光界娛樂。

楚楚問道：「老楚是不是打算履行約定，準備匯款給我了？」

她可記得清清楚楚，某人曾放下豪言，只要她完成百億目標，就要將所有家產轉讓給她。

張嘉年不料她惦記這件事，面露難色道：「嗯，楚叔叔好歹是妳的父親……」

楚楚振振有辭：「願賭服輸，身為父親更要有信用！」

張嘉年好奇道：「妳拿到賭注後有什麼打算？」

楚楚直接道：「把齊盛賣了，然後將錢匯進銀達。」

張嘉年：「？」

張嘉年接到楚彥印委派的任務內容，是要勸說楚楚逐漸步入集團處理事務，此時聽到她的藍圖規劃後，竟產生一絲猶豫。

他覺得賣掉齊盛的確像是她會幹的事，到時候肯定會把楚彥印氣死。畢生心血被人變賣，換做是誰都要心肌梗塞。

張嘉年比別人更理解楚楚的腦迴路，他當然不能讓她把齊盛賣掉，但跟屁孩硬碰硬只會造成反效果。他索性用她的邏輯，語重心長道：「但齊盛的部分業務如今很難脫手，總得經營得稍有起色，才能賣出高價……」

齊盛近年轉型艱難，沒有過去的風頭正盛，確實不在高估值的範圍內。

楚楚摸了摸下巴，若有所思：「有點道理。」

張嘉年見她認同，溫和地引導：「不如您先了解一下集團的情況，等時機成熟後，再做決策也不遲？您現在也沒辦法馬上拿到全部的資產，資產交接還需要一些時間，正好趁這段過渡期打好基礎。」

張嘉年為讓她走上明君路線，可謂煞費苦心，不但輕聲細語、循循善誘，連稱呼都換回營業式的「您」，生怕引發她造反的心理。

他覺得只要讓她先對齊盛集團產生興趣，別老是盼著集團破產，便是踏出成功的第一步。

楚楚被他說服，點頭贊同道：「好像可以。」

老楚按照約定，早晚都要把全部的資產給她，齊盛股權也是其中之一。雖然齊盛會破產，但她可以在適當的時機把手裡的股權賣出，然後狠狠地撈一筆，也算是發揮大集團最後的餘熱？

兩人一拍即合，楚楚同意逐步進入齊盛。

楚彥印得知張嘉年的勸說產生作用，無疑是最欣喜若狂的人，要知道他和姚興都曾暗示、明示過楚楚，但皆鎩羽而歸。楚楚每次都聲稱對齊盛毫無興趣，堅持集團會破產，鬧得不歡而散。

楚彥印誤以為楚楚改變觀念，哪知道張嘉年善意地隱瞞她想賣掉齊盛的事。欣慰的楚董看孽子終於開竅，考慮到孩子的工作積極度，決定大方地轉讓部分股權給她，以此鼓舞士氣。

楚彥印最終決定，將齊盛集團百分之二的股權，以及齊盛金融科技的所有股權轉讓給楚楚。

齊盛覆蓋的領域很廣，集團底下還有無數直接或間接控股的子公司，而文旅地產、文化娛樂產業和金融科技是集團的主力軍。

齊盛電影歸類在齊盛文化娛樂產業內，聯美購物則歸於齊盛金融科技，這些大大小小的組織又都屬於齊盛集團。

楚彥印先將齊盛金融科技轉讓給楚楚，原因很簡單，一是銀達過去對網路公司投入較多，且成績都不錯，經典案例如光界娛樂的《贏戰》、微夜科技的微眼等，楚楚在該領域容易讓大眾信服；二是聯美購物曾最先響應帳號互通，其CEO呂書跟齊盛金融科技的董事呂俠是叔侄關係，他們看起來也是站在楚楚這一邊的。

不得不說，這是一場天大的誤會，楚彥印並不知道，楚楚是靠拐騙才拿下呂書及聯美，只當呂家人跟她是一夥的。

楚彥印將股權轉讓給楚楚的消息還沒傳出去，便先讓集團內部的員工亂成一團。

雖然大家都猜到會有這一天，但親眼見證歷史的感覺，還是挺微妙的，而齊盛金融科技董事呂俠則是此次事件中最尷尬的人。

董事會結束後，眾人看到呂俠起身，紛紛或恭維或怪笑道：「呂董，前途不可限量啊！」

老油條們都有些心照不宣，雖然偶爾會聯手，卻也會彼此攻訐。

大家都沒想到，呂俠平時看起來是個老好人、牆頭草，誰能想到他私下卻抱上太子的大腿。

「老呂，水能載舟，亦能覆舟啊。」有人意味深長道。

呂俠露出客套的笑容，波瀾不驚道：「有勞諸位提醒。」

呂俠面上鎮定，其實心裡早就將呂書痛罵一百遍。

他萬萬沒想到，由於自家侄子愚蠢的行為，他們家莫名成了所有人的眼中釘？他向來奉行中庸之道，不願做出頭鳥，如今卻淪落眾矢之的，還被逼迫輔佐太子！

呂俠是有苦難言，楚楚現有的股權占比高於自己，在齊盛金融科技內擁有最高話語權。他也不能跑去告訴楚董，姪子根本沒有答應這件事，這大概會被楚董厭惡。

辦公室內，聯美CEO呂書又被叔叔呂俠痛斥了兩小時，內心憂鬱得只想看《哆啦A夢》。

呂俠罵得口乾舌燥，他喝了口茶水潤潤嗓子，說道：「明天你去接她，先帶她到公司裡轉轉，介紹一下業務。」

呂書面露猶豫：「這不好吧，您明天不露面嗎？」

呂俠嗤笑道：「我怎麼可能跟姚興一樣沒出息，還跑去巴結她？我們當初進集團的時候，她還沒出生呢！」

呂俠最看不起理工男姚興，姚興簡直唯楚家人馬首是瞻，又靠溜鬚拍馬來哄小楚總幫齊盛票務搞帳戶互通。如果不是因為這件事，呂俠怎麼會淪落到今天這種地步？

呂俠想了想，又補充道：「你該給她的尊重還是要給，別讓人留下話柄，但我不會馬上出面，最遲也要等到晚上。第一次見面很重要，不能讓她覺得一切都輕而易舉。」

呂俠在這個關鍵時刻，只能選擇走輔佐太子的路線，但他堅持要幫自己打造重臣人設，決心推拉一番。

想當年，劉備三顧茅廬才得見諸葛亮，呂俠覺得自己也不是隨隨便便就能見的人！

呂書欲言又止，他總覺得楚總跟叔叔想得不太一樣，卻又礙於長久以來的教育和壓迫，不敢貿然挑戰叔叔的權威，索性將話咽回去。

呂書：雖然叔叔的想法很好，但總覺得跟現實有差距？

第二天，楚楚走馬上任，迫不及待地去看自己的新產業。她沒有馬上追著要齊盛剩下的資產，畢竟銀達還沒正式把四百億匯給老楚，老楚就先慢慢過渡手上的資產給她，顯然很有誠意，再催就有點過分了。

殊不知，父女倆在張嘉年含蓄的轉告下，產生微妙的誤會，楚彥印給股權是讓她闖出一番事業，楚楚卻以為股權是百億約定的賭注。

齊盛金融科技有著獨立的大樓，便是楚楚上次到訪聯美購物的地方。

辦公大樓內每層的公司都不同，但都屬於齊盛金融科技。

張嘉年最近忙於處理光界娛樂ＩＰＯ的事務，今天便沒有陪同過來。

呂書看到楚總及其祕書王青後，先領著一行人在每層樓轉了轉，最後將她帶入會議室。巨大的會議室內，齊盛金融科技旗下的眾多CEO及高管齊聚一堂，跟新任大老闆楚總正式見面。

不，現在不能再稱她為楚總。

如今的她是齊盛金融科技的董事長，只能稱作小楚董，好跟集團的大楚董做區分。大家都有點緊張，一夜之間更換董事長，換做是誰都不太適應。

呂書本來還擔心小楚董詢問董事呂俠的下落，沒想到她連提都沒提。

呂書主持道：「先有請楚董說兩句？」

會議室內響起熱烈的掌聲，眾人的精神格外飽滿，背坐得挺直，把楚楚嚇了一跳。她從未感受過如此嚴肅的會議氣氛，落落大方道：「大家不用客氣，我是楚楚，很榮幸未來能與各位共事。」

楚楚：直到賣掉公司的那天。

她在簡單打過招呼後，又說了一些展望與規劃，便不再發言。

呂書不太習慣她言簡意賅的方式，悄聲道：「您不再說兩句嗎？」

如果換做是呂俠，該環節應該會長達兩小時。

楚楚：「？」

楚楚：「我說完了，而且我跟諸位是初次見面，不如大家介紹一下自己？」

呂書聞言也沒異議，讓眾人按照順序介紹自己、公司、產品及業務等。

楚楚才剛進屋，就覺得會議室內氣氛古怪，卻沒搞懂癥結在哪裡，等她聽完高管們的發言後，才驟然領會齊盛金融科技的企業文化！

「我是袁本初，目前擔任盛華支付CEO，我剛才聽完楚董的發言，簡直熱淚盈眶，我堅信在楚董的帶領下，公司一定會有繁花似錦的前程……」

「楚董對網際網路的認識實在發人深省，讓我瞬間明白公司要克服的難題是什麼！掌握使用者需求，改善使用者體驗，是我們責無旁貸的使命！」

「技術和商業模式兼備，就是我們公司未來的方向。我們一定眾志成城、不畏艱險，在楚董的指導下取得勝利……」

楚楚聽著在座老年人畫風的會議發言，陷入長久的深思：「……」

楚楚：雖然銀達的企業文化被戲稱為舔狗文化，但齊盛金融科技也舔得太過分了吧？

楚楚忍不住制止，無奈道：「不是，兄弟，可以，但沒必要。」

年紀稍小的呂書聞言後強忍住笑意，他以前就有點受不了在叔叔帶領下的會議氣氛，沒想到小楚董比他更直接，只差把「嫌棄」寫在臉上。

楚楚硬著頭皮聽完一輪發言，差點以為自己誤入腐朽的官僚機構，不然大家怎麼都不說人話？

銀達等公司的員工們雖然平時很尊敬她，但也不會毫無理智地捧成這樣？她哪知道呂俠最喜歡這種話，這就是年輕領導者與老年領導者的差異。

高管們結束發言後，楚楚便開門見山地布置正事。她希望還沒有完成帳戶互通的公司抓緊時間，同時表明未來會帶銀達旗下的網路公司的高管前來交流，讓大家有互相學習、合作的機會。

小楚董說事的風格乾脆俐落，會議全程只花了一個半小時，讓眾人頗不習慣。散會後，楚楚也沒再拖延時間，直接去自己在此處的辦公室辦公。

剩下的人面面相覷，不確定道：「會議結束了？」

呂書擺擺手：「走吧，散了。」

「小楚董才剛過來，居然都不多說兩句？這都還沒到午休時間呢？」高管們的上午平白多出一大半時間，頓時有些悵然若失，要知道呂俠每次召開會議時，都會讓大家連午飯都吃不到。

呂書嘀咕道：「不是還有晚上的……」

「那倒也是，上午休息一下，晚上幹一票大的。」

因為科技集團的網路公司較多，工作氣氛便是加班成性，員工們經常十一點才能離開，偶爾還會通宵。呂俠又很愛開會，喜歡吃苦耐勞的員工，一來二去，沒人敢準時下班，大家都生怕惹老闆不開心。

然而，今天卻是一個特別的日子，有一名勇士毅然選擇準時下班。

第二章　全世界最好的人

楚楚在科技集團的辦公室位於最內側，隔壁就是呂俠的辦公室。要是她離開，便會穿過一段辦公區。她和王青等人高效率地處理完事務後，決定打道回府，到銀達看看張嘉年。

其他人見小楚董腳步匆匆，坦然地帶著一票人下班，皆錯愕地睜大雙眼，下意識瞟了時間一眼——下午六點。

呂書得知消息，火急火燎地趕來，想要阻攔小楚董。

叔叔昨天才說晚上會亮相開會，要是小楚董現在走了，兩人豈不是見不到面？

呂書氣喘吁吁地抵達，在辦公區堵住準備離開的小楚董，尷尬道：「楚董，您是有急事？」

楚楚茫然道：「沒有啊。」

呂書：「那您現在走……是不打算在這邊待一整天嗎？」

楚楚：「不是已經下班了嗎？我已經待一整天了。」

呂書內心腹誹：網路公司的晚上六點才不是下班，是每天的開始！

呂書為難道：「但是大家都還沒離開啊？」

楚楚環顧四周，發現辦公區內的員工確實都沒走，她乾脆跟最近的人搭話，問道：「都已經到下班時間了，你怎麼還不走？」

那人的語氣不太確定，支支吾吾道：「我、我工作還沒做完？」

楚楚露出了然的神色，她扭頭看向呂書，解釋道：「哦，我的工作已經做完了，所以先走了。」

呂書：「……」

楚楚說完，又轉過臉看向剛才的人，鼓勵道：「抓緊時間，提高效率！下班不積極，思想有問題！」

「好、好的。」

呂書：叔叔，對不起，我已經沒辦法阻止她準時下班了。

楚楚帶著銀達的人直接離開，顯然他們都選擇準時下班，成為科技集團內難得亮麗的風景。

楚楚本來就不喜歡要求員工加班，實際上人的能力還分三六九等，有人能在兩個小時內，完成要花費八小時才能做完的工作，總不能靠工作時長衡量工作水準？

她又是影視公司思維，跟網路公司完全不一樣。影視公司的製作人有專案的時候，可能會連忙三個月；沒專案的時候，甚至可以不用到公司辦公，最後靠專案成果算酬勞，也不是拿時薪。

銀達內的員工同樣分為兩類，一是準時下班派，只要能完成本職工作，拿基本工資就好；二是勤奮加班派，付出的時間會高於旁人，因此酬勞很優渥。

辰星影視的管理更加鬆散，但最後會靠專案評定。例如負責《胭脂骨》的夏笑笑，年終獎金肯定很豐厚。

大家親眼目睹小楚董下班，又聽聞名言「下班不積極，思想有問題」，一時都有點蠢蠢欲動。有人相當果敢，直接仿效小楚董，拿起包包、關上電腦。

呂書見狀，叫道：「喂，你要去哪裡？」

對方聳聳肩：「下班啊，我已經完成工作了。」

呂書氣不打一處來：「什麼叫完成了？我看你是工作量太少！胡鬧！」

有人嘀咕道：「呂總，這句話你應該要跟楚董說才對，說她工作量少……」

呂書猛地回頭，勃然大怒地跳腳：「剛才那句話是誰說的？」

眾人皆默默低頭。

呂書誤以為自己壓住場面，他回頭一看，才發現關電腦的人已經跑了。其餘員工們見狀，都迫切地盯著呂書，恨不得等他一走便全部跑路。

他們變相加班又沒加班費，很多時候是拖延到很晚，還有被莫名其妙的會議占用時間。

今天呂俠不在，楚楚也走了，他們要表現給誰看？

袁本初聽到風聲，下樓來看呂書的笑話，他悠然道：「那我也先走啦，看樣子晚上應該沒會議？」

呂書萬分頭大，咬牙道：「呂董等等會過來。」

袁本初打趣道：「那呂董得白跑一趟囉，楚董都不在，開會也沒用啊。」

袁本初是個狡詐圓滑的人物，他顧忌呂俠卻不怕呂書，如今空降小楚董，連對呂俠的敬畏也喪失幾分。

袁本初一走，樓上的盛華支付辦公室也瞬間熄燈。大家覺得法不責眾，很快便做完手邊的工作，接二連三地下班。

呂書從剛開始的暴怒，到中途的麻木，最後化為心動，不然他也回家看《哆啦A夢》好了？

沒過多久，呂俠終於抬頭挺胸地踏入大樓，他神色高深、眼神持重，打算給小楚董留下深刻的印象，奠定自己的地位。

呂俠進到公司內，正巧碰到呂書，皺眉道：「喂，你要去哪裡？」

呂書沒想到會正面碰上叔叔，勉強道：「我……已經完成工作，要先離開了？」

呂俠怒斥道：「什麼叫完成了？我看你是工作量太少！胡鬧！」

呂書嘀咕道：「呂董，這句話你應該要跟楚董說才對，說她工作量少……」

呂俠：「？」

呂書坦誠地告知自家叔叔殘忍的事實：「楚董已經下班了，大家都走了……」

大樓內如今空蕩蕩的，恐怕只剩辛勤的清潔阿姨們在加班。

呂俠：「！」

呂俠本來已經全副武裝，準備上臺，打算盡顯重臣風範，沒想到觀眾們直接退票走人？

銀達投資內，楚楚並不知道科技集團裡發生的事情。她走到張嘉年的辦公室門口，偷偷探頭張望，正好抓到正在用餐的張總助。

張嘉年看她鬼鬼祟祟地扒門觀察，笑道：「我都懷疑妳是看準我吃飯的時間才來的。」

楚楚原本還不覺得餓，現在聞到飯香才發覺饑腸轆轆，她好奇道：「你怎麼沒去食堂？」

銀達內有員工餐廳，價格相對便宜，不像辰星影視只能點外送。

「想處理文件，而且帶了一點小菜。」張嘉年指了指電腦，又詢問道，「妳吃過晚餐了嗎？」

楚楚搖搖頭，兩人乾脆又去食堂買了一些小菜，一起窩在辦公室裡吃飯。

張嘉年帶的是自家的酸豇豆和臘腸，一看就是張雅芳女士囤積食物的風格。

楚楚滿意道：「我想吃這個很久了……」

張嘉年感到奇怪：「妳當時不是有拿一些？」

張雅芳忘記誰都不會忘記她，每次都會把從老家拿回來的特產，強行塞給楚楚。

楚楚露出哀怨的視線，語氣隱有指責張嘉年的意味，嘀咕道：「又沒人幫我做。」

楚楚居住的燕晗居簡直像《牧場物語》的家，她每天在外跑一天，回家倒頭睡一覺，醒來後又往外跑。

張嘉年聽完她的懶人邏輯，一時又好氣又好笑：「我蒸好之後，是不是還要餵到妳嘴邊？」

楚楚：「如果你執意如此，我可以勉為其難地答應你。」

張嘉年：「……」

楚楚興致勃勃地提議：「你也可以住進燕晗居啊，我們不但能一起吃飯，還能一起玩遊戲？雅芳阿姨不是每年都要回老家住幾個月嗎？你一個人待在這裡也很無聊。」

她現在能跟張嘉年見面的時間相當有限，由於銀達的事業越做越大，兩人都有點分身乏術。

張嘉年為難道：「……現在同進同出會被人議論的。」

楚彥印還沒有確定訂婚宴的時間，兩人便只是私下聯絡，表面上並沒有踰矩的舉動。

張嘉年顧慮到她的名聲及公司員工的心態，不想在塵埃落定前做出出格的事，使她遭受非議。

楚李之事當初在辰星傳得沸沸揚揚，如今終於被眾人淡忘。即便楚楚並不在乎外界的聲音，但他不願再看到她遭人誤解，只要出現輿論，其中必然會夾雜諸多惡評。

楚楚眨眨眼：「我們以前同進同出，也沒有被人議論過啊？」

「嗯……」張嘉年仔細思索一番，回顧自己過去被她瘋狂壓榨私人時間的經歷，還有他大半夜被迫送外送的遭遇，竟覺得有幾分道理？

楚楚見他猶豫，循循善誘道：「來嘛，來嘛！你還可以督促我建立良好的生活習慣？」

張嘉年看楚楚如此上進，也找不到婉拒的理由，同意道：「那等下週吧。」

正好張雅芳下週要回老家收租金，順便跟老友們見面，張嘉年也比較有空閒時間。

楚楚看他答應，心中沾沾自喜。她一定會用自己完美的生活習慣，擊敗他健康的作息，告訴他究竟什麼是人類「良好的」生活習慣。

張嘉年在用餐時被楚楚一打岔，竟然忘記詢問她科技集團的情況，還有跟呂俠交流得如何。

他這週忙於光界娛樂ＩＰＯ，休息時間極少，等想起來的時候，楚楚已經離開，再傳訊息詢問又顯得大驚小怪。

張嘉年猶豫地想：一天不檢查作業，應該也沒關係吧？

科技集團內，呂俠吃一塹，長一智，隔天早早抵達辦公大樓，坐在辦公室裡靜候小楚董的到來。

員工們看到呂俠露面，一時皆有點心慌，想起昨天準時下班的事情，都在辦公區裡當起鴕鳥。

呂俠左等右等，不見楚楚出現，他頗有點坐不住，連茶都喝不下。

接近早上九點，楚楚帶著王青等人，準時抵達公司，大步匆匆地鑽進辦公室。

呂俠看小楚董進屋，乾脆主動出擊，走進她的辦公室，客氣而嚴肅道：「楚董，我想跟您談談。」

楚楚望著跟老楚年紀相仿的呂俠，一時面露茫然，不知對方是誰。張嘉年是跟齊盛董事及高管接觸過最多的人，但他今天不在。王青僅見過呂俠的照片，悄聲提醒楚楚：「這位好像是呂董……」

楚楚恍然大悟，趕忙起身：「哦！原來是呂董，久仰久仰。」

儘管她也沒搞清楚呂俠的身分，但第一次見面裝熟就對了！

呂俠卻不客氣，直接道：「我聽說您昨天呼籲大家早點下班？」

楚楚詫異道：「沒有啊，我昨天是準時下班。」

呂俠傲氣地抬起頭，侃侃而談：「齊盛金融科技一直是集團的重要支柱之一，我們能創造出不菲的效益，跟吃苦耐勞、勇於拚搏、眾志成城的企業文化脫離不了關係，這是團隊的堅守與凝結……您雖然是董事長，但帶頭打破這種氣氛，著實不太妥當。」

楚楚聽到熟悉的老油條發言，頓時明白這種畫風的源頭，就是眼前的董事呂俠。

她看得出呂俠氣勢洶洶、來者不善，大概就是想找碴，任誰被小丫頭壓制都會不爽。

楚楚好奇道：「呂董昨天好像沒出現？難道您公然蹺班就妥當？」

呂俠瞪大眼，不料她倒打一耙，解釋道：「我六點半來過公司……」

楚楚頓時坐實他的罪名，振振有辭道：「六點是下班時間，你六點半才到，不是蹺班是什麼？」

呂俠：「……」

呂俠萬分委屈、自知理虧，他以前是老闆當然沒人管，現在楚楚官大一級壓死人。她都準時早九晚六，呂俠還真沒理由反駁？

楚楚長期跟老楚打交道，專制這種古板固執的老闆，她直接嘲諷道：「現在的老年人，一點時間觀念都沒有，上班都不準時，還敢號稱自己吃苦耐勞？明明就是典型的眼高手低，先問問自己為公司付出過什麼，再惦記那些股權利益，不要總想著賺錢，卻連本職工作都做不好！」

呂俠只覺得這話萬分熟悉，他被她夾槍帶棒地影射一番，氣得滿臉漲紅，聲音發抖：

「妳、妳……」

集團的老油條們都是讀書人，冷嘲熱諷也不會如此露骨直接，呂俠還是頭一次見識到這樣的反諷。

楚楚見狀，當即跳起來警告：「我告訴你，你別要賴往地上倒啊！我不是你侄子呂書，不會讓你為所欲為！」

楚彥印面對無恥的楚楚，都招架不了幾回合，更何況是沒見過世面的呂俠。

呂俠聞言差點吐血，連風度都維持不住，處於暈厥邊緣：「……」

小楚董和呂董發生爭執，呂書只能急匆匆地跑來救火，畢竟請其他高管來勸也不合適。

呂書看叔叔面有難色，小楚董同樣不肯讓步，無奈道：「這是怎麼了？大家坐下好好聊聊？」

呂書還沒見過叔叔呂俠如此動怒，往日叔叔都要擺著架子，起碼要把表面工夫做好。

楚楚輕描淡寫道：「我不過是稍微批評兩句，他就在辦公室甩臉色給我看。」

呂書：「？」

呂書：怎麼聽起來像是叔叔不太懂事？

呂俠看她惡人先告狀，又辯不過對方，氣得拂袖而去，同時甩下威脅：「既然小楚董想改變集團的管理模式，那我就拭目以待！」

呂俠堅信，楚楚的不加班理論沒辦法維持太久，網路公司工作節奏快、任務重。她如此放縱員工，等到年終統計收益的時候，有的是機會哭。他絕不會幫她在科技集團立穩腳跟，他倒要看看，她能不能管得住其他人！

楚楚見呂俠離開，嘀咕道：「莫名其妙，脾氣未免也太大……」

呂書左右為難，他不知該去追叔叔，還是先勸小楚董，最後苦惱道：「您也消消氣？」

楚楚挑眉：「要是人人都像他這樣鬧事，還不如把你們都賣了。」

如果誰都像呂俠一樣冥頑不靈，不如現在直接賣掉科技集團，也能節省大把工作時間。光界娛樂和微夜科技要是順利上市，完全可以挑戰科技集團，不僅老闆和團隊年輕，還更有網路思維。

「？」呂書其實沒聽懂，他們又不是奴隸，怎麼能買賣呢？

呂書看楚楚面染寒霜，忙道：「不會的……」

小楚董和呂董不和的消息不脛而走，讓科技集團高管們萬分無奈。

呂俠是老派勢力，但小楚董是董事長，眾人再次陷入選邊站的抉擇。

袁本初無疑是最開心的人，他顯然打算跟著小楚董走，只差每天噓寒問暖，但他往日靈驗的馬屁卻不太管用。袁本初本來想多刷存在感，讓小楚董記住自己，卻事與願違。

楚楚看袁本初成天在自己面前晃，皺眉道：「你是不是嫌工作量太少？」

袁本初語噎片刻，隨即笑道：「不，我是想請教您一些工作上的事……」

楚楚看了資料一眼，點點頭道：「你確實該找人請教一下，盛華支付每日活躍使用者不斷流失，連續三年都沒有突出的成績，這要是在銀達，你早就捲鋪蓋走人了。」

袁本初：「……」

楚楚在成功得罪呂俠後，再次嗆走妄圖投靠的袁本初，讓高管們瞬間摸不著頭腦。

小楚董是完全不打算籠絡舊部屬，想做獨一無二的孤狼？

楚楚現在沒空琢磨高管們的小心思，她在研究完科技集團的歷史情況後，發現僅靠一己之力無法扭轉，只能發動廣大群眾。

在她眼裡，高管們不算人民，那都是腐朽的官僚主義幹部。

楚楚沒有別的本事，她只有鈔能力，便使用亙古不變的法則——金錢。

會議上，楚楚宣布自己的決策：「我打算從本年度科技集團的利潤中拿出兩百億，作為員工股權獎勵，嘉獎對科技集團有傑出貢獻的人員。」

她的想法很直接，只要集團的棟梁之才都是股東，還怕他們不做事？

有錢能使鬼推磨，不做事肯定是錢沒到位！

眾人皆是一愣，呂書在心底掐算一番，如果按照GAAP[1]計算，小楚董一擲千金的行為，會直接導致科技集團淨利率同比下滑幾十個百分點。

袁本初顯然有同樣的顧慮，小心地提醒：「楚董，這會讓我們集團年終的資料不太好看……」

股權獎勵開支會沖掉不少淨利率，加上雜七雜八的其他開支，科技集團的報表豈不是會變得相當慘澹？

楚楚反問道：「說得好像現在的資料就很好看？」

科技集團要是真做得不錯，她就不用費心拿錢刺激眾人，現在已經沒時間重塑企業文化，只能上特效藥。

股權激勵會觸及現有股東的利益，但不一定會影響集團估值。楚楚如今抱持著賣掉科技集團的念頭，哪有心思考慮呂俠的感受？

向來伶牙俐齒的袁本初一時無言，他支支吾吾道：「我們也是怕您在年會上沒面子，資料能好一點是一點？」

各個子公司最後都會在年會上彙報，要是他們的資料垮得猶如土石流，這也不合適啊？

1 GAAP：為Generally Accepted Accounting Principles的縮寫，意指一般公認會計原則。

楚楚不要臉道：「我初來乍到，年會當然得讓德高望重的呂董參加。畢竟他在今年為科技集團貢獻最多，相信他在會上能跟大家與有榮焉，不會感到沒面子。」

呂書：「？」

呂書：妳花錢收買人心，讓我叔叔到年會上背黑鍋，這不對吧？

另一邊，在家生氣的董事呂俠打了個噴嚏，他還等著孤立無援的楚楚來求自己，並不知道即將背黑鍋的事情。

〔

楚楚絕對是高效率執行派，她趁呂俠不在公司，很快就完成股權激勵流程的制訂。這是楚總化身小楚董以來，首次推出的重要決策，頓時引起外界注意。

楚彥印轉讓齊盛與旗下科技集團的股權給楚楚，絕對是近期最引人關注的大事件。對於相關從業者來說，楚氏家族的股權內部轉讓，必然跟齊盛接下來的布局有關，預先告訴眾人楚楚真正走入齊盛。

楚楚在齊盛金融科技大會上的發言影片也被流傳出來，她不但宣稱會在本年度完成齊盛所有帳戶互通，還正式公布兩百億股權激勵計畫，引起廣泛熱議。

當然，如果是普通的股權變動新聞，肯定不會有太多反響，但楚楚作為過氣娛樂圈王牌，本身的流量還不錯。

銀羅：『我就說太子最近怎麼不營業，這是要準備親政，新官上任三把火？』

小白玉：『這則新聞放錯版面了吧？請選擇娛樂版發布（doge.jpg）。』

瀾瀾的錦鯉：『我對楚總很失望，她怎麼能去齊盛？我作為銀達事業粉，打算脫粉了，誰都不能阻攔銀達做齊盛的爸爸！』

紅葉飛飛：『楚總被敵人的糖衣炮彈擊中，快出來開除她的粉絲資格@銀達投資。』

電燈泡：『大家都別緊張，她其實是個臥底！畢竟她一上任就發出兩百億！』

月見草草：『我剛剛點開圖片，不對呀，她手上戴的是婚戒嗎？』

閃爍：『華生，你突破了盲點！』

皮皮蝦不皮：『盲生，你發現了華點？』

這本來是一則平平無奇的新聞，卻因為高畫質圖片帶來更大的資訊量。

有人聲稱楚楚只是隨便戴的，沒有任何含義；有人表明是圖片錯位，實際上沒戴在婚戒的位置；有人認為楚楚早就隱婚，只是沒對外公布。

網友們圍繞著新聞圖眾說紛紜，還四處翻找更多其他角度的照片，最後確認是婚戒位置沒錯。

小章魚：『誰還記得楚總在《我是毒舌王》上的名言，莫非是哪家老總不肯投資銀達，她直接採取報復手段，逼迫青年才俊和自己結婚？』

另一邊，呂俠沒等到楚楚請自己回去力挽狂瀾，反而收到集團老油條們的問候。

「呂董，我們都聽到了消息，科技集團最近的舉動可謂大刀闊斧，這是要釜底抽薪啊！拿出兩百億作為股權激勵，看來你和小楚董都是豪氣的人……」

呂俠：「？」

呂俠：這是哪門子的兩百億？

呂俠打開社群軟體，才發現楚楚在大會上的發言稿已經洗版，底下高歌一片。他因為生悶氣沒參加會議，恰巧給她出風頭的機會。

呂俠得知消息，內心瘋狂嘔血，簡直是豈有此理，這完全是打腫臉充胖子！

他本來還想打電話詢問呂書，但想了想自家侄子的無用，乾脆直接殺去齊盛大廈，決定讓楚彥印來評評理。

小楚董這樣揮金如土，以後的工作還怎麼幹？

楚楚開完上半場會議，並不知道自己又上搜尋排行榜，內容還是「楚楚隱婚」。

她作為過氣網紅，在利用社群軟體完成初始階段行銷後，便很少把時間花在上面，轉而去處理其他更重要的工作。

楚楚的久不露面自然引發飢餓效應，很快就有娛樂記者循著消息，渾水摸魚地進入會場。散會後，楚楚快步穿過大廳，準備乘坐電梯，卻被突然鑽出來的記者堵個正著。她是錯開高峰期離開的，此時周圍正好沒人。

祕書長王青嚇了一跳，趕緊擋在老闆前面，隔開可疑人士。記者埋伏良久，終於捕捉到野生的楚總。他看王青如此防備也不惱，直接道：「楚總，您對自己在網路上隱婚的傳聞怎麼看？」

王青嚴肅道：「抱歉，現在不能接受採訪，請等到正式會議的問答環節……」

楚楚詫異道：「兄弟，你是娛樂記者吧？」

會場內的記者們大都是財經記者，可不會提出這種私人問題。

娛樂記者摸了摸鼻子，坦誠道：「是。」

王青聞言後眉頭皺得更緊，開始考慮叫人把這位記者請出去。會場內受邀的媒體都配備專門的記者證，此人明顯是偷溜進來的。

楚楚一邊等電梯，一邊好奇道：「你是怎麼進來的？」

娛樂記者：「我找朋友借了記者證。」

楚楚：「哦，不容易。」

娛樂記者：「……您還沒回答我的問題？您是什麼時候隱婚的？」

娛樂記者費盡千辛萬苦地溜進來，就是為了努力搶新聞。雖然楚總目前沒馬上趕他走，但他看得出她正在趕時間，只有在等電梯的這段時間是空閒的。

楚楚開門見山道：「我沒隱婚。」

娛樂記者露出半信半疑的神色。

楚楚頗為理直氣壯：「我怎麼可能會隱瞞？要是我真的結婚了，肯定要囂張到讓所有人都知道！」

她好不容易嫁出去了，這夠讓她炫耀一輩子了！

娛樂記者：「……」

娛樂記者：「那您怎麼會戴婚戒呢？」

楚楚鄙夷地看了他一眼，像是在譴責對方的直男思維，反問道：「戴婚戒就是隱婚，你沒談過戀愛哦？」

「！」娛樂記者聞言，頓時覺得自己嗅到大新聞的味道，像是看到光明的前景。

祕書長王青則震驚不已，她先是陷入「老闆何時脫單」的凌亂，緊接著是「聽聞上司感情該怎麼辦」的糾結。

電梯「叮咚」一聲響起，娛樂記者在最後一秒追問道：「您能說說對方是什麼樣的人嗎？」

楚楚正要走進電梯，聽到這話停下腳步。她想了想，篤定道：「全世界最好的人。」

娛樂記者：「……」

娛樂記者直接獻上直男式吐槽：「不可能，您的認知太主觀，全世界最好的標準很難定義。」

楚楚面無表情地檢舉：「王青，叫人把他趕出去，他是偷溜進來的。」

王青：「好的。」

娛樂記者：「？」

娛樂記者：只因為我說實話，妳就立刻翻臉趕人？明明剛才還不在乎？

楚楚冷漠道：「你的錯誤認知太離譜，這讓我對現在的記者朋友們很失望。」

楚楚：如果張嘉年不是全世界最好的人，還、有、誰、能、是？

娛樂記者萬分委屈，他都不知道對方是誰，怎麼還得被強迫承認，那人是全世界最好的人？

被驅逐出門的娛樂記者並沒有太沮喪，他好歹拿到第一手消息。

雖然楚總的話說得猶如白說，但她起碼自證沒有隱婚，並承認處於戀愛中。

娛樂記者最擅長加油添醋、捕風捉影，很快就憑藉極少的內容延伸出一篇新聞稿。

第三章　難得眷戀

楚楚成功靠花邊新聞讓自己爆紅，一時以「楚總最新戀情」替代「楚楚隱婚」，一舉竄上搜尋排行榜前三的位置。

花藤：『我對現在的記者朋友們很失望，興致勃勃地跑來聽八卦，你居然說她的對象是「全世界最好的人」？我們要你有什麼用！』

離離草：『我直接爆哭！我不信，我的總裁小嬌妻夢還沒碎，戀愛又不一定能結婚！（哭泣.jpg）』

胡思亂想：『是不是圈內人？等等，她是哪個圈來著？』

Brush：『這是什麼搞笑新聞，記者因為跟銀達的老闆針對「全世界最好的人」標準產生爭論，最終被驅逐出會場？』

萱萱：『記者真是不懂事，我覺得楚總的對象就是全世界最好的人！』

全世界最好的人：『誰在叫我？』

齊盛大廈內，默默偷看社群軟體的楚彥印焦頭爛額，暗罵孽子不按照流程來，當時說好由他來舉辦訂婚宴，她怎麼能公然自爆！

訂婚宴總召楚彥印連受邀名單都還沒定下，更別提場地和流程的安排，瞬間備感壓力。

他長嘆一聲，愁眉不展，這不是在強行縮減他的籌備時間嗎？

呂俠就是在這樣的情況下，懷著滿腹不滿來找楚彥印的。

他進屋後，看董事長楚彥印比自己還憂愁，頓時覺得自己錯失時機。

眾所周知，如果想跟老闆談事情，應該要挑老闆心情好的時候才對。

呂俠害怕引爆楚董，乾脆咽下自己的抱怨，主動問道：「楚董，您是有什麼煩心事嗎？」

楚彥印抬頭看到他，突然靈光乍現，大呼道：「老呂，你來得正好，你就像是一場及時雨啊……」

楚彥印：太子的事情，就安排給太子的忠臣去做吧！

呂俠看楚彥印如此熱絡，頗有些受寵若驚：「您有事情要吩咐？」

楚彥印盡量鎮定道：「咳……的確有一件事想請你幫忙，我女兒馬上就要訂婚了，但我在籌備婚宴這一塊也沒什麼經驗。我聽說呂書當初舉辦婚宴，你也幫了不少，而且做得還不錯？」

呂俠仔細一想，楚董的女兒不就是小楚董嗎？

呂俠詫異道：「您女兒要訂婚？」

楚彥印：「是的，男方你也認識，就是張嘉年，你當初不是還挺看好他的？」

張嘉年在還沒進入總公司前，在科技集團內執行過不少成功專案，深受呂俠好評。

呂俠：「？」

呂俠直接被龐大的資訊量壓垮，他稀裡糊塗地聽著楚彥印的要求，承接起訂婚宴的工作。

在他們這輩人看來，老闆私下安排涉及隱私的事務給你，代表對你有絕對的信任與重用。集團內如此多董事，楚彥印偏偏看中呂俠，呂俠著實沒理由拒絕。

呂俠從齊盛大廈裡出來的時候，已經順利成為訂婚宴的總召，而執行導演是楚董。

他核對一圈邀請嘉賓名單，琢磨完場地與宣傳，後知後覺地產生疑惑。

呂俠：我是為了什麼事情而來的？

銀達投資內，張嘉年正帶領著團隊工作，他們最近一直忙於光界娛樂的ＩＰＯ。

眾人苦幹良久，終於等到來之不易的休息時間，他們一邊喝咖啡，一邊翻看著網路新聞。

「兩百億股權激勵計畫？我們怎麼都沒聽到風聲？」有人看到新聞，不由嘀咕起來，「這是什麼時候的事？」

銀達的員工都知道自家老闆剛剛上任，所以他們最近都會關注科技集團的動向，卻不知此決策是何時誕生的。

這倒不算最令人驚奇的事，那人接著往下看，突然大叫道：「我靠！我靠！」

旁邊的人抱怨道：「幹什麼，能不能別大呼小叫？不就是股權激勵，我們公司也有啊。」

張嘉年同樣抬頭望過來，他像是被對方的驚叫聲打擾，微微凝眉。

他沒料到科技集團會突然頒布激勵計畫，但好像也沒必要驚訝成這樣？

「不是啊？楚總隱婚？」那人倉皇地握著手機，頭腦一片混亂。

其他人剛剛還一副事不關己的模樣，此時卻一窩蜂湧過來，爭先恐後地想聽八卦。

張嘉年本來還不緊不慢，此時卻相當震驚：「！」

張嘉年：她跟誰隱婚？我明明還坐在這裡？

「闢謠！剛剛闢謠了！」幾人聚集在一起，瘋狂地八卦起自家老闆，翻閱各大娛樂新聞。

張嘉年才剛鬆了一口氣，便聽他們念起新聞：「沒有隱婚，只是在談戀愛……」

張嘉年：「……」

八卦群眾們繼續念稿：「對方是……」

張嘉年心裡一跳，心想他該不會被當場扒出身分，那該有多尷尬？

「……全世界最好的人？」那人茫然地讀完新聞，只覺得自己浪費了人生中寶貴的十幾秒，他憤而駁斥道，「這記者也太沒用了，怎麼好意思把這種東西發出來？」

「嘖嘖，老闆都脫單，我卻要加班。」

眾人興奮地看完八卦，皆有點悵然若失。他們冷靜下來後，忽然想起嚴格的張總助，趕緊偷偷打量他的神色，唯恐八卦被罵。

令人意外的是，張總助的心情似乎不錯，他連嘴角都微微抿起，流露出一絲愉悅的神情。

其他人：「？」

有人看張嘉年沒生氣，乾脆鼓起勇氣發問：「總助，您知道對方是誰嗎？」

張總助平時為楚總鞠躬盡瘁、死而後已，全天候等待老闆的指示，很可能知道私下的情況，否則他怎麼不驚訝？

張嘉年坦然道：「知道。」

「哦哦哦——」其他人瞬間激動，他們像是上學時想抄作業的學生，全圍著學霸張嘉年問東問西，想讓他透露詳情，「您稍微透露一點吧？就一點？」

張嘉年氣定神閒地打量他們一圈，讓眾人的情緒頓時高漲。他慢條斯理道：「別打聽這些，我今天要早點回去，晚上會把審核過的東西傳到群組裡。」

張嘉年走後，旁邊的人嘀咕道：「總助今天怎麼這麼早離開？不會是故意的吧？」

眾人：必須嚴厲抵制類似吊胃口的行為！

張嘉年收拾完東西後，搭乘電梯下樓。

他偷偷摸摸地打開手機，破天荒地點開娛樂版新聞。他讀完後，強壓自己的喜不自勝，摸了摸再次翹起的嘴角，努力進行表情控制。

張嘉年：嗯，晚上可以做幾道她喜歡的菜，稍微獎勵一下。

張嘉年先回家取走整理好的生活用品及衣物，又前往超市挑選食材，最後才前往燕晗居。路上，他意外收到科技集團董事呂俠的消息，一時有點錯愕。呂俠曾是他的上司，算是有些交情，對彼此印象還可以。

呂俠傳來的訊息內容簡明扼要，他的措辭慷慨激昂又不失禮貌，鄭重地向張嘉年告楚楚的狀。

呂俠回家後，他越想越不對，總覺得不能就這樣放過小楚董。

他成為訂婚宴總召後，便順利地想到告狀的新人選——張嘉年。

呂俠在訊息末端，還直接表明知道兩人的關係，懇請張嘉年讓楚楚三思而行！

張嘉年沒料到呂俠會知道，一時滿臉疑惑：怎麼好像全世界都知道這件事了？

燕晗居內，張嘉年才剛進屋，便看到迎接自己的楚楚，她興高采烈地竄出：「歡迎！」

張嘉年放下食材及蔬果，想起呂俠的囑託，挑眉道：「您能跟我解釋一下股權激勵的事嗎？」

老人家都把惡狀告到他這裡，大概是在她手裡吃了不少虧。

楚楚眼睛一轉，沒想到他一進門就興師問罪，心虛道：「沒什麼，小事而已……」

張嘉年語重心長地溫和道：「我不反對您的任何決策，但我們起碼要跟呂董溝通好，畢竟他為集團工作幾十年，沒有功勞也有苦勞。」

楚楚嘀咕道：「他如果不聽話，我就把他賣了……」

張嘉年沒聽清楚：「什麼？」

楚楚：「對對對，要溝通！」

張嘉年感受到她的敷衍，一時頗為無奈：「……」

他解決完告狀之事，臉上流露出赧意，又不自然地提起另一件事，啞聲道：「妳今天為什麼要對記者那麼說？」

楚楚：「怎麼說？」

張嘉年越說越小聲，彆扭道：「……全世界最好的人。」

楚楚：「我只是在陳述事實。」

張嘉年：「現在還不能對外公開……」

楚楚大大方方地抱胸，理直氣壯道：「為什麼不能說？喜歡你又不是什麼丟臉的事。」

張嘉年被她的直球砸中，臉色頓時像火燒般一樣紅，理智的大腦也熱成一團漿糊。他只覺得腦袋有些暈，像是被狂喜的海浪擊倒，視線飄向一邊，艱難道：「哦……」

楚楚看張嘉年背過身整理食材，總覺得剛才在他臉上，看到遮掩不住的笑意。她好奇地探頭打量：「你怎麼了？」

「沒什麼……」他的心臟還在亂跳，故意迴避她探查的目光，說話的氣勢也逐漸減弱。

楚楚發現張嘉年的狀況後，頓時靈光乍現，趁他頭腦不甚清醒時，狡黠道：「那我可以不去跟呂俠溝通嗎？」

「好……」眩暈狀態的張嘉年極好說話，稀裡糊塗地答應了下來。

「那晚上可以吃水煮肉片嗎？」楚楚看到他買回來的食材，心中早有菜單。張嘉年擔心她傷口的恢復狀況，最近嚴格管控她的飲食，基本上禁油禁辣。

「好……」

「那你今天可以陪我一起睡覺嗎？」

「好……等等？」張嘉年瞬間回過神，總覺得哪裡不太對？

楚楚聽他答應，她扭頭就跑，生怕他反悔：「君子一言，駟馬難追！」

張嘉年望著楚楚的背影無可奈何，又見她一溜煙地跑出來，將客房的被子搬到自己的房間。

張嘉年：「……」

夜色已至，窗外傳來淅淅瀝瀝的小雨聲，屋裡則是劈里啪啦的打字聲。楚楚面無表情地坐在床頭，她看著還在工作的張總助，毫不留情道：「不許賴帳，你答應我的。」

「等我把這些工作做完……」

楚楚委屈道：「我都受傷了，又沒辦法對你做什麼，真的只是睡覺而已！」

她的傷口還沒痊癒，偶爾還會隱隱作痛，連帶最近夜裡手腳冰涼，這才盯上人型熱水袋張嘉年。

張嘉年看了時間一眼，竟然已經接近凌晨。他望著電腦上的財務報表，為難道：「妳該休息了，不然妳先睡？我快審完了……」

楚楚還在恢復期，確實需要多加休息。外界並不知道她受傷的事情，但最近在作息和飲食上都很注意。張嘉年忙於光界的事，近來休息得很少，兩人實在沒辦法同步。

楚楚當即不滿，她不但捶打被子，還在床上撒潑打滾，完美詮釋胡攪蠻纏：「不行，不行！我一個人睡不著，我要聽你說睡前故事！你陪我睡！」

張嘉年：「……」

張嘉年：難道要我把財報當成故事說給妳聽？

張嘉年看著她皮到極致的舉動，生怕她扯到自己的傷口，最終哭笑不得地闔上電腦，安撫道：「好好好，妳躺下。」

他沒有辦法，決定先將她哄睡著，再偷偷爬起來繼續工作。

楚楚聞言，她立刻抹了一把臉，恢復淡定的神色，乖乖地縮進被窩裡，展現出影帝級的精湛演技，其代表作《一哭二鬧三上吊》、《理不直氣也壯》等廣為流傳。

張嘉年穿著睡衣，陪她一起鑽進被窩。雨後的天氣溼潤且微涼，楚楚原本手腳冰冷，很快就發現他的到來能讓被窩變暖，便滿足地窩進柔軟的棉被裡。

張嘉年沒有完全陷進被子裡，他半靠在床頭，在碰到她冰涼的手時問道：「妳很冷？」

楚楚立刻賣慘：「我快凍死了，你都不管我……」

張嘉年無言地握緊她的手，反覆摩挲著，直至恢復正常的溫度，又小心地放回被子裡，害怕她著涼。

下雨的溫度非常適合睡眠，楚楚像是歸巢的動物，窩進他溫暖的懷抱裡，聽著他沉穩規律的心跳，很快就興起朦朧的睡意。

他看她半夢半醒，柔聲道：「傷口還會痛嗎？」

楚楚搖搖頭，將自己埋入夢鄉。

張嘉年靠在床頭，輕輕地拍著她入眠。他突然希望時間靜止，將平靜而安逸的此刻永遠留住。

她不用刻意做什麼，光是待在他身邊，就讓他覺得自己像是擁抱了全世界。

他甚至不用特意去想什麼，只是看到她，都控制不住地嘴角上揚，發自內心地感到快樂。

張嘉年聽到她輕微而均勻的呼吸聲，心裡軟得一塌糊塗。他在如此悠然的環境裡，竟也萌生一絲睡意，感覺眼皮發沉、想要閉眼。

他原本計畫好要工作，此時卻有點眷戀，不斷在心裡將計畫往後推一些、再推一些……

深夜，銀達投資裡還有人在奮鬥，有人疑惑道：「張總助怎麼不回訊息？」

張總助可是凌晨四點還能回覆郵件的工作機器，大家覺得他就像是不用睡眠的植物，每天喝點水、行光合作用就能存活。

但今天明明時間還早，難道是手機沒電？

第二天早上，張嘉年自責而懊惱地醒來，他居然一覺睡、到、天、明。如果不是楚楚同樣睡得死沉，他都要懷疑自己被她下藥，否則怎麼會毫無知覺？

楚楚戳著盤子裡的青菜，望著起床後便心情不悅的張嘉年，疑惑道：「怎麼一大早臉色就這麼臭？」

楚楚心想：我昨晚應該沒有打呼吧？

張嘉年愧疚道：「我昨天沒審完資料……」

毫無責任心的楚楚直接道：「那就今天審。」

張總助擁有強烈的時間規劃，他對自己昨天的拖延感到自我厭惡，自顧自道：「這感覺不一樣……」

張氏觀念：今日事今日畢，拖到明日很挫敗。

鹹魚王者楚楚完全不理解他的煩惱，規勸道：「你又不是機器人，怎麼可能都不睡覺？你以前不是還會打遊戲嗎？把工作當遊戲就好，放輕鬆。」

張嘉年：「打遊戲也該提前看好攻略，復盤經典對戰，統計所有資料……」

楚楚突然理解他的大師級水準：「……」

楚楚：誰會把遊戲當課題研究？這簡直是毫無遊戲體驗可言？

科技集團內，張嘉年陪同楚楚前往公司，打算跟董事呂俠面談，試圖和緩對方跟楚楚的關係。

楚楚肯定不會低頭，但工作還要持續下去，張嘉年便決定從中說和。

張嘉年和呂俠單獨在房裡談話，楚楚得知情況只是撇撇嘴，並沒有多加阻攔。

張嘉年許久未見呂俠，雙方友好地問候兩句後，呂俠率先開口：「你家那邊有多少人要參加訂婚宴？」

張嘉年：「？」

張嘉年眼露震驚，遲疑道：「沒、沒有多少……」

張嘉年：難道她脅迫呂俠去籌備婚宴？這確實有點過分。

張嘉年正襟危坐，慌張道：「您是從哪裡知道……」

「楚董跟我說的。」呂俠和藹地笑道，「恭喜你們啊。」

張嘉年：「不好意思，還讓您幫那麼多忙……」

呂俠：「你幫我勸勸小楚董就好，要是真的像她那樣，每天準時下班，科技集團還能運作下去嗎？還有，她居然一時興起拿出兩百億，想做股權激勵！」

「準時下班是有特殊原因的……」張嘉年不好提起楚楚受傷的事，語氣委婉道，「股權激勵則是針對人才流失率高的對策，並不是一時興起的，其實您可以換一種思考方式來理解。」

「你的意思是，我還要誇她做得不錯？」呂俠沒好氣道。

張嘉年循循善誘道：「雖然她的行為會讓人匪夷所思，但她不是只看短期效益的人，而是想用企業去改變大眾的生活思維與觀念……如果呂董跟她接觸得更多，肯定會慢慢理解我的看法，她確實是很有理想的企業家。」

張嘉年自始至終都對楚楚懷抱著信任，便是堅信她不是為了賺錢而賺錢。否則，她不會建立真理冰川公益基金會，也不會同意陳一帆上節目，更不會去發表吃力不討好的言論……雖然她有時候嘴巴很壞，卻能看清很多事。

呂俠對張嘉年的瘋狂吹捧甘拜下風，他現在別說理解楚楚，甚至都不理解拍馬屁的張嘉年了。

呂俠：現在的年輕人，談起戀愛都不帶智商的？吹捧成這樣，就差把她比喻成現代賈伯斯了！

呂俠心中不服，滔滔不絕起來：「你當初在科技集團多努力啊，像你這樣的年輕人已經不多了！連加班都要怨聲載道，你傳授寶貴的經驗給她，她卻怪你耽誤自己吃午餐的時間……」

張嘉年：「您誤會了，其實她對待工作的時候也很認真……」

張嘉年正想替楚楚辯解，房門外卻突然響起敲門聲。楚楚探頭進來，淡淡地提醒：「該吃午餐了。」

張嘉年：「……」

呂俠：「你看，我哪裡誤會了？」

張嘉年扶額。

張嘉年正好聲好氣地說服呂俠，楚楚卻直接打臉，實在出乎意料。

張嘉年硬著頭皮道：「呂董要不要和我們一起用餐？」

楚楚聞言，滿臉冷漠地注視著呂俠，像是在說「要是你敢答應，我就用視線殺死你」。

呂俠感受到殺氣，他莫名背後一涼：「……我等等還有事，你和小楚董先過去吧。」

張嘉年遭到對方婉拒，不由心中無奈，看來勸和之路任重道遠。

楚楚當即神色和緩，厚顏無恥道：「呂董也要多注意身體，別天天加班加到忘記吃飯。」

呂俠：「……」

呂俠：你們是跟加班槓上了嗎？

雖然他與楚楚面和心不和，也不認可兩百億股權激勵決策，但無奈木已成舟，只能強咽下這口氣。

因為呂俠被楚彥印委派策劃訂婚宴，他的精力也遭到分散，暫時無暇想起年會要盤點資料，進行公開處刑的事情。

對於股權激勵計畫的施行，最高興的群體無疑是科技集團的骨幹員工。

過去，大家做多做少都一樣，全都乾脆當起老油條，假裝天天加班，實際工作效率低下。現在胡蘿蔔吊在面前，頓時讓每個人鬥志昂揚！

楚楚還特別提出，本次股權激勵計畫主要針對骨幹人才，而非行政型高管，打破過去優先考慮呂書、袁本初等小頭目的規矩。

科技集團以前按照職級分紅，而職級又要熬資歷，很多人十幾年才能混到股權，現在按照在工作上的突出成績做分紅，效果自然不一樣。

呂俠原本還小心眼地認為楚楚拉不起隊伍，沒想到她直接不搭理小頭目，靠錢穩住廣大群眾的心。原本進度極慢的帳號互通，居然超前完成，給予文化娛樂三巨頭一記重擊。

電視上，記者正在採訪胡達慶，詢問有關文化娛樂三巨頭的近況。

『胡董，齊盛已經完成全部的帳戶互通，面對齊盛票務的來勢洶洶，請問文化娛樂三巨頭接下來是否還有更深度的合作計畫？據傳文化娛樂三巨頭還處於燒錢狀況，您當初為什麼有信心跟楚總立下四十億之約？』

『我相信投機取巧不是長久之計，只有優質的內容，才能獲得觀眾的認可，例如我們馬上就要上映的電影《大俠客傳》……』胡達慶巧妙地岔開話題，仍然是滿臉自信的模樣，他雙眼一瞇，又語出譏誚，『至於四十億之約，那只是陪小孩子玩的扮家家酒，全供大家看個熱鬧。』

『您的意思是，輸贏並不重要？』記者繼續追問。

『不，我這個人非常較真，連小孩都要贏。』胡達慶扯起嘴角，胸有成竹地對著鏡頭微笑。

沙發上，楚楚一邊玩手機，一邊看著電視，感慨道：「嘖嘖，我看他是做皮革業起家的吧？改不了臭毛病。」

張嘉年好奇道：「皮革業有什麼毛病？」

楚楚：「吹牛皮啊，他們生產皮革都不用殺牛，全靠他吹出來，極具人道主義精神。」

張嘉年：「……」

張嘉年：妳怎麼有臉吐槽別人？

楚楚看胡達慶在電視上出風頭，不由委屈地嘀咕：「為什麼採訪他的都是正經的記者？換成我就是娛樂記者？」

張嘉年試探道：「……可能正經的記者只會採訪正經人士？」

楚楚：「……」

楚楚聞言，氣得丟下手機，張嘴咬了他一口，在他手上留下一圈漂亮的圖案。

張嘉年猝不及防，只覺得疼痛感稍縱即逝。她結束犯案後，趁他還沒追上，一溜煙地逃回房間。

張嘉年看著手腕上的牙印，有些哭笑不得，既好氣又好笑地敲門：「妳跑得還挺快的？」

屁孩隔門挑釁，得意洋洋道：「畢竟不正經的人天生腿長，當然跑得快。」

張嘉年：「……」

張嘉年：我不知道妳的腿長不長，只知道妳挺自戀的。

第二天，團隊人員不經意發現到，張總助打字時露出的傷痕，詫異道：「總助，你的手怎麼了？」

張嘉年的手腕上有一圈淺淺的紅痕，雖然沒有破皮，但他天生顯白，痕跡便相當明顯。楚楚咬得不重，但張嘉年可能是會留下疤痕的體質，遲遲沒有消去。

張嘉年氣不喘、色不變，淡淡道：「被家裡的貓咬的。」

「您養貓了？是什麼品種啊？」其他同事沒料到，張總助居然還有愛貓的一面，興致勃勃地問道。

張嘉年：「不知道是什麼品種，只知道腿挺長的。」

眾人：？

同事：「您有照片嗎？可以上傳到社群軟體上，我們公司有好多人都喜歡貓呢！」

不少現代人都喜歡養寵物，還會把照片放到社群軟體上，就連楚董偶爾都會上傳貴賓犬可憐的照片。

張嘉年含糊其辭道：「有機會再看看吧。」

要是把這隻貓咪的照片放出來，公司的人肯定不會覺得驚喜，而是驚嚇。

另一邊，齊盛的帳號互通後，帶給文化娛樂三巨頭極大的壓力，現在胡達慶等人只能將希望放在營收上，想要靠作品收入緩解燒錢的壓力。

文化娛樂三巨頭重磅推出的電影，便是《大俠客傳》。據說其中還有胡達慶出演的片段，本身也是超大的ＩＰ改編，耗資二十億。

然而命運就是如此奇妙，胡達慶和楚楚再次槓上。

奇蹟影業製作的《贏戰》首部ＩＰ改編電影《藏火》，正巧跟《大俠客傳》的上映日期重疊，四捨五入又是齊盛跟文化娛樂三巨頭的ＰＫ。

製作人高嵐清為了完美還原《贏戰》的遊戲世界，拜訪多家好萊塢技術精湛的影視公司。隨著《贏戰》國際版的拓展，不少知名的影視技術公司，都願意跟光界娛樂和奇蹟影業合作，最後《贏戰Ｉ：藏火》成片的畫面效果相當完美。

兩部電影都是超大ＩＰ，而且都號稱國際化製作，可以說接下來的檔期便是《藏火》和《大俠客傳》正面 Battle。

《藏火》發布會上，楚楚當然要親自為自家電影做宣傳，同樣跟隨製作團隊露面，畢竟此片決定奇蹟影業本年度的具體成績。

她在過去砍掉奇蹟影業如此多專案，最後將團隊的主要精力投入到《藏火》，自然不能讓人看笑話。

「楚總，請問您在《藏火》中有客串或出演嗎？據說電影的主角是遊俠？」有記者在問答環節笑著問道。

眾所周知，都慶集團的胡董在《大俠客傳》中有鏡頭，前幾天還上了搜尋排行榜。此舉動引發無數網友的好奇心，八卦群眾們皆宣稱要去看電影，一探胡董風采。當時就有人提出疑問，想知道楚楚有沒有出演《藏火》？

楚楚：「我沒有出演。」

記者：「可是《大俠客傳》宣傳片裡有胡董的片段，您不怕因此落下風嗎？」

楚楚平靜而不失自傲道：「畢竟我的人氣擺在這裡，《藏火》劇組經費不足，所以請不起我。胡董就不一樣了，畢竟他知名度低，能有電影讓他演，他肯定就興高采烈地答應了。」

楚楚作為最近靠花邊新聞紅遍全網的話題人物，對妄圖複製自己來走紅的胡達慶不屑一顧。

記者：您抹黑別人的手法可真巧妙？

記者們暗自好笑，有人還惹事生非道：「胡董說跟您的四十億之約，只是跟小孩子玩的扮家家酒，您對此有什麼看法呢？」

楚楚：「根據不科學的統計來看，《贏戰》裡小學生的遊戲水準，遠超越自負的成年男性，後者的典型特徵就是『嘴上豪氣話江山，場上千里送人頭』。我們可以根據現實的遊戲現象，來分析胡董說的這句話。」

在楚楚看來，胡達慶顯然是遊戲裡的炮灰，開局立刻死亡，但嘴上還講個不停，想要指點所有人。

記者們：「……」

胡達慶和楚楚各自放出狠話，被有心的網友故意剪輯在一起，成為八卦群眾們最近的快樂源泉。

胡達慶本身就是有點狂妄自大的人，過去還跟楚彥印有過許多糾葛，現在他和楚楚的隔代Battle，自然帶來不少看點。

鑰匙：『號外號外——都慶集團董事長被懷疑，遊戲等級低於小學生平均水準（doge.jpg）。』

樹枝：『楚總這是變相在說自己是小學生？我他媽快笑死。』

迎春：『萬萬沒想到，當年的胡楚之爭會延續至今，然而大楚已經變成小楚，胡董應該也要派兒子出來跟楚總爭鬥才對。』

小夜夜：『十幾年前，胡董跟楚董槓上；十幾年後，胡董跟小楚董槓上。這究竟是童心未泯，還是愛恨難分，以致於要拍幾十年的八點檔？』

燈泡閃爍：『楚董成為最大贏家，多年不敵胡董的胡攪蠻纏，最後靠孩子反敗為勝（doge.jpg）。』

胡達慶很快就得知楚楚在《藏火》發布會上的發言，他立刻做出對策，在電影《大俠客傳》的粉絲專頁舉辦抽獎活動，偷偷進行回應。

電影《大俠客傳》：『沉著有力，自在於胸，大俠不與宵小多言，不與無賴論道。分享本則貼文，追蹤粉絲專業並曬出電影票根，官方將抽出一名俠客清空其購物車（金額限定二十萬以內）。』

小平：『文案如此風騷，難道是胡董親自寫的？』

紅楓：『楚總，有人故意惹事生非，趕快自己下場還擊@楚楚。』

太陽可哥：『快出來營業，死對頭要衝票房啦@楚楚。』

楚楚：『抽一個看過《藏火》的小學生，送《贏戰》現有全套遊戲造型，包括已下架限定款。』

無限金幣十八連：『我靠，全套造型至少價值三十幾萬吧？從今天起，我就是小學生，誰說不是，我就罵誰（doge.jpg）。』

嚶嚶怪：『胡董的抽獎在金額上敗北，但勝在實用。』

杏仁糖：『造型也很實用，賣掉肯定能賺超過二十萬，畢竟有限定款。』

黠呀：『胡董的文案跟抽獎內容不符啊（doge.jpg）。』

沒過多久，《大俠客傳》的粉絲專頁竟然又發出一篇貼文。

電影《大俠客傳》：『分享本則貼文，追蹤粉絲專頁並曬出電影票根，官方將抽出一名俠客，贈送都慶至尊VIP資格。』

瓜農：『打起來！快打起來！』

赫曼先生：『很好，我就喜歡你們這些有錢人的金錢對決！快過來打架@楚楚。』

都慶集團的營業領域廣泛，包含酒店、銀行、旅遊、電商等，至尊VIP資格便難以用金錢來衡量。八卦網友們看胡達慶追加獎品，像是要奪回面子，都對楚楚接下來的反應極感興趣。

楚楚：『本人在此鄭重承諾，如果電影《藏火》全球票房超過十億美金，在法律及道德允許的範圍下，滿足點讚數最多網友的合理要求，以此感謝廣大衣食父母們的支持與奉獻。』

MIMI：『錢算個屁，我要看妳再上《我是毒舌王》！我要快樂！』

綢帶條：『我想看妳男朋友長什麼樣子。』

帆下人間：『我希望您可以參加女版《偶像之光》。』

路人四九三二零：『尊敬的死亡流仙，我希望您可以報名國內饒舌選秀節目《Rap God》。』

犀利夏：『胡董，看看人家！你如果不拿出十億，我們很難幫你和《大俠客傳》的忙啊。』

胡達慶望著貼文，滿臉疑惑，一時束手無措，這未免也玩太大？

網友們看熱鬧不嫌事大，輪番上陣，慫恿胡達慶下場賭博。

電影《大俠客傳》的粉絲專頁卻突然陷入長久的死寂，隱隱透露出一股認輸的感覺。

胡達慶就算平時再怎麼張狂，此時也不敢陪楚楚胡鬧。畢竟在她的留言底下，已經有人張口就要四億，要是有人直接向他索取四十億，那該怎麼辦？

胡達慶的黯然退卻讓八卦群眾們頗為遺憾，但絲毫沒有減弱這場輿論狂歡的力度。

楚楚的留言底下累積出爆炸般的驚人資料，甚至還有跟她相關的人物紛紛下場，例如陳一帆許願二十天年假、微眼劉賢許願直播、醉千憂許願在家辦公等。

陳一帆在回覆完自家老闆的留言後，沒過多久，他在演出的休息空檔翻看社群軟體，頭一次見識到如此慘澹的點讚數。作為當紅明星，他平時上傳的無聊日常，都能獲得一堆讚數，現在認真許願，讚數卻少得可憐？

他不死心地再次許願，還難得地配上營業表情。

ASE陳一帆：『希望今年能有二十天的年假（可愛.jpg）。』

陳一帆許完願望後，不斷更新頁面，卻發現自己的留言一直被洗掉，不由萬分狐疑，莫非是被限制流量？還是收訊不好？

陳一帆堅守良久，他終於看到熱門留言，當即興奮起來，等待自己一飛沖天，奪下楚總留言區的前三名。然而，現實卻給他一記重擊。

瓜子妹：『少放假，多營業，不要耽誤工作。』

陳一帆媽粉：『孩子對不起，原諒我這次沒辦法幫你。年輕人要打拼事業，別老是想著放年假！絕對不是媽媽想看你上節目的緣故！』

嵐嵐：『大家都不要幫他點讚，這種願望不能讓老闆看見。』

渴望放假的陳一帆：「？」

陳一帆：我的粉絲難道都是老闆在網路上花錢買的網軍？

第四章　人生大事

電影市場的競爭向來殘酷，極為重視前期宣傳。《藏火》和《大俠客傳》皆對票房有很高的期待，全都拿出十八般武藝。

線上，楚楚和胡達慶在網路上展開抽獎之爭；線下，齊盛電影和文化娛樂三巨頭各自推出活動，刺激觀眾進入電影院。

齊盛和銀達也為《藏火》站臺，就連男團ASE也一同露面宣傳。文化娛樂三巨頭也不遑多讓，不過都慶是主力軍，帝奇和築岩便沒那麼賣命。

如果換做是別的出品方，並不會鬧得這般昏天黑地、日月無光。然而，楚楚和胡達慶都不是低調的人，齊盛和都慶又財大氣粗，致使雙方的對抗愈演愈烈。

在萬眾矚目下，兩部電影終於先後上映，《藏火》首日全臺票房接近十四億，《大俠客傳》首日全臺票房則接近十一億。

兩者的票房差距看起來不大，但上映後的評價卻天差地別，《大俠客傳》在網路上的討論度瞬間飆高。

薄荷糖：『我走出電影院之後，還在想到底看了什麼？我只記得胡董打醉拳。』

十九：『嚴重懷疑號稱投資二十億，實則洗錢。導演一直在搞不知所云的「藝術」，演員也都在狀況外，首日的十一億到底是從哪裡來的？都是想清空購物車的人？』

秀菜：『極度失望，國片已死，《大瞎客傳》。』

暈暈車：『小聲說一句，隔壁的《藏火》很好看，大家別對最近的新片澈底死心嘛。』

炸雞翅膀：『胡董搞影視簡直跟打遊戲一樣，話多還愛送人頭。』

珍珠花：『楚總：全靠同行襯托。』

《大俠客傳》的首日票房算是亮眼，卻在網路上遭受一面倒的嘲諷，演員拙劣的演技和混亂的剪輯，直接拖垮整部電影。雖然文化娛樂三巨頭前期的宣傳力度很大，但在成片品質的對比下，便產生反噬效果，導致許多期待的觀眾更為憤怒。

不少人甚至戲稱其為《大瞎客傳》，表示《藏火》直接勝出，全靠死對頭的粗製濫造襯托。因為《大俠客傳》成為嘲諷對象，連帶楚楚和《藏火》最近都低調了不少。

楚楚不是喜歡火上澆油的人，她見識過太多外行指導內行拍爛片的事，《大俠客傳》並不算多離奇，便懶得跳出來嘲諷胡達慶。另一邊，《藏火》低調地收割著票房，不斷攀升新紀錄。

雖然楚楚在網路上向大眾承諾過，但她開出來的條件相當苛刻，畢竟全球票房要達到十億美金也不容易。這不是單靠國內觀眾便能刷出來的，網友們漸漸領悟過來，紛紛對她的行為進行吐槽。

花枝：『我總算看出來，楚總是炫富型吝嗇人格，乍看之下很大方，細想不太對勁（doge.jpg）。』

Max：『海外觀眾已經買票支持，肯定要讓變形計實現！』

網路上，網友們熱火朝天地吵著要看《變形計》，現實裡，呂俠正處在水深火熱中的訂婚宴事務中，甚至盡職地跟張嘉年和小楚董溝通試穿禮服的日子。

張嘉年頗有些無奈：「其實您不用如此著急……」

呂俠半開玩笑道：「楚董早就預定時間了，你可不要為難我啊。」

張嘉年垂下眼，遲疑道：「您覺得現在辦訂婚宴合適嗎？」

楚楚才剛進入齊盛集團，腳跟還沒立穩，訂婚宴或許有些操之過急。

呂俠看出他的顧慮，開解道：「只是訂婚，也不是馬上結婚。」

張嘉年沉默，道理他都懂，但兩人的關係徹底暴露在外，對她也不太好？

最近，楚楚敏銳地發現張嘉年的苦悶，小朋友似乎患上當代年輕人都有的「婚前恐懼症」，時常長吁短嘆，猶如焦灼待嫁的黃花閨女。

兩人一起去試禮服，明明看到盛裝的彼此都很高興，但下一秒，張嘉年便神情複雜，似乎又陷入千迴百轉的苦情獨角戲，不知在心裡亂腦補什麼。

回家後，他神情柔和地盯著她吃飯，轉瞬又露出落寞的神色，讓楚楚摸不著頭腦。

飯後，楚楚坐在沙發上，她望向看電視的張嘉年，認真地吐槽道：「其實你不用一直看兒童頻道，以後我們孩子的教育問題一定交給你，可以嗎？」

楚楚發現張嘉年的症狀日益嚴重，就連看兒童動畫片都能眉頭緊皺？

張嘉年聞言，他默默地關掉電視，一言不發地靠在沙發上，彷彿失去靈魂的木頭人。

楚楚見狀頓感不妙，意識到問題似乎有點嚴重。她湊到走神兒的張嘉年身邊，伸手在他眼前晃了晃，輕聲道：「怎麼了？這兩天魂不守舍？」

張嘉年目光微閃，猶豫道：「妳覺得馬上訂婚好嗎？」

楚楚恍然大悟：「哦，我懂了，你在緊張……」

張嘉年剛要無聲承認，便聽她慢悠悠地說出後半句話：「畢竟豪門媳婦不好當，我理解，豪門水深，難怪你最近這麼焦慮。」

張嘉年：「……」

張嘉年看楚楚幸災樂禍的樣子，他氣不打一處來，忍不住伸手掐住她的臉，挑眉道：「妳怎麼看起來這麼得意？」

「沒有啊……」楚楚趕忙裝乖，直到張嘉年放開她，她才扭頭嘀咕，「只是有一點得意，沒有到非常得意。」

張嘉年望著神經大條的楚楚，無可奈何道：「訂婚後，我們要怎麼在公司裡共事，妳考慮過嗎？」

銀達投資正處於上升的關鍵時期，楚楚好不容易打出好成績，現在卻傳出要跟下屬訂婚，不管事情的真相如何，總會引來外界的非議。兩人又都在銀達工作，得知真相的同事們，大概也無法立刻接受。

楚楚摸了摸下巴，她思索片刻，試探道：「你是覺得訂婚之後，公司價值就掉了？從高級的私募基金公司，變成小型的家庭工作室？感覺對公司形象不好？」

楚楚琢磨一番，公司的第一把手和第二把手是夫妻，確實跟學校旁邊的雜貨店形式差不多。

「不是……」張嘉年立刻否認，但他想了想，又覺得她的形容好像也對，改口道，「……這麼說也可以？」

楚楚理直氣壯道：「那沒關係，反正齊盛本來就是家庭企業，銀達也可以。」

她和老楚是父女，呂俠和呂書是叔侄，這麼說也沒什麼不對？

張嘉年：究竟是誰曾吐槽過齊盛的家族企業經營？現在怎麼公然走上同樣的道路？

「如果你只是在乎外人的看法，訂婚宴就如期舉行，因為那些都無所謂。」楚楚停頓片刻，她抿了抿唇，語氣中帶有一絲若有若無的失落，「但如果是你自己想要重新考慮，那就延期吧……畢竟是人生大事，我還有一堆毛病。」

她向來飛揚跋扈，從未流露出如此沮喪的樣子，像是對自己毫無自信。

張嘉年原本還抱有理智，此時瞬間被海嘯般的愧疚擊垮。

他手足無措，竟難得地笨拙起來，解釋道：「我沒有那個意思……」

楚楚低頭不言，像是快要掉淚。

張嘉年更覺慌亂，他圍著楚楚打轉，恨不得使出全套的親親抱抱舉高高，完全是哄小孩的架勢，溫聲細語道：「對不起，我們如期舉行，好嗎？」

他後悔不迭，未料自己的瞻前顧後竟會讓她受傷，臉上流露出緊張而愧疚的神色。

楚楚委屈道：「你不用勉強自己，我知道你不想公開……」

張嘉年連忙否認，他只想打消她的胡思亂想，胡亂地口不擇言：「公開，只要妳願意就好。」

影帝楚楚聞言，她當即抓住把柄，機敏道：「以節目的形式公開也可以嗎？」

張嘉年：「……」

張嘉年望著她乾打雷、不下雨的乾淨臉龐，心想自己都受騙好幾次，怎麼還會被她的奧斯卡級別演技矇騙？

難道真是上輩子作孽，這輩子就得被騙一輩子？

張嘉年眉毛一跳，他強裝鎮定：「什麼節目？」

楚楚悻悻地摸了摸鼻子，不好意思地解釋道：「你可能不知道，就是……我在網路上辦了個活動，想刺激一下《藏火》的票房……」

「然後呢？」張嘉年面露疑惑，不明白這跟上節目有什麼關係。

「……然後好像搞砸了。」楚楚頗感為難，她萬萬沒想到電影《藏火》的海外票房同樣強勢。

北美的首週票房就高達兩億多美金。如果照此延續下去，《藏火》的全球票房很快就會突破十億美金。

楚楚前兩天還挺高興的，過了一陣子她才發覺不妙，趕緊翻了一下自己的留言區。前幾樓的留言不知何時被變形派網友占領，其中夾雜著要看她男朋友的人，更有狠心者要她和張嘉年一同去農村生活。

無聊網友甚至開始蒐集最偏僻農村，反正就是看不熱鬧不嫌事大，只想將她丟到窮鄉僻壤。

辰星影視綜藝部門的人見狀後，委婉而不失禮貌地詢問老闆，有沒有意願讓公司現在就開始策劃節目？編導們不是傻子，嗅覺相當靈敏，堅信這檔節目絕對會爆紅。

然而，楚楚得知他們靠網路上的「全臺最偏僻農村排行榜」來踩點，頓時感到一絲不妙。

張嘉年聽懂來龍去脈後，他既好氣又好笑：「所以妳要拖我下水？」

他算是看透楚楚的鬼主意，節目組踩點的地方生活機能都很差，只能燒柴火做飯。她擔憂自己在拍攝中餓死，才會出此下策。

楚楚振振有辭：「我只是是看你平常工作太辛苦，邀請你去鄉下休息。」

張嘉年：「不，我覺得工作很快樂。」

楚楚宛如點播機，當即動情地唱起來：「你不是真正的快樂，你的笑只是你穿的保護色……」

張嘉年：「……」

張嘉年：就不該送妳去鄉下，還不如上《超級星光大道》。

張嘉年最終勉為其難地答應楚楚的要求，總不能讓她獨自流落山間，連口飯都吃不上。

但在兩人登上節目前，還有另一個磨難正等著他們，那就是訂婚宴。

楚家大宅內，從老家歸來的張雅芳，正和楚彥印興致勃勃地商議著聘禮和嫁妝。張雅芳興高采烈道：「我知道大家都不缺錢，但該給的還是要給……」

張雅芳特意回去清點家產，她一股腦兒地將房屋權狀堆在桌上，拉著楚楚熱情介紹：「這間有院子，適合夏天居住，離市中心也近……」

張嘉年有些訝然，他不可置信地望著桌上的本子，遲疑道：「家裡怎麼會有這麼多間房子？我都不知道。」

張雅芳理直氣壯：「你知道這麼多要幹嘛？」

從小維持家境清貧人設的張嘉年：「？」

張雅芳當年靠拆遷還債後，手裡還剩下一些餘款，便沒事就買房。她看房的眼光還真不錯，挑中的地方沒幾年都暴漲，又成功以高價賣出，再買入其他地方，不知不覺竟家產股實。這些房屋的位置涵蓋天南地北，既有大城市，也有老家的房子。

張嘉年根本沒料到，完全不懂投資的張雅芳會囤積下如此多產業，他明明以為家中還完債後就沒剩多少錢。他剛畢業時，還因此努力工作，害怕沒辦法讓母親過上好日子。

張嘉年現在嚴重懷疑，張雅芳過去頻繁地回老家探親，實際上是在遊山玩水加買房收租金，還一直瞞著自己！

楚楚麻木而茫然地看著張雅芳翻閱厚如字典的房屋權狀，總算知道對方多年的本職工作，竟是搞房地產和收租金。她終於提出疑問：「雅芳阿姨，既然您有那麼多房子，怎麼都不住呢？」

張雅芳明明有如此多房產，甚至在同城市還有大房子，為什麼要住在老舊的國宅裡呢？她第一次到張嘉年家時，還頗感驚訝，畢竟他工作多年，以他的收入來看，住老房子也很奇怪。

張雅芳平時衣著樸素，沒想到竟然是個隱藏的有錢人！

張雅芳爽利道：「我住啊，偶爾住！但我還是習慣住在現在住的地方，其他地方太無聊了，連麻將都打不起！」

楚楚恍然大悟，張雅芳無法割捨她的廣場舞和麻將夥伴，所以不離不棄地堅守著現在居住的地方。

張雅芳跟其他住處的鄰居不熟悉，自然沒辦法玩在一起。

張嘉年此時大腦一片混亂，如果不是臨近他和楚楚的訂婚宴，他大概還會被瞞好久。

張雅芳的炫富環節結束後，便輪到楚彥印的個人秀。

楚彥印乾咳兩聲，鄭重其事道：「嘉年，這是給你的股權。」

楚楚好奇地拿過來看，她打量數字一眼，隨即質疑道：「不對啊，你只給我百分之二而已？」

楚楚：怎麼輪到張嘉年突然變成百分之三？

楚彥印皺眉斥責：「妳怎麼連這個都要計較，還想不想好好過日子？」

楚楚：「？」

張嘉年聞言一驚，為難道：「這確實不合適，或者您轉到楚楚的名下……」

張嘉年同樣覺得自己持股比例高於楚楚不好，趕忙推辭起來。

楚彥印果決道：「大好的日子，你就收著吧，都是長輩的心意！」

楚彥印也有自己的考量，畢竟張嘉年曾在齊盛集團內任職，現在他莫名成為楚家女婿，需要一些東西立穩腳跟。楚彥印拿出股權，就是要向其他老油條表明態度，讓他們明白張嘉年不好惹。同時，張嘉年擁有股權的話，也會有更強的責任心，督促楚楚好好工作，不會隨意敗壞齊盛。

雙方家長完成和諧的交流與溝通，又添上一些零零碎碎的聘禮與嫁妝，事情總算是告一段落。

兩名當事人在漫長的談話中都有些疲勞，他們面無表情地聽著自家父母熱火朝天地聊著，竟有一種置身事外的錯覺。

楚楚、張嘉年：為什麼訂婚能搞得如此複雜？

林明珠適時地溫聲提醒：「那我們去餐廳用餐吧？」

楚楚看到她，突然驚覺道：「後媽，妳還沒給我嫁妝！」

林明珠全程一言不發，保持優雅的微笑，使人忽略她的存在。

林明珠沒想到禍從天降，腰纏萬貫的楚楚居然連她都要宰。

她皮笑肉不笑，盡量保持從容道：「……妳家大業大，還需要我添嗎？」

楚楚無辜道：「需要，這可是祝福，就連可憐都把牠的金鈴鐺給我了。」

她說完，拿出口袋裡的金鈴鐺晃了晃，發出一串動聽的響聲。金鈴鐺是可憐心愛的玩具，牠經常戴著它到處跑。今天牠特意叼過來送給楚楚，為他們的「楚楚可憐」組合應援，展現出過人的智慧。

林明珠：「？」

林明珠：我的狗什麼時候背叛了我？

林明珠難以置信地看向貴賓犬可憐，可憐高興地晃著尾巴，還天真爛漫地汪了一聲。萬般無奈之下，林明珠只能割肉醫瘡，她不情不願地拿出昂貴的珠寶收藏，將一套翡翠首飾作為楚楚的訂婚禮物。

她手中的現金可能位於楚家食物鏈的底端，但珠寶、名牌包等物件很多，不少現金還是她作為間諜的收入。

林明珠意外花錢，她痛心地想：對不起，兒子，這個月可能要少買一點你的封面雜誌，媽媽剛剛破財了。

楚楚本來就沒期望拿到多貴重的禮物，她只是覺得，看著林明珠委屈的樣子很有趣。她看到水頭極好的翡翠時相當驚訝，暗道林明珠還是有點財產，虛情假意道：「謝謝後媽，我很喜歡！」

林明珠心中嘔血，強顏歡笑地咬牙：「不客氣，妳喜歡就好。」

訂婚宴的前期籌備終於結束，楚彥印正式把邀請函寄出，瞬間引爆齊盛內部的老油條們。

眾人萬分驚駭，震驚的地方不外乎只有兩點：一是張嘉年什麼時候跟太子在一起了；二是呂俠什麼時候成為太子忠臣。

齊盛元老們：大家辛辛苦苦幫集團工作，你們憑什麼用不入流的手段超車？太子妃的事就算了，畢竟感情的事不好說，突然崛起的太子忠臣，又是怎麼一回事？

自從其他人知道呂俠負責訂婚宴之事，呂俠每天面對眾多老油條，只覺得他們酸氣撲鼻，所有人都跳出來嘲諷自己。

負責文旅地產[2]的陳祥濤化為一顆檸檬，他就差直接指著呂俠的鼻子罵，嘲諷道：「老呂啊，我可真是不如你，辛苦在外跑一年，還不及你坐在辦公室！」

陳祥濤心裡不服，他矜矜業業地在外考察專案，回頭卻發現佞臣們圍著太子拍馬屁，扭頭就上位，這是怎麼一回事？

呂俠尷尬而不失禮貌道：「說出來你可能不相信，但事情真的不是你想像的那樣……」

陳祥濤：「想像的哪樣？你敢做還不敢讓我們想？」

有理說不清的呂俠：「……」

---

2 文旅地產：綜合型的產業形態，融合文化、旅遊和房地產三大元素的產業。

「好啦，你們都少說兩句。」負責電商的羅禾遂過來勸和，但他同樣話裡藏針，「老陳，老呂現在跟我們可不一樣囉，我們是日薄西山，人家是老驥伏櫪！」

呂俠暗中吐槽：什麼老驥伏櫪，我看是被小楚董當馬騎！

呂俠過去可是不選邊站的老好人，著實不知自己為何淪落到這個地步。他艱難地坦白：「我跟小楚董的關係真的很普通……」

陳祥濤：「但你跟張嘉年的關係很好啊，他是從科技集團升上來的，沒錯吧？」

羅禾遂：「嘖嘖嘖，還是老呂深謀遠慮、慧眼識英雄，當年的下屬轉頭就成集團大股東……」

老油條們都恨不得腦補出宮廷劇劇情，偽君子呂俠苦心經營多年，在萬千手下中挑出一名適齡的青年才俊，培養過後送入宮中。青年果然不負眾望，博得當朝太子的歡心，不但成功上位成太子妃，還在暗中力薦老東家呂俠，使其成為太子的忠臣。

現在連訂婚宴都交給呂俠來辦，可見兩人關係匪淺！

呂俠：「？」

呂俠覺得自己是跳到黃河也洗不清了，這都是什麼倒楣關係！

雖然呂俠心中滿含委屈，但訂婚宴的準備工作仍不能懈怠。

楚彥印等人挑選完好日子，又向合作良好的各大集團和公司發出邀請函，正式宣告訂婚宴的消息。銀達的高管們同樣受到邀請，梁禪等人在得知楚總和張總助即將訂婚，感覺比親眼看到光界娛樂上市還震驚！

青天白日，天朗氣清，訂婚宴是在露天的場地舉行，鋪著潔白桌布的長桌上布滿琳瑯滿目的美食，身著正裝的男男女女觥籌交錯。

光界娛樂CEO梁禪坐在桌前，他望著身邊沮喪的秦東，吐槽道：「今天可是個好日子，你能不能別這麼沮喪？」

秦東茫然而麻木道：「我無法接受……」

梁禪補刀：「沒有人在乎你能不能接受。」

秦東：「嗚嗚嗚，大神怎麼能如此出賣自己，他居然臥薪嘗膽多年，就為讓《贏戰》活下去，當年的永恆虛像VIR啊……」

梁禪看他一反常態地不停碎念，不禁打了個寒顫，總覺得自己公司的主程式設計師gay裡gay氣，下意識離他遠一點。

這邊的VIR粉絲秦東心灰意冷，而另一邊的楚總狂粉夏笑笑則震驚不已。

戀愛軍師夏笑笑當然知道楚總有感情跡象，但她萬萬沒想對方是張總助，而且兩人還到了訂婚的地步。

張嘉年絕對是讓夏笑笑感到敬畏的存在，尤其是他向來對她不假辭色、嚴格要求，不喜歡她圍著楚總轉。夏笑笑不禁滿心憂愁，那她以後能跟老闆交流的機會，豈不是會更少？

夏笑笑一邊眉頭緊皺，一邊握著手持攝影機，她既為楚總感到高興，又有一絲隱憂和失落。

楚楚換好衣服走出來時，便看到夏笑笑眉頭緊皺。她好奇道：「妳怎麼愁眉苦臉的？而且還帶著攝影機？」

「公司的姐姐們請我拍一些素材，想為節目做準備……」夏笑笑聽到楚總的聲音，趕忙回答道。

楚楚不滿地嘖了一聲：「妳們可真有心，《藏火》的票房還沒達到十億美金呢。」

楚楚仍心存希冀，萬一全球票房稍微差了一點，《變形計》便會直接搞砸。

「我們該過去了。」熟悉而溫和的男聲從旁響起，身著西裝的張嘉年儀表堂堂、彬彬有禮，緩步朝楚楚走來。

儘管楚楚早在試衣時見過他的打扮，但她還是再次遭受到顏值暴擊，真心實意地捂住心臟，感慨道：「我死了。」

她死了，原來真的有人可以恃美行凶。

張嘉年眉目明秀、斯斯文文，早已沒有毛頭小子初出茅廬的青澀，身上沉澱著成熟男人的穩重氣度，只是那雙眼睛仍溫潤清亮，現在盈滿笑意。

他似乎很高興，甚至不用言辭表達，便能從他神色中體會到發自內心的喜悅與幸福。

夏笑笑看張總助過來，她趕忙把自己縮成一團，盡量不要招惹對方的注意力，繼續在暗中拍攝。

張嘉年看楚楚穿著漂亮合身的素色禮服，她的禮服是高領設計，襯得她的脖頸曲線優雅而柔美。他眼神微微一愣，似是被驚豔幾秒，竟有種美夢成真的虛幻感。

然而，張嘉年的失神並沒有維持太久，他看到她光裸的雙臂，很快就切換回親切慈祥的父愛式關懷，開始噓寒問暖：「妳冷不冷？要不要再穿一點？」

楚楚的禮服是半露肩設計，訂婚宴又是在露天場地舉行，現在正好有一點風。

楚楚下意識道：「不冷……」

張嘉年伸手碰了碰她露出的白淨手臂，他皺起眉，直言道：「妳的手這麼冰，還說不冷？」

楚楚：「……」

楚楚：嗯，可能有一種冷，叫做「未婚夫覺得妳冷」。

兩人交談幾句，張嘉年才發現藏在一旁的夏笑笑，不由抬起眉頭。

夏笑笑見狀，心裡嚇了一跳，她頗有些倉皇，怯怯道：「……楚總、總助，祝二位百年好合、幸福美滿？」

張嘉年聞言，他臉色稍微和緩，客氣而不失禮貌地點頭：「謝謝。」

楚楚覺得夏笑笑太過拘謹，吐槽道：「未免也太官腔？」

夏笑笑悄聲詢問：「楚總，我以後還能跟您說話嗎……」

楚總和張總助以後的關係不同常人，總助豈不是盯得更緊？

楚楚沒聽清楚：「妳說什麼？」

患得患失的粉絲夏笑笑：「沒、沒什麼。」

楚楚和張嘉年郎才女貌、宛如璧人，他們攜手出現在宴會上，瞬間吸引全場的注意力。

呂俠在臺上主持，引導著訂婚宴的流程，而雙方父母的臉上早就堆滿笑容。張雅芳高興地瞇起眼，楚彥印還算收斂沉穩，但他的嘴角也一直高高地揚起，顯然心中很是滿意。

楚楚剛開始還感到興奮，畢竟這是個隆重而富有意義的日子，但她很快就迷失在不斷上前問候的各類人士中，完全分不清他們的臉。

雖然這場宴會是打著訂婚的名義，卻有著社交的目的。齊盛集團的董事們更是輪番上陣，這算是他們第一次和小楚董見面。

張嘉年輕聲介紹道：「這位是文旅地產集團的陳董，這位則是商務集團的羅董……」

陳祥濤和羅禾遂上前問候，他們在集團內的地位跟呂俠差不多，只是管理的業務不同。

楚楚望著眼前的人，她其實完全記不起來，卻還是一本正經地跟兩人握手：「您好。」

陳祥濤熱情道：「恭喜二位訂婚，我就等著喝喜酒啦！」

羅禾遂同樣說了幾句賀詞，他感慨道：「古人云，先成家後立業，楚董如今也算成家，將來肯定能開創一番事業，就是不知道會往哪處發展？」

張嘉年眼神微閃，聽出羅禾遂拐彎抹角的意思，不由微微抿唇。

現在齊盛集團內部盛傳楚楚要接班，楚彥印轉讓股權便是信號暗示，但也有人認為楚董是轉移資產、準備套現[3]。他們覺得楚家將來會以銀達為主，漸漸清理手上的齊盛股權，尤其等光界娛樂陸續上市後，如日中天的銀達會成為可媲美齊盛的龐然大物，而齊盛則在不斷衰敗。

董事股東們不乏人心惶惶，楚彥印已經到了快退休的年紀，誰能保證他退休前不會套現走人？楚彥印一跑，最慘的無疑是剩下的人。

楚楚笑了笑，輕描淡寫道：「人往高處走，我往高處發展。」

3 套現：利用不同市場中的同一種產品，或是接近的產品價格之間的細微差價獲利。

羅禾遂見她不痛不癢地岔開話題，只能客套地應和幾句，不好繼續追問。

楚楚和張嘉年簡直將齊盛集團內的高管們認識了一遍。應酬結束後，楚楚對張嘉年認人的本領甘拜下風，她見識如此多老油條，只感覺一陣油膩。

訂婚宴時間漫長，楚楚望著滿場的人就發慌，她突然對身邊的張嘉年道：「我們私奔吧。」

張嘉年正在喝水潤嗓子，聞言後面露疑惑：「？」

楚楚認真道：「我們現在逃走，兩個人單獨去玩。」

她才不想跟如此多陌生人虛與委蛇，反正也和認識的夏笑笑、梁禪等人寒暄過了。

張嘉年：「？」

他面露難色，扭頭看了看臺上的呂俠，遲疑道：「但我們接下來要上場，這樣不太好吧？」

呂俠的流程單上，明確寫著兩人要上臺，感謝在場的嘉賓到來，然後是敬酒環節。

楚楚眨眨眼，坦然道：「那都是做給外人看的，但今天寶貴的時間，我只想留給你。」

「我不在乎他們怎麼想，我只在乎你。」

張嘉年愣怔在原地，望著她目不轉睛的鄭重模樣，竟說不出任何拒絕的話。

他難以形容自己的感受，儘管他只是芸芸眾生中的普通人，但她卻偶爾讓他近乎相信自己真的特殊而重要，起碼對她來說是特別的。

張嘉年沉默片刻，發出一聲若有若無的嘆息，最後釋然地露出微笑。他朝她伸手，溫和道：「那走吧。」

宴會後臺，工作人員看著訂婚宴的兩名主角手牽手跑來，不由有點訝然。楚楚乾脆道：「剛才已經更改環節了，接下來插播歌曲表演，老楚要唱〈中華民國國歌〉。」

工作人員疑惑地核對流程：「……但呂董給的流程單上沒有寫啊？」

楚楚面不改色：「這是臨時起意，呂俠還不知道，等他下臺後，你記得提醒他 cue 老楚。」

工作人員：「好的？」

旁邊的張嘉年心情複雜，他覺得很對不起現場來賓，讓大家慘遭楚董歌聲的荼毒。

楚楚重新安排完環節，便拉著張嘉年偷偷溜出會場，張嘉年還從未做出如此膽大包天的事情，任由她牽著走。

過了一會兒，臺上的呂俠看著節目單表情微妙，像是想起無數年會的痛苦回憶，但他還是隆重介紹道：「接下來有請楚董為我們高歌一曲〈中華民國國歌〉。」

楚彥印：「？」

齊盛集團的高管們聽到這句話，同時呼吸一窒。夏笑笑手持攝影機，奇怪地左看右看，詢問其他人：「楚總和張總助呢？」

她剛剛還看到兩人，怎麼轉眼間就跟丟了？

楚彥印沒想到自己要唱歌，他誤以為是驚喜環節，緩緩站起身，謙虛道：「既然今天是個如此重要的日子，那就恭敬不如從命……」

齊盛元老們：不！這命您真的不用聽從！

楚彥印握著麥克風，再次獻唱自己的成名代表作〈中華民國國歌〉。

他獨特的死亡嗓音，放在古代是餘音繞梁、三日不絕，在現代就是杜比環繞音效，產生可怕的殺傷力。

臺下嘉賓們獻上猛烈的掌聲，他們都快把手拍紅，只為掩蓋掉這股強大的精神攻擊。

另一邊，楚楚和張嘉年順利私奔，兩人為躲避人來人往，乾脆盯上被鎖住的幽靜園林，打算翻牆進去。

張嘉年穿著西裝仍身手矯捷，他落地後看著僵立在鐵欄上的楚楚，哭笑不得道：「是妳提議要翻牆，現在卻下不來？」

她宛如還沒學會跳躍的幼貓，在高處一動也不動。

楚楚拽著彆扭的裙子，她死死地握著欄杆，不滿道：「我上來才發現有點高……」

她相當不服氣，張嘉年的穿著明顯比她輕便，穿著禮服翻牆，根本就是雜技表演的等級！

張嘉年朝她敞開懷抱，伸手安慰道：「妳跳下來，我會接住妳。」

楚楚尷尬道：「我要是把你壓死該怎麼辦？在訂婚宴表演當場喪偶？」

張嘉年：「……」

張嘉年心道：我可能會先被妳氣死，而不是壓死。

楚楚僵持良久，最終還是鼓起勇氣，朝張嘉年跳下去。張嘉年看她宛如一團從天而降的繁花錦簇，果斷上前一步，穩穩地接住她。

她成功落入他的懷抱，感受到熟悉的溫度，這才鬆了口氣，用雙臂環住他的脖子。

片刻後，楚楚發現不對勁，乖巧道：「計畫似乎出現偏差。」

張嘉年抱著她，有點茫然：「？」

楚楚：「我把鞋子忘在那邊了。」

張嘉年扭頭一看，果然發現遺落在欄杆對面的高跟鞋。楚楚嫌棄翻牆麻煩，剛才將它們丟在路邊，沒來得及丟過來。園林的路上有不少樹枝和碎石，很容易便會扎破她的腳。

張嘉年提議道：「妳想去哪裡，我抱著妳去吧？」

楚楚不好意思道：「其實我一直有個夢想，就是登上喜馬拉雅山，能不能請你……」

張嘉年：「……」

張嘉年：妳要不要聽聽看，妳現在到底在說什麼？

張嘉年乾脆抱著她往園林深處隨意地逛逛。楚楚光著腳也不老實，她在他懷裡沒待多久，便開始左摸摸、右蹭蹭，還伸手往張嘉年的襯衫領口裡探，不知道想做什麼。

張嘉年腳步一僵，他臉色微赧，伸手輕拍她一下，警告道：「不准亂摸！」

楚楚振振有辭：「我明明是井然有序地摸，不算亂摸。」

張嘉年眼神一深，看她一副無所謂的樣子，低聲道：「我要生氣了。」

楚楚挑釁道：「那你生氣啊。」

下一秒，她便感受到溫柔的觸感，臉上拂過輕和的吐息，被濃烈而深入的吻包圍。他垂下的睫毛宛如停歇的黑蝴蝶，幾乎要將她揉入血液裡，用荷爾蒙勾引她墜入深淵，陷入更深的迷亂。

兩人一吻結束，臉龐都染上了桃花的顏色，她和他望著彼此，同時陷入沉默。

楚楚猶豫片刻，小聲道：「……你其實可以常常生氣，我不介意？」

張嘉年：「……」

張嘉年幽幽地咬牙：「妳以後不要後悔。」

楚楚用臉頰貼著他的臉，她檢查一下緊握在手中的鏈子，發現自己沒有因為美色當前而丟失東西，這才鬆了口氣。她伸手將項鍊掛到張嘉年的脖子上，小心地塞入他的領口。

張嘉年被金屬的觸感冰了一下，隨即感受到細細的項鍊貼在他胸口，上面似乎還懸掛著什麼。

他伸手拿出細鏈，發現那是一枚閃閃發光的戒指，跟他送給楚楚的戒指極為相像，不由愣怔幾秒。

楚楚吐槽道：「你送我的居然是單戒，我只好請人再照著做一枚，這枚送給你。」

張嘉年在楚楚住院期間，幫她戴在手上的是一枚鑽戒。出院後，她本來還好奇張嘉年為何不戴戒指，後來才發現他送的戒指是單戒，並沒有男款。

楚楚仔細一想，覺得小朋友實在太淒慘，決心憑空做一枚出來！

張嘉年：「因為那是鑽戒，我還沒把對戒給妳……」

鑽戒是求婚用的，他本來想等結婚時再把對戒拿出來，沒想到竟烏龍地讓她強行訂製一枚男戒。

楚楚面露茫然。

張嘉年無奈道：「婚戒是婚戒，對戒是對戒。」

楚楚有點抓狂：「我又沒結過婚，誰會知道啊？」

張嘉年很想說他同樣沒結過婚，又見她陷入混亂的樣子，不禁調侃道：「這個戒指跟我的家庭地位滿像的，完全照著妳來。」

他沒想到，她會有心對比著做出一枚男戒，心裡不由塞滿柔軟的情緒。

楚楚趴在張嘉年的肩膀上，兩人漫無目的地在園林裡閒逛，享受平靜而安逸的時光，但最終還是被人發現。在場的嘉賓在聽過楚董獻唱三曲後，終於不堪忍受，四處尋找兩名訂婚宴主角的下落。

嘉賓：要是不趕快把楚董請下臺，是會出人命的！

主持人呂俠接下重責大任，隨行的還有前線記者夏笑笑，開始慢慢搜索邊緣地帶。夏笑笑在鐵欄邊發現楚總的高跟鞋，兩人用鑰匙打開被鎖住的園林，進去後便看到衣衫凌亂、舉止親暱的兩名主角，楚楚甚至還光著腳。

「荒唐，實在是荒唐！」呂俠看了一眼，便趕緊轉過身，痛斥世風日下。

夏笑笑滿臉通紅，結巴道：「你、你們……」

張嘉年：「事情不是……」

你們想像得那樣！

楚楚：「事情沒那麼嚴重，大家都是成年人。」

張嘉年：「？」

夏笑笑、呂俠：「！」

夏笑笑和呂俠在領悟楚楚的神情後，默契地選擇守口如瓶。張嘉年總覺得哪裡不對，事情似乎又朝著微妙的方向，邁進了一大步。

第五章　戀愛實境秀

雖然宴會沒有邀請太多外人，狗仔也沒成功溜進會場，但楚楚和張嘉年訂婚的消息，還是傳了出去，甚至讓「帶老公上《變形計》」的留言爬到第一，將「獨自上《變形計》」踩在腳下。

易燃：『恭喜楚總訂婚，不考慮上《變形計》嗎？』

識人不清：『恭喜楚總喜獲良人，不考慮上《變形計》嗎？』

一二三：『男方居然不是明星或公子哥兒？這跟我想像的不一樣啊，辦公室戀情？』

梟梟：『我還以為楚總是看臉的人？』

冰川隕石：『兄弟，你這樣說，不怕被我們粉絲踩死嗎？』

網友梟梟本來無聊地發了一則貼文，想湊楚總訂婚的熱鬧，沒想到還被粉絲抓住。不過梟梟神經大條，沒有太在意，再次進行回覆。

梟梟：『那麼問題來了，我究竟會被楚總的粉絲踩死，還是被陳一帆的粉絲踩死呢？』

冰川隕石：『當然是被VIR的粉絲踩死，誰說她不看臉的？』

梟梟：『？』

網友梟梟在好奇心的驅使下，主動點進冰川隕石的個人頁面，這應該是小帳，但對方接連分享光界娛樂和《贏戰》遊戲的消息，態度又不像玩家，倒像內部人士。

冰川隕石的口氣簡直如同知情人，態度如此篤定，直接點破VIR。

梟梟：『等等，我好像發現真相！』

因為類似「男方是VIR」的言論越來越多，不少人立志查出真相。

某八卦論壇，八卦網友們圍繞楚楚訂婚一事建起高樓，文章標題名為「某集團老闆訂婚，揭露新晉霸總小嬌妻來頭」。

一樓：『樓主拋磚引玉，隔壁某總跟自己下屬訂婚，這是什麼套路？有錢人不該商業聯姻、強強聯手，難道是為愛沖昏頭腦？要是有知情人士，就一起來討論吧。』

二樓：『為什麼到現在還沒有新聞啊？這屆狗仔真的不行，爸爸對你們很失望！』

三樓：『勉強算是幫楚總打工的員工，佛曰：不可說。』

四樓：『勉強算是幫楚總打工的員工，佛曰：不可說。』

五樓：『知情的人給點消息吧！我看有人說男方是VIR，到底是不是真的？』

六樓：『我靠，我靠，我當時看到「楚總下屬」還沒反應過來，居然是VIR！這要是男女性別顛倒一下，絕對是電競類言情小說情節！』

七樓：『樓上，性別不顛倒，也能是言情小說情節。』

八樓：『我還以為大家都知道，這兩個人早有CP粉絲，各種小細節超多，請看粉絲專頁@VC銀翹片。』

九樓：『我們公司很早就有人喜歡這對CP，各位都是IE嗎？』

十樓：『為什麼搜不到VIR的照片啊，雖然他老是跟著楚總，但每張照片都失焦或沒正臉？』

十一樓：『樓上，我也是！我甚至跑去翻齊盛年會的合照……』

十二樓：『我從影片裡面找也沒看到，不愧是永恆虛像VIR，多年遊俠沒白玩？遊戲和現實裡的潛行走位一樣強。』

十三樓：『楚總剛才偷偷關注粉絲專頁@VC銀翹片，大家快獻上熱烈掌聲，恭喜各位從非官方升級為官方！』

八卦論壇上，網友們激情開挖，四處想找張嘉年的正臉照片。另一邊，CP站「VC銀翹片」的站姐們感到一陣惶恐。

她們本來是閒得無聊的光界員工，既喜歡老闆楚總，又崇拜大神VIR，便偷偷地將兩人湊在一起，還創立了粉絲專頁，取名為「VC銀翹片」。「V」是VIR，「C」是楚楚，「銀」是銀達，而「翹」諧音「悄」，代表站姐們悄悄選邊站、圈地自萌的思想。

畢竟玩歸玩、鬧歸鬧，沒人敢拿飯碗開玩笑。

萬萬沒想到，CP站「VC銀翹片」現在突然轉正，成為兩人CP站中的第一大站。站姐們立刻召開緊急會議，覺得有必要鞏固自己在江湖的地位，維護大站的威嚴。

「從現在開始，我們不能再隨意更新，每則貼文都要有品質保證！由企劃來寫文案，美編努力畫圖……」主要負責人開始進行分工，將工作安排下去。

大家氣勢如虹，將工作態度放在經營粉絲專頁上，不但文案詞藻精美，還開始產出同人圖，讓專頁煥然一新。

肖樂樂：『銀翹粉絲專頁的畫風突然轉變，最近幾則貼文的品質好高？』

傾聽我聲音：『楚總該不會特意把專頁買下來，然後自己經營吧？』

QAWS：『建議粉絲專頁產出同人文，VIR身懷使命臥底銀達，最終跟總裁假戲真做、日久生情（doge.jpg）。』

蕭然夢：『粉絲專頁變得好專業？難道站姐現在拿楚總薪水啦？』

海綿巨巨：『我要高價收購VIR正面照，他的真面目是我最近的心結。』

小豬豬：『求求好心人曬出VIR的照片！』

吃到飽：『加一！』

粉絲專頁的貼文留言區內，求照片的網友們從四面八方趕來，他們感到一絲離奇，為什麼這麼多人都找不到張嘉年正面照？照理來說，張嘉年時常跟隨楚楚前往各大公司，又曾在齊盛任職過，應該會留下一些痕跡，但那些照片不是畫質模糊，就是沒有正臉。

訂婚宴上，同樣有嘉賓拍照留念，但最多也只有張嘉年的側臉！

「求購ＶＩＲ正臉照」關鍵字，竟然被推上搜尋排行榜，無數網友高價懸賞，等待有志之士拿到照片。

燕晗居內，張嘉年正在收拾上節目的行李，卻突然被閃光燈照到。他一抬頭，便看到屁孩舉著手機，疑惑道：「妳在做什麼？」

楚楚拍完照片，她檢查一遍自己的成果，感到相當滿意：「我想賺一點零用錢。」

張嘉年：「？」

楚楚：「有人在網路上懸賞你的正臉照，肥水不落外人田，乾脆讓我拿賞金。」

張嘉年：「？」

楚楚覺得張嘉年的「路人甲」光環相當頑強，其效果就是精準閃躲鏡頭和自帶隱形效果，成功讓他逃過一次又一次的追查。她剛才也試了幾次，才留下一張不錯的照片。

張嘉年看楚楚低頭編輯照片，生怕她真的公開，趕忙道：「……不准把照片傳出去。」

楚楚揚起下巴，似乎頗為得意：「你求求我，我就考慮考慮？」

張嘉年冷靜道：「妳確定要在上節目前這麼做，嗯？」

他們馬上就要被帶去窮鄉僻壤，屁孩現在居然還在作死邊緣來回試探？

楚楚想了想，她覺得沒必要現在激怒飼育員，這才大發慈悲道：「好吧，既然你都求我了，我這次就勉為其難地不傳。」

張嘉年：「……」

楚楚雖然沒有公開照片，但她還是興致勃勃地將其設置為手機桌布，別人都選錦鯉桌面求財，她打算用張嘉年求路人甲濾鏡。

《藏火》全球票房突破十億美金的那天，剛好是辰星影視正式開拍綜藝節目的日子。

節目當然不能叫做《變形計》，編導們將其命名為《老闆的假期》。雖然楚楚百般不願意出門，但殘酷的現實還是擺在她面前。

節目正式開拍，張嘉年拉著早就準備好的行李廂，他望著只帶後背包的楚楚，提醒道：「妳不再帶一點東西嗎？拍攝時間還滿長的。」

楚楚振振有辭：「你沒看過《變形計》吧？」

張嘉年坦白道：「確實沒看過。」

楚楚：「這節目是有套路的，我現在應該先跟你大吵一架、撒潑打滾，甚至離家出走，然後在深夜被編導們找回。等我回到村莊後，生活用品會被節目組全部沒收，此時不滿的情緒到達頂點，但在善良村民的感化下，我漸漸褪去戾氣，最終幡然醒悟，真誠地跟你道歉，一改過去的不良作風。」

張嘉年：「……」

楚楚總結道：「所以我現在也沒必要拉行李箱，反正最後都會被沒收，大概連手機和錢也會被拿走。」

節目組肯定希望她和張嘉年吃苦，才能跟大城市的生活形成強烈對比，產生戲劇效果。

編導們聞言，不由面面相覷，除了《變形計》常見的劇情外，楚總在規則上說得分毫不差，跟節目設計得完全一樣！

編導們：現在都不好意思介紹節目流程，完全被劇透光了。

張嘉年聽完，認為她說得頗有道理：「那我也不帶行李箱？」

楚楚：「沒關係，帶著吧。如果他們執意沒收，我就扣他們薪水。」

編導：「？」

編導們：玩歸玩，鬧歸鬧，別拿薪水開玩笑！

節目組在多處踩點後，挑選了一處名為紀川鎮的地方。這裡風景秀麗、民風淳樸，地處西南，卻因為陡峭複雜的地形與世隔絕，商業並不發達，當地村民的生活也不富裕。

節目組一行人下飛機後，編導們便正式開始介紹：「紀川鎮的人口數少，居民的平均所得低，算是當地較為落後的地區。鎮上居民的生活，基本是靠自給自足，我們會給您一千塊的啟動資金，支撐最初的開銷，後面都要靠兩位的共同努力……」

「下車後，請您交出身上所有的現金和貴重物品，我們會幫您好好保管。」

楚楚：「？」

楚楚：「等等，我現在買個遊戲造型，都要花好幾千了？」

編導：「紀川鎮的網路訊號不太好，您應該暫時不需要購買遊戲造型。」

楚楚：「你叫什麼名字？我已經記住你了，扣薪！」

編導：「……」

編導看向其他同事，遲疑道：「……不然我們換個人介紹規則，其實我最近滿缺錢的？」

其他人齊齊搖頭，堅守「死道友無死貧道」的原則。

然而，楚楚靠扣薪警告達到的威脅效果，並沒有持續太久。

汽車在泥濘的路上顛簸，晃得車裡的人左搖右晃，直接將楚楚晃到暈車。

紀川鎮離市區很遠，長達數小時的車程讓她感到不適，虛弱地往張嘉年的懷裡鑽。

攝影一看到這一幕，立刻記錄下楚總受苦受難的神色，不料她拉開張嘉年的運動服外套，直接將頭埋進他懷裡，躲避鏡頭的追蹤，不想被眾人看到憔悴的樣子。

張嘉年感覺她有點憮憮，他看向鏡頭，當即伸手制止，冷聲道：「別拍了。」

張嘉年一路上相當安靜，對節目組設計的規則也沒有任何抱怨，如今他憂心楚楚的情況，這還是他頭一次皺眉冷臉，瞬間震懾圍繞著楚楚拍攝的攝影們。

如果是沒架子的楚總，大家還會嘻嘻哈哈幾句，但面對向來正經的張總助，眾人便不敢太過放肆。

畢竟老實人突然生氣，肯定沒人招架得住。

攝影們遭到喝止，只能收斂地將鏡頭挪遠，卻沒有停止拍攝。他們眼看著上一秒還臉帶寒霜的張總助，瞬間眼含柔色，輕聲細語地低頭詢問楚總：「哪裡不舒服？妳要不要喝點水？或是開窗戶透透氣？」

楚楚將臉靠在他身上，像是難受得說不出話，艱難地搖了搖頭。

張嘉年瞬間憂慮起來，乾脆提議道：「我們不錄了，現在回去吧？」

編導們聞言，瞬間瞪大雙眼，生怕楚總真的答應這個提議！

楚楚可憐兮兮道：「難受……」

張嘉年立刻心疼，安撫道：「嗯，回家吧，不錄了……」

楚楚抬頭眨眨眼，賣慘道：「你親親我就好了。」

張嘉年：「……」

某個單身狗編導看到這一幕，簡直像是遭遇暴擊，痛心疾首道：「我難受，我要跳車。」

這明明是一檔具有現實主義溫度的正能量節目，為什麼還有凌虐單身狗的環節！

張嘉年面色微紅，只能為難地輕聲哄她：「周圍還有人……」

楚楚一本正經地胡說八道：「他們都瞎了，沒關係。」

「……」

編導們：不但在行為上凌虐單身狗，居然還在言語上進行狗身攻擊！

編導和攝影們聞言後，憤怒地把鏡頭挪過去，將兩人團團圍住。張嘉年左右為難，最後只能低下頭，雙手一拉外套，像是蝸牛縮進殼裡，躲避眾人的拍攝鏡頭，輕輕地親了她一下。

編導們被隔絕在外，看不到情況，便將鏡頭推近，想要一探究竟。

深色的外套擋住二人，楚楚和張嘉年不知在私下做了些什麼，楚楚轉瞬便坐直身子，露出正臉來。她的臉色有所好轉，還夾雜一絲得逞後的愉悅，朝拚命張望的攝影擺擺手，教育道：「坐下來，坐下來，你這樣很危險。」

編導痛失關鍵鏡頭，試圖賣慘：「楚總，請您理解和配合我們的拍攝，大家都不容易……」

楚楚：「你才給我一千塊的片酬，這實在配合不了。」

編導：「……」

楚楚：「不對，這一千塊只能叫生活補助金，工作時長還極不合理，嚴重違反勞基法。」

編導：很好，從扣薪警告進階為律師函警告。

漫長的車程結束後，節目組一行人終於抵達紀川鎮，實際拍攝的地方離小鎮還有點距離，在紀川鎮旁邊的小村落。

眾人抵達目的地時，正是日暮時分。血染般的夕陽在天空中，鋪開絢麗的顏色，枝葉搖擺的樹叢中，傳來不歇的蟲鳴。

下車後，工作人員們便收走兩人的現金和貴重物品，由於工作性質特殊，楚楚和張嘉年的手機不用被沒收，避免他們錯過急需處理的事務。

當然，自從楚楚進入村落，她的手機直接從4G變成3G，最後失去訊號。

交出貴重物品後，編導們還會進行檢查，楚楚只覺得女編導恨不得把自己摸遍，開口道：「未免也查得太仔細？我看起來像是會攜帶危險物品的人嗎？」

張嘉年那邊很快就結束，根本沒有多耽誤時間，他帶的幾乎都是和工作與生活相關的東西，沒什麼貴重財產。

編導們不好直言，楚總花招太多，本身就是個危險物品，讓人懷有警戒心。

搜身結束後，編導和攝影便各自散開，隱匿在暗處。房間裡有攝影機，大多數工作人員都窩在院子裡。

村落裡幾乎都是獨門獨戶，蓋著幾間普通的平房或草屋，遠遠還能聽到看門狗的叫聲。

楚楚和張嘉年先在屋裡轉一圈，廚房的灶臺上蓋了厚厚的一層灰。張嘉年只是揭開鍋蓋，灰塵立刻亂舞。

楚楚吐槽道：「難道之前有人在灶臺上施工？還是被砂石車軋過？」

楚楚看著這撲面的灰塵，不禁懷疑是編導故意買沙土撒上去的。

張嘉年有些無奈：「我把鍋子刷一刷，晚上吃麵吧，田裡好像有一些菜。」

兩人將近日落才抵達破舊的小屋，現在手上的材料也不充足，好在院子的田裡有些當季時蔬，算是天然冰箱。

張嘉年在家洗鍋子，楚楚則拿著錢前往雜貨店，打算完成「購買掛麵」的任務。雜貨店位於山頂處的平地，雖然這裡是個村落，但道路大多是坡狀，村民的家散落在山上各處。

楚楚一路上左瞧瞧、右看看，還發現有老爺爺賣木雕，而且一個只要五塊錢！

但她仔細想想，現有資金只有一千塊，貿然消費不太好，最終還是忍痛離開。

編導和攝影見狀，竟忍不住調侃打趣道：「楚總，您居然還會被五塊錢難倒？」

楚楚懶得理這些幸災樂禍的人，她先前往雜貨店買掛麵，發現這裡的物價非常便宜，掛麵居然也只要五塊錢。她又買了一些調味料，慢悠悠地往回走，發現賣木雕的爺爺已經不見，倒是出現了另一群不速之客。

「咯！咯！咯！」

山路上，霸道的大白鵝們橫衝直撞，氣勢洶洶地朝人衝過來，見人就啄。編導們還沒反應過來，楚楚便提起掛麵，撒腿就跑，她成功靠出賣隊友，將他們遠遠地拋在身後。

楚楚：只要我跑得夠快，鵝就追不上我！

來自大城市的編導和攝影們遭鵝群攻擊，反擊無效後想要逃離，卻早被楚楚甩得老遠。

楚楚一溜煙地跑回家，她小心眼地將院門一關，還頗不放心地用鐵鍊鎖上，報復剛才調侃自己的工作人員。

張嘉年已經在用洗乾淨的大鐵鍋燒水，他看到屁孩的動作，好奇道：「妳在做什麼？」

楚楚：「馬上就要上演喪屍片，必須提前鎖好門窗。」

張嘉年：「？」

下一秒，院門便被人砰砰地敲響，其中伴隨著大鵝們的咯咯聲和編導們的慘叫，聽起來慘不忍睹。

人類在大鵝面前潰不成軍，付出慘痛的代價。臨陣脫逃的楚楚則在院內欣賞著動聽的哀嗚，露出邪惡而愉悅的反派微笑。

目睹此幕的張嘉年：「……」

張嘉年：這段節目播出後，可能會對小朋友產生負面影響。

節目組工作人員因為大鵝事件，算是澈底跟楚楚槓上，甚至揮去最後一絲對老闆的敬畏，他們發誓一定要讓她在節目中，付出慘痛代價！

第二天，楚楚和張嘉年將院落簡單收拾一下，他們把閒置的長椅擦乾淨後，將其放在院內的陽光下。楚楚悠然地躺在長椅上曬太陽，眾人眼看著她打算平躺一整天，很快便坐不住，向她發起挑戰。

「楚總，如果您不去找賺錢勞作的方法，很快就會坐吃山空的。」

「不會，掛麵一包五塊錢，我可以買兩百包，夠我吃好幾個月了。」

「？」

工作人員本以為大老闆會被錢難倒，沒想到她由奢入儉如此之快？編導們後悔不迭，早知道給她一百塊就好了！

編導：「但張總今天都收拾過菜園，您完全不參與勞動，不會感到慚愧嗎？」

張嘉年今日不但整理菜園、打掃房間，甚至靠 wi-fi 處理工作郵件，跟橫躺在長椅上的鹹魚楚楚，宛如天壤之別。

楚楚厚顏無恥道：「我都嫁給他了，他必須要養我。」

編導們聞言，憤怒地直接祭出殺手鐧，誘惑道：「如果您能在節目錄製期間賺到目標金額，我們可以提早結束錄製，讓您離開紀川鎮。」

楚楚頓時來了精神，問道：「目標金額是多少？」

編導解釋道：「這裡的居民平均所得低，您和張總是兩個人，只要賺到八萬塊就可以離開。」

楚楚面露猶豫：「我冒昧地詢問一下，你月收入有八萬嗎？」

編導坦誠地答道：「沒有。」

楚楚直接道：「那你還好意思要求我賺八萬？」

慘遭暴擊的編導無言以對：「……」

編導們可是拿大城市的工資，現在讓楚楚短時間內，在這個小村落賺八萬，無異於天方夜譚。如果真有這樣的方法，村裡的人早就發財，還需要等到今天？

張嘉年並不知道楚楚和編導的交鋒，他握著兩把釣竿出來，提議道：「我們去釣魚吧，看看能不能加菜。」

編導本以為懶散度日的楚總會一口回絕，沒想到她這次乖乖起身，跟剛才抵死拒絕勞作的樣子判若兩人。楚總展現出完美的雙標嘴臉，用行動詮釋「編導說的都是屁話，只有張嘉年有用」。

楚楚和張嘉年各自拿著一把釣竿出發，前往村邊的水庫釣魚。節目組見狀，立刻打起精神，抓緊時機想拍攝有價值的素材，以免資料不夠。畢竟楚總今天大部分時間都躺在長椅上，她連身子都懶得翻，根本沒什麼看點。

節目組：這可是真人秀節目，總不能直播曬太陽打瞌睡吧？

工作人員們滿懷希望地跟到水庫，眼看著楚楚和張嘉年拿出小板凳，兩人悠閒地坐在水邊，似乎又陷入新一輪的曬太陽打瞌睡。更讓人生氣的是，楚楚直接將釣竿隨手插在腳邊，甚至懶得用手握。

導演忍無可忍，吐槽道：「楚總，您這樣是不可能釣到魚的。」

楚楚：「不會，我跟魚很有緣。」

導演：「我們踩點的時候有嘗試過釣魚，這裡的魚是野生的，非常狡猾……」

楚楚正有一搭沒一搭地聽著，突然看到魚線繃緊，她立刻握起釣竿，不停歇地快速收線，一尾大魚猛地從水面竄出！

張嘉年適時地遞過水桶，幫她把大魚放入桶中。楚楚做完這一切後，她好奇地扭頭看向導演，抱歉道：「你剛才說什麼，我沒聽清楚？」

導演：「……」

節目組踩點的時候，早就將村中能進行的農務勞作試了一遍，生怕出現任何疏忽。村邊水庫裡的魚雖然肥美鮮嫩，但是凶猛狡猾，甚至經常扯斷魚線，就連當地人都很難釣起，怎麼換做是她，就像鬧著玩一樣？

巧合，這絕對是個巧合！

導演無法相信，斷定這是意外，沒想到楚總卻接二連三地舉起釣竿，而且幾乎每次都能釣到一條大魚。

「哇，釣到了，又釣到了！」

周圍的工作人員本來還在拍攝，現在都沉浸在楚總的釣魚表演中，紛紛發出興奮的驚嘆。張嘉年剛開始還自己釣魚，後來乾脆專心幫她裝魚，沒過多久就裝滿了一大桶。

導演親眼目睹此景，難以置信道：「您以前學過釣魚？」

張嘉年：就算有專業水準，也不可能不間斷地一直釣到魚吧？

楚楚從容道：「我玩《牧場物語》的時候學過，今天算是首次實踐。」

導演：「？」

導演：那不就是沒學過？

釣魚達人楚楚很快便吸引到旁人的注意，甚至有當地人請求跟她換位置，想在她坐的地方釣魚。楚楚大方地答應，她跟張嘉年一起更換地方，然而不管她坐在哪裡，都有無數傻魚往上撞，前仆後繼地送上來。

楚楚早就意識到自己跟魚有不解之緣，但她在釣魚前也不敢確信，現在總算是相信稱號的作用。

〔魚塘塘主：我要讓所有人知道，這個魚塘被你承包了。你的維護讓女主角大為感動，獲得百分之五的錦鯉運加成。〕

她作為魚塘塘主，要是連魚都釣不上來，實在是有損塘主的威風！

楚楚的釣法對其他釣魚人來說，簡直是慘痛的打擊，有人終於受不了，主動往這邊走。對方望著旁邊的攝影鏡頭，有些躊躇，卻還是硬著頭皮搭話：「小姐，我跟妳買一條魚吧？」

楚楚抬頭一看，想買魚的是一名頭戴斗笠、腳踩雨鞋的中年大叔。他皮膚黝黑，除了說話字正腔圓外，看起來跟其他村民沒什麼不同。

買魚大叔像是沒見過如此多攝影機，遲疑道：「你們這是在做什麼呢？」

「靠釣魚養家活口，畢竟我還有一大家子人的人要養。」楚楚信口胡說，她隨手一指浩浩蕩蕩的工作人員，客氣道，「您要哪一條？」

「我要那兩條烏鱧，妳開個價格吧？」買魚大叔在楚楚的桶裡掃視一圈，挑中自己想要的魚。

楚楚和張嘉年又沒賣過魚，自然不好開價，她大方道：「您開吧。」

買魚大叔面露猶豫，試探地問道：「四十元一斤跟妳收，可以嗎？」

旁邊瞬間有編導嘀咕道：「好便宜……」

楚楚釣上來的魚不僅外觀漂亮，而且還是野生的魚，如果在飯店裡做成料理端上桌，價格大概能翻十倍。

買魚大叔像是聽到周圍人的議論，他急得滿臉通紅，拚命解釋道：「你們是從外地來的吧？我跟妳講，這條魚確實很好，但那要運出去才能賣高價，要是讓鎮上的餐廳跟妳收，大概只會開出二、三十塊一斤的價格！」

「好，您出兩百塊拿走吧。」楚楚痛快地答應，緊接著張嘉年將那兩條烏鱧，趕進大叔的桶裡，烏鱧活蹦亂跳地搖擺著身子。

買魚大叔趕緊擺擺手：「那怎麼行，這不止五斤啊……」

楚楚：「我們只是釣著玩，也沒地方賣。」

買魚大叔看楚楚和張嘉年衣著整潔，皮膚白得發光，確實不像做農活且缺錢的人。他望著桶裡剩下的魚，提議道：「如果妳相信我，我幫妳把魚拿到鎮上賣掉，不然這魚真的可惜了……」

這裡窮鄉僻壤，冷凍保鮮的手段不多，野生魚一旦死掉，價格也會大打折扣。買魚大叔不想糟蹋東西，便主張讓他把魚拿去賣掉，第二天再把錢交給楚楚。

「當然，如果你們實在不放心，可以跟我一同去鎮上。」

楚楚有點驚訝：「您是開車來的？」

他們所處的村落距離紀川鎮還有點距離，想步行過去不太容易。

買魚大叔一指遠處，豪華低調的機動三輪車停靠在路邊，彰顯不凡的氣勢。

因為天色漸晚，楚楚和張嘉年便不打算去鎮上，只是將大魚交給買魚大叔，委託他幫忙賣掉。買魚大叔看他們如此爽快，笑道：「好，我明天也會在這個時間點過來，把錢給你們！」

〔玩家楚楚、張嘉年成功獲得兩百元，失去野生魚後，認識新人物「買魚大叔老夏」。〕

老夏離開後，楚楚長嘆一聲，遺憾道：「我的致富夢破滅了。」

如果她想賺到八萬元，按照四十元一斤的物價，必須賣兩千斤的魚！

張嘉年看她財迷心竅的樣子，頗為好笑：「晚上可以做水煮魚。」

楚楚眼神一亮，恨不得現在就打道回府。她和張嘉年又垂釣了一會兒，將桶裡的魚挑挑揀揀一番，留下需要的魚。

楚楚提著剩下的魚往水邊走，編導們看到她的舉動，驚叫道：「您要做什麼？」

楚楚平靜道：「倒回去啊，我們吃不了那麼多。」

他們留下兩條大魚就夠了，把剩下的魚提回去也很重。

編導：妳有考慮過我們的感受嗎？不，妳只有考慮到妳自己！

編導們呆呆地望著她，他們露出祈求的目光，恨不得在臉上寫下「我可以」。雖然節目組有專人料理伙食，但那是根據現有的食材來做，要是他們想吃魚，自然也得到鎮上買魚，說不定還沒楚總手裡的好！

楚楚：「你們開價吧，想用多少錢買我的魚？」

編導：「四十元一斤？」

楚楚聞言後挑眉，乾脆地把水桶提起，作勢要放生大魚，旁人連忙叫道：「六十？九十？一百三！」

楚楚將舉起的水桶放下，伸手道：「趕緊給錢。」

〔玩家楚楚、張嘉年成功獲得一千三百元，失去野生水庫魚。〕

兩人花費一天的時間便淨賺一千五百元，楚楚從不情不願的導演手中，抽過一千三百元，感慨道：「要是我承包一個魚塘，豈不是就賺翻了？」

雖然楚楚有「魚塘塘主」的稱號，但想要在短時間內釣到上千斤，顯然是癡人說夢，進行魚類養殖還有可能。

張嘉年想了想，緩緩道：「承包魚塘是不可能的，但我們可以向村民收一點特產，然後拜託老夏一起賣掉。」

村落和紀川鎮之間最大的問題是交通，既然老夏有機動三輪車，就能方便很多。

楚楚讚嘆道：「有道理，還是得學會投機取巧，不愧是學金融的！」

張嘉年：「……」

張嘉年：這聽起來不像是稱讚啊？廣大學者肯定會譴責到底。

晚飯時，張嘉年將潑過滾油的水煮魚端上桌，濃烈撲鼻的香氣瞬間席捲現場。兩人是在院子裡搭桌子吃飯的，圍觀的工作人員們聞到辛辣的香料味道，味蕾遭受強烈刺激，不停地咽下口水。

現殺的新鮮活魚被切成薄片，凝脂般的魚肉微微蜷縮，配上剛摘下的碧綠嫩菜，浸泡在透明清亮的湯汁裡。兩人向當地的農民買了米麵，終於擺脫掛麵的生活，伙食瞬間升級。

楚楚看攝影們淒慘地蹲著，他們近距離拍攝美食卻無法享用，不禁關懷道：「拍攝節目很苦吧？」

攝影們忙不迭地含淚點頭：「苦。」

楚楚：「那就好，反正我不苦。」

攝影們：「……」

楚楚：「接下來，我為廣大觀眾朋友們表演水煮魚吃播，請工作人員敬業一點，堅持到下班後再吃飯。」

工作人員：「？」

工作人員：如果妳不是我老闆，恐怕已經被揍好幾次了。

楚楚和張嘉年享用了漫長的一餐，美食的香氣差點搞瘋編導們，期間還有人要求下班，甚至一度想要中斷拍攝，打道回府！

導演見軍心大亂，忙道：「大家要堅持住，千萬不能中計，要是我們中斷拍攝，豈不是正中她下懷！」

兩人用餐結束後，工作人員們終於得以吃飯，皆一溜煙地離開，院子裡瞬間空蕩蕩的，只剩安置在各處的攝影機自動記錄。

吃飽後，楚楚明顯愉悅不少，她悠然地坐在長椅上晃腳，跟張嘉年一同在院子裡乘涼。他們安靜地坐在一起，在涼爽的夜風中極為放鬆，非但沒有身處異鄉的困苦，還顯得相當愜意。

兩人完全不像參加《變形計》，反而很貼近節目名稱，確實是《老闆的假期》。過去，兩人皆工作繁忙，少有安逸舒適的相守時光。

天色變暗，楚楚望著深色的天空，突然道：「古人家家戶戶子女多，其實有個原因，就是晚上只有一種娛樂活動……」

張嘉年緊守節目底線，冷靜地開口：「不許開車。」

楚楚無辜道：「我是說吟詩作對、喝酒下棋，你在想什麼？」

張嘉年：「……那妳為什麼要提子女多？」

楚楚一本正經地胡說八道：「因為晚上要吟詩下棋，人多也比較熱鬧，所以多生孩子。」

張嘉年對她的鬼才邏輯既好氣又好笑，故意道：「不如我們聊聊工作？」

楚楚抓住機會就開始調皮，直接道：「工作有什麼好聊的，你來處理就好，有事總助幹，沒事幹……啊！」

她正得意地耍小聰明，話還沒說完，便慘遭張嘉年掐臉，甚至被壓在長椅上揉臉。張嘉年滿臉正色地捏住她的臉蛋，發誓要改掉屁孩愛開黃腔的毛病，教育道：「還敢不敢亂說話？」

楚楚不服：「我哪有亂說話？」

張嘉年義正辭嚴地提醒：「妳可是公眾人物。」

楚楚振振有辭：「那又如何？」

張嘉年：「……」

《老闆的假期》是邊拍邊播的形式，首期節目剪輯出來後，剪輯師便向攝影們表示強烈的憤怒：「你們看看這素材，人臉都糊掉了，根本沒對焦！」

剪輯師們極度憤慨，認為跟拍人員太不專業，連張嘉年的臉都沒拍清楚。

攝影們萬分委屈，他們的確有提前對焦，誰知道張總助老是莫名其妙變成虛像，或是離奇地消失在鏡頭上。剪輯師們沒有辦法，最後只能使用所有包含兩人的同框鏡頭，原因是只有楚楚和張嘉年同框時，張嘉年才不會失焦。

這樣的後果就是放閃含量急劇上漲，畫風變得浪漫而悠然。

「你們後面要注意對焦，接下來幾集可不能這樣……」剪輯師特意打電話提醒，「核對素材時要好好看看！」

攝影：真是見鬼了，我明明檢查過對焦？

節目中，楚楚和張嘉年順利拿到賣魚的九百元，他們靠釣魚大撈一筆，甚至跟老夏達成長期合作，完成生產和運輸銷售的合作。而網路上，《老闆的假期》第一集在萬眾期盼中開播，畫面卻閃瞎觀眾的雙眼。

節目內容相當充足，不但有節目組和楚總的互嗆環節，還有VC組合的相愛相守，展現出跌宕起伏的曲折情節。

羅伊：『我想看的是《變形計》，你卻拍成《我們結婚了》？』

單身狗直接哭出來：『無話可說，看ＩＤ吧。』

烏鴉：『導演被楚總戳穿後，在上車前默默地撕掉自己的流程單……』

仙人飄然：『我作為ＶＩＲ的粉絲嚴重抗議，偶像鏡頭量太少，工作人員的鏡頭甚至比ＶＩＲ還要多！拜託編導們搞清楚，誰才是霸總小嬌妻！』

咕嚕嚕：『居然敢剪太子妃的戲份？節目組你瘋了，我今天就告訴你，什麼是規矩，什麼是體統！』

九七二三四：『ＶＩＲ：我懷疑妳在開車，但我沒有證據。楚總：有事總助幹，沒事幹總助（doge.jpg）』

ＶＣ重度患者：『我要死了，我嗑的ＣＰ是真的！』

可樂好喝：『野生烏鱧四十元一斤？這在哪裡啊，我要去支持楚總的生意，解救被困在山上的ＶＣ組合！』

小豬：『楚總果然是商人的本性，不管到哪裡，都要鑽研賺錢的方法。以前是好幾億的專案，如今淪落成八萬塊（doge.jpg）。』

咬咬：『《老闆的假期》，又名《我們結婚了》、《編導變形計》、《牧場物語：紀川鎮的夥伴們》，後期是不是就能包下一塊地蓋別墅，甚至還能採礦？』

邊框：『我覺得日子完全不苦，果然節目組沒辦法對她下死手，失望。』

金逸：『小兄弟，跟我去工地幹活吧，我發現你很會抬槓？紀川鎮就是我的家鄉，你要說那裡不苦，我從樓頂跳下去。』

金逸：『節目組能挑中我的家鄉，真的很有心，我自己都住不下去了，那是遠近聞名的偏鄉，但凡有條件的人都離開了！』

DIARY：『楚總憑自己懶惰的雙手致富，靠本事釣魚養小嬌妻，你憑什麼酸？』

村落裡，老夏的機動三輪車，跟跟蹌蹌地碾過不平的小道，抵達院子門口，同時帶來壞消息。老夏垂頭喪氣地將水桶拎回來，無奈道：「不行，賣不動啦，餐廳都不收了。」

楚楚和張嘉年這幾天瘋狂釣魚、囤積特產，然後拜託老夏運送到鎮上販賣，再將收益合理分配。然而，紀川鎮的人口實在是太少了，完全沒辦法消耗如此多食材，市場很快就達到飽和。

楚楚沒想到，還沒存到八千塊，自己的賺錢管道就斷裂了。

張嘉年分析道：「因為人口少、市場需求量不大，所以不可能長期供應。如果再往更遠的地方販賣，便有點得不償失，畢竟交通很不方便。」

節目組剛來紀川鎮時，楚楚都差點暈車，可見那條路有多危險。

楚楚摸了摸下巴：「看來得先修路，把基礎設施弄起來，經濟建設才能加上去。」

老夏擺擺手：「你們別想啦，鎮裡已經喊修路喊了好多年，也沒見有動靜……」

楚楚：「鎮裡有負責修路的人？那你帶我們去看看？」

老夏面露疑惑：「難道妳還要為賣魚修路？」

楚楚大義凜然道：「我作為熱心的村民，必須督促他們落實這項工程，為百姓謀福祉，怎麼可能只是為了賣魚？」

老夏：「……」

老夏：聽起來很有道理，但莫名不太相信？

因為水庫魚的銷路被斷，三人就不用繼續釣魚、賣魚，時間瞬間空閒下來。楚楚和張嘉年搭乘老夏的機動三輪車，前往紀川鎮尋找負責修路的人。節目組的車緊跟在後，追蹤著那輛機動三輪車。

老夏駕駛著機動三輪車，他看著周圍的黑衣人們，好奇道：「你們到底是來幹什麼的？為什麼不坐他們的車？」

老夏心裡感到奇怪，楚楚和張嘉年每天身邊圍著一大群人，他們配有看起來昂貴的專車，卻非要搭乘自己的機動三輪車。

淳樸老實的老夏並不愛上網，更不關注任何新聞，他只知道車上的兩人應該不是凡人，卻也不敢過問。

楚楚解釋道：「他們不讓我們坐他們的車。」

畢竟是在錄製節目，她跟編導們又有仇在先，能有車坐才奇怪。

老夏不懂錄製節目的規則，他出謀劃策道：「怎麼可能真的不讓妳坐啊！妳一上車就賴著不下來，他們也拿妳沒辦法，難不成還要報警？」

楚楚心服口服，贊同道：「說得有道理啊！」

張嘉年：「……」

張嘉年：這是什麼撒潑式辦法？

張嘉年看著旁邊的鏡頭，下意識地向後退了退，他今天略有點不習慣，總覺得攝影們瘋狂地包圍自己？前幾天可不是如此，基本上攝影們還是拍攝楚楚居多，但今日卻突然轉性，恨不得要讓鏡頭貼到自己臉上。

攝影們：我就不相信直接拍特寫還能失焦！

《老闆的假期》第一集播出後，張嘉年在節目中透明的存在感，引發暴風式吐槽，網友們試圖放慢影片速度來找他，然而全是失焦的臉部、背影、遠景。

最令人生氣的是，VC組合飯後開車，居然連個近景鏡頭都沒有！

攝影們面對網路上的抱怨聲，發誓要一雪前恥，今天便全副武裝，不信抓不到張嘉年的鏡頭。

紀川鎮內，楚楚和張嘉年依次從機動三輪車上下來，很快便一掃小鎮裡的全貌。雖然說是鎮，但實際上並沒比村好多少，只是多了一些店鋪，放眼望去相當荒涼，甚至沒有村中動人的自然美景。

辦公室內，牆上貼著一張透著古早味的海報，不銹鋼杯子放置在破舊整潔的木桌上，負責修路的人是一位地中海禿頭的鎮長。嚴格來說，鎮長身兼數職，反正鎮上沒幾個幹部，大事小事都由他負責。

鎮長見老夏進屋，頓時緊張起來，叫道：「你怎麼又來了！」

老夏不滿道：「我找你解決問題，你這是什麼態度……」

鎮長抱怨道：「別人偷了你兩個魚餌，你都要賴在我桌上，死活不下來，還要我給個交代，你說我什麼態度？」

「……」

楚楚和張嘉年陷入沉思，這聽起來怎麼跟剛才傳授的蹭車絕招很像？

老夏愛挑毛病的個性遠近聞名，其必殺技就是「橫躺辦公桌撒潑，最愛大喊有本事就報警」，讓老闆操碎了心。

窮鄉僻壤的鎮長可不好當，而且還沒有任何利益可以拿，基層幹部的生活條件也很差，沒辦法做什麼大事，卻要處理各類雞毛蒜皮的雜事。

老夏一指楚楚，介紹道：「今天不是我要找你，是她想問修路的事。」

鎮長看著楚楚和張嘉年，還有他們身後魚貫而入的黑衣人，心中又驚又疑，問道：「修路？修什麼路？」

楚楚和張嘉年乍一看就是從外地來的，尤其是張嘉年還適時地遞出名片，上面複雜的公司名字讓鎮長摸不著頭腦。鎮長望著滿屋子的黑衣人和一堆鏡頭，心中有些惶恐，不敢怠慢一行人。

楚楚禮貌道：「城鎮裡的路不太平整，可以考慮修繕一下嗎？」

鎮長擺手道：「你們是從外地來的吧？修了也沒用，這裡暴雨和斜坡太多，沒過多久就要修！」

楚楚：「好歹把坑洞填平吧？有的路甚至都沒辦法通過。」

鎮長長嘆一聲，安撫道：「我有空的話，再拿鏟子去填平吧，妳稍微再等等。」

楚楚：「？」

老夏幫腔道：「好啦，你們放心吧，如果過兩天路還沒平，你們就往他桌子上一躺，他肯定馬上就會去填平坑洞！」

張嘉年：「……」

張嘉年：僅有一人的施工團隊未免也太寒酸？

楚楚：「……該不會連國道也是您修的吧？」

鎮長謙虛道：「國道我修不了，我只會修紀川鎮周圍的路。」

楚楚吐槽道：「您從事行政工作，還輔修道路建設？」

鎮長得意洋洋道：「我還會修水電、貼膜、木工、焊接呢，藝多不壓身！」

張嘉年聽不下去，他委婉地解釋：「我們是想請您找專業的施工團隊來修繕道路，可能不是只填幾個土坑。」

鎮長一口回絕：「不可能，隔壁鎮的人口比我們多一倍，就連他們都修不好了，哪輪得到我們？」

紀川鎮並不是沒有道路，之前確實有在政府的幫助下開通道路，但道路長年累月的維護，又是一筆額外的費用。國道等主要路段有更高層的機構來管，但城鎮裡的鄉間小路，卻是由紀川鎮負責，總不能永遠靠政府補助。

紀川鎮本身經濟就不發達，人民收入也低，加上每年都有道路被雨水和泥濘破壞，誰能扛得住每個月的修路支出？

楚楚不免好奇：「修路要多少錢？」

鎮長很快就報出數字，如果只是修繕拓寬的話，花費其實不高。

導演一瞟楚楚的神色，當即提醒道：「您不能動用其他資金。」

楚楚不滿地嘖了一聲，她痛心疾首道：「你居然如此無情，眼睜睜地看城鎮裡人受苦？我要公審你，讓網友對你實施網路霸凌！」

導演：「……」

鎮長不懂他們在打什麼啞謎，便提議道：「其實鎮裡可以申請道路補助，那就不用捐錢，但要搞什麼精品專案……」

全臺的偏鄉地區那麼多，誰要是想率先獲得補助，除了哭窮賣慘以外，就是拿出合理的經營計畫。如果城鎮的規劃很好，讓政府看到早日脫離貧窮的希望，就有可能提前做出改善，不用苦苦地排隊。

楚楚和張嘉年萬萬沒想到，他們靠文化娛樂和網路等行業逆襲齊盛後，有一天居然會幹回房地產這個老本行。

楚楚望著紀川鎮的地圖，不由頭皮發麻：「我地理不太好……」

她怎麼可能會搞城鎮規劃！豈不是在開玩笑嗎？

雖然張嘉年比她略強一點，但他同感這不是兩人擅長的領域。術業有專攻，他們對這方面並不了解，總不能幫紀川鎮亂出主意。

楚楚撓撓頭，她向導演發問：「我們不能動用資金，也不能出去嗎？」

導演鐵面無私道：「是的。」

「那如果邀請朋友來做客呢？」楚楚眼睛一轉，循循善誘道，「做一些鄉野美食來招待客人，可以嗎？」

導演想了想，他覺得招待客人屬於常見的劇情設置，便點頭答應下來。

第六章　強強聯手

沒過兩天，文旅地產的董事陳祥濤，興高采烈地抵達機場，打算前往紀川鎮赴約。他前天突然接到張嘉年的電話，說小楚董鄭重邀請他來紀川鎮旅遊，簡直受寵若驚。

楚楚在電話裡說得好聽，她和張嘉年訂婚後出來旅行，突然發現山清水秀的好地方，想起陳董是專業人士，特意請他來看看。當然，陳祥濤很快就讀懂暗示，這是太子要跟他商討齊盛今後的發展規劃，所以專門私下交流！

陳祥濤認為，房地產是齊盛起家的根本，目前仍創造不菲收益，小楚董現在逐漸進入內部，找上自己很正常。

陳祥濤：呂俠都沒有如此待遇，丞相之位近在咫尺！

陳祥濤剛開始還不知道紀川鎮在哪裡，他以為是隱祕的私人會所，或者是豪華大氣的別墅，只是位置比較偏遠而已。

陳祥濤坐在車上，望著窗外的風景從城市變為城鄉結合，從城鄉結合變為鄉鎮，再從鄉鎮變成村里，這才發現不對勁。

我是誰？我在哪裡？我該不會被綁架了吧？

泥濘的道路上，陳祥濤及其祕書望著破舊的小村莊面面相覷，他惱怒道：「你該不會找錯地方了吧？」

祕書趕忙道：「沒有，張總說有人會來接。」

片刻後，扛著攝影機的編導們滿頭大汗地趕到，迎接陳祥濤等人入住。

陳祥濤望著半山腰的破房子滿臉疑惑，他向來沒有看綜藝的習慣，更不知道有一檔名為《老闆的假期》的節目。大家都是中老年人，誰會關注網路綜藝？

陳祥濤深吸一口氣，他還能聞到雨後泥土的味道，油光的皮鞋也被蹭花，深陷在黏答答的土地裡。這顯然不是倒楣的頂點，他們在路上還遭遇鵝群攻擊，不但褲腿被濺滿泥土，還被鵝追著跑了好遠。

陳祥濤滿身狼狽地抵達院子，他內心麻木，精神恍惚，終於看到罪魁禍首。

楚楚熱情地上前迎接，笑著跟他握手：「陳董來啦，現在外面夕陽正好，您在來的路上有看見嗎？」

陳祥濤尷尬地笑道：「看到啦，看到啦。」

實際上，他只有看到褲腳的泥濘，完全沒注意天空的詩意。

楚楚將陳祥濤等人領進屋，張嘉年為眾人倒水。陳祥濤環視一圈種著菜的田地，還有樸實無華的白開水，總覺得這跟他想像得相差甚遠？

陳祥濤：說好的私人會館、豪華別墅呢？小楚董不該是紙醉金迷、夜夜笙歌嗎？

陳祥濤完全沒想到，小楚董居然跟大楚董一脈相承，走的是接地氣路線。大楚董年輕時從農村出來創業，小楚董便返璞歸真。

陳祥濤不禁展開複雜的內心戲，小楚董特意邀請自己過來，難道是在暗示什麼嗎？難道是提醒他莫忘初衷？

旁邊的工作人員們無聲地嘆氣，他們看著滿臉茫然的陳董有些心疼，只能用鏡頭記錄歷史性的一幕。

眾人許久未見，自然要寒暄一番。楚楚像是本地人一樣好客，臉上洋溢溫暖的笑容：「陳董覺得如何？我一到這裡，就覺得這裡山清水秀、民風淳樸，是個風水寶地啊！」

陳祥濤擦了擦額角的汗，強顏歡笑道：「是，空氣很清新，而且比大城市安靜……」這裡連人影都很難見到，簡直一片死寂，安靜得要人命。

楚楚感慨道：「我看比很多旅遊村都好，原汁原味，沒商業性。」

陳祥濤鎮定下來後，總覺得小楚董意有所指，像是用話暗示齊盛的發展，不由來回琢磨。他實在想不透，又不能晾著楚楚，只能祭出亙古不變的馬屁大法：「是啊，您的眼光果然好！要是這裡搞旅遊開發，絕對沒問題！」

楚楚聞言甚喜，悅然道：「我也這麼覺得，所以這件事就交給陳董吧。您可是老江湖，出手肯定不一樣！」

陳祥濤：「？」

陳祥濤：「哈哈哈，您可真愛開玩笑……」

張嘉年冷靜而憐憫地遞上紀川鎮的資料，開口道：「陳董，這是紀川鎮的基本資料，還有一些開發和規劃上的政策條件。」

陳祥濤：「……」

陳祥濤：我堂堂文旅地產的董事，凡經手起碼得是幾十億的專案，妳居然要我開發一個連在地圖上都找不到的小鎮？這跟拿著四十公分的大刀切蒜頭有什麼區別？

楚楚和張嘉年對這些一竅不通，更不明白開發的流程，自然不能貿然行事。楚楚在訂婚宴上見過陳祥濤，這是她已知範圍內專業度最高的人，便立刻邀請他過來。

楚楚：我就算要請人代寫作業，也要讓全班第一名來代寫！

陳祥濤的大腦一片混亂，卻敢怒不敢言，他只能為難地推辭：「楚董，您有所不知，我現在的主要工作是集團管理，不太參與開發的實際執行……」

董事們肯定不會親自動手，他們主要是做戰略規劃、集團管理等事務，誰會真的去盯整個流程？

楚楚問道：「那都是由誰來規劃執行專案的？你把他的名字和電話給我。」

張嘉年聞言，他已經默默地拿出手機，像是要將資訊記錄下來。

陳祥濤想起自己到此的經歷，跟小楚董當初在電話裡的虛假行銷，他感到一絲不妙：

「……您要做什麼？」

楚楚真誠道：「邀請他們來紀川鎮旅行，感受這裡的美食美景、風土民情。」

陳祥濤：「……」

陳祥濤：妳是想把我們一網打盡吧！

楚楚認真道：「如果對方不願意過來，那還是得請陳董暫住一段時間，幫我們答疑解惑。」

雖然陳祥濤已經往管理的方向走，但基本功應該還在，起碼比她和張嘉年好。

陳祥濤聞言，語氣堅定地保證：「他們一定會願意過來的！」

陳祥濤恨不得現在就坐飛機離開，怎麼可能答應住在這種鬼地方，立刻報上幾個得力幹部的名字和電話。他會永遠記住他們的名字，感謝這些人解救深陷山上的自己！

隔天，文旅地產集團的人員，在陳祥濤的指示下火速趕來，望著眼前的景象同樣滿臉疑惑。陳祥濤看叫人成功，他立刻抽身逃跑，客氣道：「楚董，那您跟他們好好交流，我先回去了。」

陳祥濤現在只想拖著自己的行李廂狂奔，展現出昨天被鵝追著跑的驚人速度。

楚楚趕忙攔住陳祥濤，她露出求賢若渴的眼神，鄭重道：「陳董，現在這些人已經夠組成一個小集團，您最擅長集團管理，我還想向您請教許多事情，必須麻煩您待一段時間……」

陳祥濤：「……」

破舊的房屋顯然住不了那麼多人，陳祥濤等人暫時被安置在節目組的住處。雖然條件稍好一點，但仍然讓陳祥濤無法忍受。

陳董不敢在小楚董面前抱怨，卻私下找到張嘉年，崩潰道：「你們怎麼會來這裡旅遊？這是什麼鬼地方？」

張嘉年終於吐露真言，無奈道：「陳董，其實我們在錄製一檔節目，必須在這裡生活一段時間。」

陳祥濤：「？」

張嘉年：「您現在也參與到了節目錄製中，所以請一定要慎言。」

如果陳祥濤胡亂說話，很可能會迎來網友的強烈譴責與網路霸凌。

陳祥濤：「！」

陳祥濤望著形影不離的攝影們，頓時信服一大半，只覺得無數鏡頭就像輿論的眼睛，讓他無處遁形。陳祥濤感到極為彆扭，一時無措道：「那我們什麼時候能走？」

張嘉年溫和道：「如果能賺到八萬元，節目錄製就會提前結束。」

陳祥濤感到萬分離奇，八萬元算什麼錢？

他扭頭看向身邊的工作人員，問道：「……我現在給節目組八十萬，放我們離開吧？」

剛正不阿的節目組卻嚴厲地拒絕陳董的提議，完全不為所動。開玩笑，《老闆的假期》

可是有贊助商的，沒有八十億怎麼能考慮？

陳祥濤不了解綜藝，慘遭矇騙過來，其他人員則是收到陳董召喚，遵從上司要求趕過來。現在好了，陳祥濤不但不能離開，所有人員還被扣押在山中，其中甚至有在文旅地產集團任職的外國友人。

事到如今，文旅地產小分隊湧出無限鬥志，發誓要快刀斬亂麻地解決戰鬥，盡快逃出大山。大家都是專業人士，曾在全國各地經手不少文旅地產專案，甚至有海外專案經驗，很快就做出詳細的方案，下一步便是跟當地政府溝通。

文旅地產產業的開發，需要跟當地政府達成合作，而洽談溝通、人脈關係則是重中之重。陳祥濤盡力調整心態，既然暫時被綁架，那他就用強大的工作能力讓小楚董折服！

楚楚和張嘉年帶著一群人來到辦公室，地中海鎮長望著眼前的人，竟然開始變得習慣，他嘿嘿笑道：「你們又來了？」

楚楚將方案交給他，說道：「我們把方案帶來了。」

鎮長：「好好好，我們總算也有投標方案了，我會往上遞交，你們回去等結果吧！」

陳祥濤進屋時，便被寒酸的辦公室震懾了，如今他聽到還要回去等結果，當即心中不服，倨傲道：「你知道我是誰嗎？」

他可是堂堂齊盛文旅地產集團董事，出國搞專案都不會被如此怠慢，居然在某個不知名的小鎮淪落到回家等結果？他們的團隊過去跟各地合作，當地政府都是哭著、喊著往上撲，何時有過這種遭遇！

齊盛好歹是靠文旅地產起家，有時他們打造出某個大型商圈，便能解決當地無數人的就業問題，改善人們的生活品質並創造收益。

鎮長眨眨眼，誠實道：「不知道。」

陳祥濤朝祕書示意，祕書機靈地上前遞名片，鎮長卻擺擺手，無奈道：「我不要你們的小卡片，反正我也看不懂。」

張嘉年那天就遞給他一張名片，鎮長回家琢磨半天，也沒搞懂私募基金公司是什麼，上面還印著花裡胡哨的英文。

陳祥濤橫眉道：「你上網搜尋一下我的名字，還有我們的團隊，你就明白了。」

鎮長耐心地規勸：「我理解你著急的心情，但我們投標也要按照流程啊……」

陳祥濤想起無法回家的酸楚苦澀，當即憤慨道：「不，你根本無法理解！我要見你的上司！」

陳祥濤可不傻，鎮長把投標方案交上去，鬼知道會到誰手裡。如果沒人認真查核，豈不是石沉大海？而且萬一等待時間太長，半年後才有結果呢？

鎮長惱火道：「你這個人怎麼這樣？每個人都說要見我上司，那還得了？」

陳祥濤望著老土的鎮長，窩火地擺手：「你根本不懂這件事，我要見專業的人！」

鎮長有點生氣：「我怎麼不懂？這裡的事都歸我管，我就是專業的！」

他可是會修路、修水電、貼膜、木工、焊接，哪裡不專業？

兩人越說越凶，眼看著快要吵起來，楚楚趕忙去攔住鎮長，勸道：「冷靜一點……」

另一邊，張嘉年同樣在安撫暴躁的陳祥濤：「陳董，消消氣……」

鎮長只是按照流程辦事，陳祥濤則是歸心似箭，雙方各有道理，還真不好評判。

陳祥濤顯然沒被說服，他在大怒之下，往辦公桌上一坐，高聲威脅道：「你到底要不要帶我見你的上司？」

楚楚、張嘉年：這撒潑的方式好像有點眼熟？

鎮長看著自己搖搖欲墜的辦公桌，最後終於退卻，忙不迭地道：「帶帶帶，趕快下來！你們到底有什麼毛病，我想有一張好桌子，怎麼就那麼難？」

楚楚看著鎮長服軟退讓，竟然覺得老夏的話頗有道理。沒有什麼事是往桌上一躺解決不了的，如果真的有，那就高聲大喊「有本事報警」。

陳祥濤達成自己的目的，立即從容地下來，他整了整衣襬，撿回身為董事的偶像包袱。出門後，陳祥濤已經恢復淡定沉穩的模樣，客觀評論道：「這個人的心眼不錯，就是性格古板。」

鎮長顯然沒有壞心眼，也在自己能力範圍內盡心盡力，就是有點循規蹈矩。

楚楚佩服地鼓掌，吐槽道：「陳董果然擅長集團管理。」

這見人說人話，見鬼說鬼話的本事著實讓人瞠目結舌。

陳祥濤聽到小楚董崇拜的語氣，心中頗為自得，只覺得丞相之位近在咫尺。

雖然文旅地產小分隊今日取得不錯的成績，但回去看到破舊的小屋，眾人不由悲從中來。最可恨的是節目組，工作人員表示陳祥濤等人是楚楚邀請來的客人，他們不該跟著節目組騙吃騙喝，應該由楚楚招待。

陳祥濤：你聽聽，他說的是人話嗎？薪水就算了，連口飯都沒得吃？

張嘉年確實擅長烹飪，但讓他張羅所有人的飯菜，顯然有些困難。陳祥濤有幸留在院中用餐，而其他人只能可憐地前往紀川鎮的餐廳，或者到旁邊的鄰居家中混口飯吃，當然是以公費報銷。

飯後，陳祥濤憂傷地懷念著大城市中的風景，他看到院子裡玩得開心的小楚董和張嘉年，更感到一絲黯然神傷。現在專業團隊一到，楚楚和張嘉年瞬間沒有心理壓力，他們悠閒地踢起毽子，極好地融入鄉村生活。

兩人皆笑意盎然，等踢完毽子後，又聚在一起研究木雕。

楚楚對村裡老爺爺的木雕很感興趣，兩人連續觀察幾天，張嘉年竟學會雕刻手法。他們索性找老爺爺買了一套工具，回家自己琢磨起來。

張嘉年學東西的速度很快，他修長有力的手指握著刻刀，雕得有模有樣。楚楚則坐在旁邊盯著看，她將小木雕按照順序排在一起，組成浩浩蕩蕩的隊伍。

陳祥濤瞥了一眼，發現張嘉年竟然雕出一群大鵝，小楚董則擺出大鵝軍。

陳祥濤：「……」

陳祥濤：這真是具有本村特色的木雕藝術。

夕陽下，陳祥濤孤獨地看著歡樂嬉鬧的兩人，其悲壯沉痛的背影快讓工作人員們潸然淚下。

陳祥濤：快樂是你們的，而我什麼都沒有。

節目錄製的新素材送出後，剪輯師們終於看到張嘉年的正臉，激動得差點熱淚盈眶。然而，他們還來不及高興，就突然發現新問題，節目畫風怎麼變成改善落後地區的經濟？楚楚和張嘉年不但尋訪小鎮的鎮長，準備修路建設，還跑去慰問村中鄰里？

剪輯師懊惱地整理著節目的故事線，究竟該如何讓《老闆的假期》跟農業頻道產生差異性？

《老闆的假期》迎來更新，張嘉年的正臉在攝影們的不懈努力下終於曝光，「VIR正臉」關鍵字，也直接衝到搜尋排行榜的前三名。

剪輯師竟然用高畫質特寫鏡頭，拼接出一段ＭＶ質感的浪漫唯美段落，來揭開ＶＩＲ的真面目。

畫面中，張嘉年安靜地坐在機動三輪車上，露出柔和的眼神聽楚楚說話，偶爾還露出淺淺的笑意。他全程話不多，額角的碎髮被微風吹起，視線卻從未離開過她。

小路上，凶狠的大鵝拍動著翅膀，他一手牽著她，一手握著長竹竿，不緊不慢地趕走鵝群。兩人在血色夕陽下，結伴往家裡的方向走去，她似乎還興奮地說著什麼，惹得他側耳傾聽。

院子內，他的手指乾淨漂亮，正專注地雕刻著木雕，而她則目不轉睛地盯著，兩個人就像是活在自己世界中的小朋友。

遠處的高山重層巒疊嶂，頭頂的天空絢麗多彩，最令人印象深刻的卻是他們有說有笑的背影。

小羅布：『各位，我死了，為什麼以前沒人發現這個帥哥？這是什麼神仙顏值？』

圖和：『永恆虛像ＶＩＲ原來會帥到讓鏡頭模糊。』

紅燈：『我靠，大家來看看這個特寫！最關鍵的是他美而不自知！』

ＢＯＮ：『楚總，打擾一下，您有興趣娶妾嗎？我願意做您的小老婆，跟正宮天天打照面！』

藍星：『我可以！這句話我已經講膩了，不管是哪位想收我都可以！』

VC涼茶：『本年度我嗑過的最高顏值及財力CP。』

馬鈴薯：『剪輯師為保留網路綜藝屬性，阻止此片成為鄉村發展節目，只能靠出賣太子妃的美色，實在是煞費苦心。』

當顏值和CP粉們陷入狂歡時，還保有理智的粉絲卻看透剪輯師的陰謀，直接揭穿真相。剪輯師為維護節目調性，將張嘉年的特寫鏡頭和雙人互動一股腦兒地塞進去，誘騙萬千網友前仆後繼地往下跳。

那感覺就像是大家本來想看浪漫愛情連續劇，點開卻發現是《午間新聞》。

軍瑟：『本節目又名《鄉村愛情》，主要分為兩大主要情節，一是關懷鄉村發展，二是VC虐殺單身狗的愛情。』

CSC：『看看這飯後打鬧的橋段，陳董才是《變形計》真正的主角，VC組合其實是當地人家（doge.jpg）。』

輕輕：『遠看電燈泡，近看陳祥濤。』

胡瞎子：『齊盛陳祥濤，亮得快反光。』

紫綢帶：『對不起，我想請問一下，新來的那批人可靠嗎？真的能搞開發建設？姓陳的老頭怎麼還帶頭鬧事啊，就是看不慣他欺負鎮長！』

葉楓：『（你知道我是誰嗎.jpg）。』

超絕可愛陳祥濤：『（你上網搜尋一下我的名字.jpg）。』

百花開滿山：『陳董是要靠表情包出道嗎？電燈泡就是不一樣。』

十字星：『我靠，那是齊盛文旅地產的董事陳祥濤啊？黑臉原來是做濱海城旅遊開發的，海外友人是海外建築師協會資深會員，曾入圍過國際設計大賽……雖然大家看起來灰頭土臉、撒潑打滾想回家，但實力確實很堅強！』

無二：『他們曾經是一群王者，直到被楚總拐賣了。』

英卡英卡：『ＶＣ組合歡樂踢毽子，隔壁小隊大山苦加班，果然《老闆的假期》就是《員工的地獄》。』

節目播出後，網友們興高采烈地在各大平臺上狂歡打趣，掀起全民的娛樂風暴，但很快，某些畫風不同的平臺卻發布最新消息，加入這場討論。

太陽網：『文旅地產建設煥發動力，幫助紀川鎮改善環境。楚楚從小家境富裕，然而她未忘記父親早年靠自己的努力離開農村，如今懷著對鄉村的特殊感情。她作為老闆，帶領團體來到紀川鎮，用旅遊承載文化，發誓要將青山綠水打造成金山銀山……』

ＴＶＢＢ：『農村改造節目《老闆的假期》將於週六晚間八點，在各大平臺播出，本片透過年輕老闆楚楚的青春奮鬥史，彰顯改造農村的決心。』

財經早知道：『齊盛文旅地產新動態：未來將圍繞紀川鎮打造超大型生態旅遊村。』

你看看我疑惑的神色：『樓上是被盜帳號了嗎？』

鑰匙丟海裡：『剪輯師哭倒在廁所，即便塞入無數放閃鏡頭，卻還是被官方認證為農村改造節目。』

ＤＡ：『我靠，我當初投票的《變形計》，四捨五入就算參與建設旅遊村，一同改善偏鄉環境啦！』

《老闆的假期》即將在各大平臺播出，讓所有人突然湧現無限的好奇心，楚總等人到底要把紀川鎮建設成什麼樣子，怎麼還能被主流媒體報導？

節目錄製和播出有延後性，但主流媒體的新聞顯然是具有時效性的，看來楚總等人真的打算在紀川鎮大展身手？

檸檬樹下你和我：『我突然想去紀川鎮看看？順便跟鵝群合照？』

小苗：『我也要！樓上，可以幫我代購ＶＩＲ牌的大鵝木雕公仔嗎？』

各大主流媒體報導紀川鎮的原因很簡單，齊盛文旅地產小隊的存在，驚動了不少高管，其投標方案毫無意外地中標。畢竟眾人看到齊盛文旅地產的Logo便陷入震驚，同時心生一絲茫然，不明白對方來村裡的意義。

齊盛文旅地產可是打造過不少精品文旅地產專案，真的沒必要跑到窮鄉僻壤來開發，人家的版圖早就拓展到海外了。

高管們思考一番，終於得出結論，在這離奇情景的背後，實際是新舊企業家對國家的大義與情懷！大小楚雖然事業有成，但從來沒有忘本，他們透過各自的方式來回饋給社會！

大楚董的齊盛文旅地產打造紀川鎮生態旅遊村專案，小楚董的辰星影視則響應國家號召、助力脫離貧困的宣傳。這簡直是可歌可泣的事蹟，必須要大力弘揚！

紀川鎮內，楚楚正在玩現實版的小鎮建設遊戲，她望著桌上的規劃圖，提議道：「既然有自然人文景觀，是不是還能建設一個影視拍攝基地？這裡很適合取景。」

齊盛文旅地產要建設商圈、辦公大樓、影視拍攝基地、五星級酒店等為一體的巨型城市綜合體，在保留紀川鎮本身的自然美景、風土民情的前提下，對整個周邊進行創新式設計。

楚楚對紀川鎮念念不忘，覺得如果能在這裡拍電影肯定很棒。其他人則圍著桌子，開始七嘴八舌地討論起來，商議建設影視拍攝基地適不適合。

旁邊，張嘉年看著突然亮起的手機螢幕一愣，他沒有驚動到其他人，先到角落裡接通電話。片刻後，他面露難色地回到桌邊，悄聲對楚楚說了些什麼。

因為周圍的人都在高聲議論，楚楚一時沒聽清楚，她下意識將臉湊近張嘉年，好奇道：「你剛才說什麼？」

張嘉年無可奈何，只能提高音量：「楚叔叔叫我問妳，改造紀川鎮是怎麼回事？」他又看向桌邊的陳祥濤：「還問陳董在哪裡，為什麼不接電話？」

張嘉年說完，全場瞬間安靜下來，有人看了陳祥濤一眼，但陳董好像還沒反應過來。

陳祥濤失神片刻，突然瞬間醒悟，張嘉年口中的楚叔叔，可不就是大楚董！

他掏出手機一看，果然有無數來自楚董的未接來電，只是剛才開會時關靜音沒接到，再加上今日祕書去處理鎮裡的事務，也沒人提醒他。

遙遠的大城市裡，楚彥印滿臉疑惑，他完全不知道齊盛文旅地產何時要打造超大生態旅遊村，自己怎麼突然變成改變落後地區的企業家榜樣？

如果想澈底改變紀川鎮，齊盛文旅地產可能要砸下將近四十億鉅款，而後期收益如何卻沒人保障，畢竟也不會有人想去窮鄉僻壤旅遊。

楚彥印暈頭轉向，立刻聯絡陳祥濤，沒想到對方在關鍵時刻卻不接電話，差點把老楚氣死。他猶記楚楚和張嘉年好像是去紀川鎮錄影，便馬上打電話給親兒子張嘉年，幸好這次立刻接通。

陳祥濤頓時渾身冷汗，他趕忙望向楚楚，魂飛魄散道：「您沒有跟楚董說這件事嗎？」

他本以為楚董早就知道此事，最近他深陷大山，不方便回訊息，居然忘記彙報，還以為小楚董私下提過。

楚楚痛快道：「沒有啊。」

楚楚反問他：「你沒跟老楚說這件事嗎？」

陳祥濤：「沒有啊。」

眾人倒吸一口涼氣，都感到一絲不妙。陳祥濤這才想起，楚楚跟文旅地產集團毫無關係，她是科技集團的人，然而他卻已經聽話地把單子交出去了！

說到底，楚楚從頭到尾都沒花錢，楚彥印及齊盛文旅地產才是冤大頭。

齊盛文旅地產：完蛋了，公費報銷流程好像出現錯誤，要是大楚董不同意該怎麼辦？難道要自己墊錢？

大楚董不知情的消息一出，眾人皆有些惶惶，陳祥濤更是幾近暈厥。楚楚倒是很坦然，安慰道：「好啦，我們別聊這些不高興的事，繼續討論剛才的話題吧。」

有人小心翼翼道：「這是可以不聊的事嗎？」

楚楚：「實在不行，就把陳董派回去，讓他解釋一下。」

陳祥濤：「？」

陳祥濤萬分崩潰，他還能解釋什麼？

楚楚心平氣和道：「反正現在專案已經啟動，陳董還有很多集團的事務要處理，確實不宜久留。」

陳祥濤是做行政管理的工作，就算他繼續待下去，用處也不大，還得讓張嘉年多做一個人的飯菜，著實有點麻煩。

陳祥濤：「……」

陳祥濤看著小楚董無情翻臉、過河拆橋的樣子，強忍內心的吐槽。究竟是誰原先把他扣下，不讓他走？現在一出事，就要把自己送回去背黑鍋？

雖然陳祥濤滿腹怨懟，但顯然現在不是爭辯的時候，他先離開屋子打電話給楚彥印，打算臨死前搶救一下自己。其他人想了想，就算天塌地陷也有上司扛著，而且還有小楚董，問題似乎也不大？

眾人很快回到規劃狀態，楚楚完全沉浸在現實小鎮經營中，一連提出許多要求。她說得差不多後，回頭看到認真傾聽的張嘉年，突然道：「你想建造什麼？」

張嘉年一愣，沒想到自己還要發言，遲疑道：「我不太擅長做旅遊規劃……」

楚楚眨眨眼，大方道：「不用你來規劃，就問你想建造什麼？」

其他人：這怎麼聽起來像昏庸無能、荒淫無度的君主在討好愛妃呢？

節目組的工作人員卻是看熱鬧不嫌事大，他們剛才聽建築設計規劃，都快要昏昏欲睡，如今立刻來了精神，各種鏡頭隨即湊上來。

《老闆的假期》現在唯一能跟電視節目產生差異的地方，就是楚總的包袱段子和張總的盛世美顏。

楚楚因為被媒體曝光太多，網友們對她臉蛋的關注度早就轉移到了才華。然而張嘉年卻不一樣，他以前可是無法被鏡頭捕捉到的男人，物以稀為貴，還不得多看一眼是一眼？

張嘉年看著設計人員們驚惶的眼神，心知自己不能說出太離譜的要求，否則文旅地產集團的眾人可以馬上表演當場去世。他苦思冥想許久，最後試探地說道：「其實這裡跟荒野小鎮有點像……」

荒野小鎮是《贏戰》遊戲中等級較低的地圖，算是新人玩家的起點。張總助常年對居住環境毫無要求，都能陪張雅芳在國宅裡一住十幾年，自然想不到其他可建設的設施，最後只能硬擠出一個遊戲場景名。

楚楚思考片刻，她摸了摸下巴，拍板道：「那就建造一個主題樂園吧，紀川鎮是荒野小鎮，冬天的遠山就是真理冰川，水庫是那布崖湖……」

文旅地產小分隊們滿臉疑惑，明明張總只是隨口說有點像，小楚董是如何延伸出主題樂園的？而且說紀川鎮跟荒野小鎮相像，他們還可以接受，但後面兩者完全沒有關聯吧？

設計師：「但水庫跟那布崖湖不像呀……」

楚楚：「你在旁邊插個牌子，幫它取名為那布崖湖不就好了？誰能說它不是？」

設計師：「……」

設計師：很好，這邏輯沒毛病。

文旅地產小隊就《贏戰》主題樂園的事情商議一番，除了感覺亂取名字的詐騙手段略不可取外，全都認為這個點子可以執行。因為紀川鎮確實跟荒野小鎮有許多相似之處，再加上《贏戰》IP握在小楚董手裡，相比其他設計，可謂近水樓臺先得月。

如果是想在其他地方建立主題樂園，光是把土地買下來就會耗費很大的功夫，但地廣人稀的紀川鎮，最便宜的東西就是土地，加上當地政府的政策支持，基本上沒耗費什麼力氣。

晝夜花：『突如其來的《贏戰》主題樂園，只因太子妃早年的情懷？不知楚總有沒有學過《阿房宮賦》？』

星哈：『果然傳言不是空穴來風，VIR臥底上位為《贏戰》，終於從遊戲走到現實，開始大興土木。』

燈泡俠：『天啊，如果真的完工，我一定要去，節目剛開播的時候，就覺得紀川鎮莫名眼熟！』

炸薯條：『我已經打算坐車去看我的紀川鎮，而且當地住宿價格很便宜哦。』

隨著節目的播出，紀川鎮最近不斷湧入遊客，鎮上空寂已久的酒店竟久違地住滿。過去，紀川鎮附近道路的使用頻率並不高，當地人能忍就忍，但現在人流量增加，修路的事情便變得迫在眉睫。

《老闆的假期》並沒有特意遮掩地名，不少行動力強的觀眾居然真的跑過來，興致勃勃地要旅遊參觀。雖然紀川鎮的規劃還沒真正實施，仍然是窮鄉僻壤的狀態，但糟糕差勁的條件，完全無法阻礙慕名而來的遊客們的熱情。

遊客們：環境惡劣代表原汁原味！

當然，很多遊客也不是簡單地旅遊參觀，還會進行直播，屬於專門過來蹭節目熱度的人。

「兄弟們，這裡就是野生水庫魚的老巢，四十元一斤啊！我打算今天就在這裡釣魚，要是真的有釣到，就把牠當做禮物送給幸運粉絲，這裡收訊不太好，網路有點卡，我可能沒辦法及時回覆大家的留言……」

主播將自拍棒固定好，提著水桶打算釣魚，彈幕則在瘋狂洗版。

『主播可能不知道，此水庫已改名那布崖湖，你身後的遠山就是冷凍失敗的真理冰川。』

『這網路未免也太卡，我要寫信給當地政府，建議他們架設更好的基地臺。』

『兄弟，別釣了，直接去找楚總買，快幫老闆解決一下八萬塊！』

『我要看ＶＩＲ，你以前不是也直播過《贏戰》嗎？』

主播看了彈幕的留言一眼，無奈地解釋：「我沒辦法靠近楚總的小屋，外面的工作人員盯得很緊，不許遊客進入。」

『你怕什麼？找鵜群去啄他們就好！』

『我想請你幫忙代購大鵜木雕！』

『這裡的景色還真美，隨便拍都好看，搞得我也想去。』

最近，無數遊客瘋狂湧入紀川鎮，楚楚和張嘉年的院子便是重點圍攻對象，好在節目組也不是吃素的，工作人員們的控場能力很強。

閒雜人等遭到驅逐，便只能在漫山遍野遊蕩，老爺爺的木雕被一掃而空，鎮上的餐廳在吃飯時間也人聲鼎沸，跟過去寂靜荒涼的狀態完全不同。

陳祥濤作為靠表情包出道的新晉網紅，終於無法忍受遊客們的圍堵，在遭到遊客包圍和面對大楚董兩者中，選擇了後者。

畢竟他現在隨便走在路上，都會有路人突然跳出來當面調侃道：「你知道我是誰嗎？」

「你要不要帶我去見你上司？」

「……」

陳祥濤心中思量，起碼大楚董不會天天扯著他問「我是誰」、「上網搜尋一下」、「我要見上司」，這日子簡直沒辦法過啦！

臨走前，陳祥濤拉著行李箱，試探地看向小楚董：「……那我走啦？」

楚楚乾脆地擺手：「走吧走吧！」

陳祥濤：突然感到一絲傷心？妳以前不是這樣的？

陳祥濤：「您有需要我代為轉達的話嗎？」

楚楚：「如果有空，請他匯一筆生活費給我，他的兒女們快餓死了。」

陳祥濤：「……」

陳祥濤：這怎麼像現在某些大學生的口氣？

陳祥濤的離開並沒有削弱紀川鎮的火熱，楚楚和張嘉年很快就靠賣魚和賣木雕賺到八萬塊。現在鎮上的餐廳急需大量食材，周圍的鄉親們努力賣貨仍供不應求，甚至有人開始呼喚在外工作的兒女回來幫忙。

如今有時間來紀川鎮的遊客，要麼是有錢有閒的好奇觀眾，要麼是想蹭熱度的直播主，總之都不是缺錢的人。

鎮長望著人氣興旺、煥發生機的紀川鎮，本該感到高興，但遊客量增加的隱患，卻讓鎮中事務更多，突發情況層出不窮。

鎮長找到楚楚和張嘉年，無奈道：「我理解大家都想來看看，但現在確實忙不過來，而且等以後真正開始施工，那得多危險啊……」

現在老夏騎機動三輪車都會遭遇追撞，可見某些遊客有點逾越，已經打擾到當地人的正常生活。如果紀川鎮真的開始動工，到處亂竄的遊客沒人引導，很可能遭遇意外。

張嘉年冷靜地分析：「因為現在紀川鎮的旅遊景點還沒有完整規劃，所以大家也不知道該去哪裡，才會到處亂轉。」

紀川鎮本身還沒有規劃好的景點，遊客們自然只能跑到節目中的同款場景，偶爾還會影響到節目拍攝。最近，很多人摸到兩人的小屋旁，讓工作人員提心吊膽。

楚楚思考一番，認為現在的遊客還是有點閒，所以才會無處揮霍精力，像無頭蒼蠅般在鎮上竄。她提議道：「既然他們沒地方去，我們就幫大家安排去處就好。」

張嘉年面露好奇，不知她有何主意。鎮長同樣不解：「但鎮上已經沒有其他地方可以去了啊？」

楚楚：「當然有，就是要麻煩您配合發通告。」

隔天，紀川鎮政府便發布新通知，《老闆的假期》粉絲專頁，也在網路上同步發表文章進行宣傳。

老闆的假期：『紀川鎮招募開墾荒地的NPC，邀請熱心志工加入荒野小鎮計畫，協助完成風景區引導及後勤保障工作，要求熱愛公益事業，具有奉獻精神者。志工服務結束後，可獲得獨家大鵜木雕及志工服務證明，表現優秀者可擁有《贏戰》荒野小鎮NPC取名權，有機會真正成為小鎮開墾NPC。』

楚楚的想法很簡單，既然遊客們對紀川鎮感興趣，卻不知道該去哪裡，倒不如讓他們真正參與進來。現在鎮上正是缺人的時候，當然要外聘專業人士，但許多雜務可以交給喜歡紀川鎮的遊客們，畢竟做局外的看客，遠沒有做真正的參與者有意思。

此消息發布當天，不少遊客們便到現場報名成為志工。畢竟他們作為遊客，很多地方節目組都不允許去，做志工反而有自由度，還有可能在節目上亮相。

Caps：『楚總完美詮釋如何零資金開墾荒地，錢由老楚出，人由網友出，最後獎品還靠VIR來做，這可真是《老闆的假期》（doge.jpg）。』

嘩啦啦啦：『等寒暑假一到，我就去當志工，我一定是鎮上最亮眼的NPC！』

蓮花：『幫太子妃蓋寢宮，請太子妃發獎品有什麼不對？哼！』

可愛小陳：『被趕走的電燈泡，居然還敢幫楚總工作？不怕被賣，反而還幫人家數錢（doge.jpg）。』

八九三零四：『嗟乎！一人之心，千萬人之心也。秦愛紛奢，人亦念其家。奈何取之盡錙銖，用之如泥沙？』

復古造型：『各位再見，我沒辦法再忍受當鍵盤建築師，我們荒野小鎮見！』

因為志工招募進行得非常順利，遊客亂竄的現象也好轉很多。齊盛文旅地產的人們則開始認真規劃，大家各司其職，楚楚和張嘉年便空閒下來。雖然兩人已經成功賺到八萬元，照理來說，可以讓節目組放他們離開，但有件事卻絆住楚楚的步伐。

院子的田地內，一排整齊的草莓已經結果，鋸齒狀的葉片下藏著小小的青色果實，它們從日光的沐浴中慢慢變為淡粉色，最後染上鮮豔的紅。

楚楚蹲在田地邊，目不轉睛地檢查草莓果實，她將果實數了一遍，又開始觀察哪顆草莓即將成熟。

張嘉年對她每天緊迫盯梢的行為感到好笑：「一週後就成熟了，妳不用天天盯。」

楚楚和張嘉年在村中閒逛時，竟發現有人在培育草莓，他們索性買下已結果的草莓，想感受收成的樂趣。

自從張嘉年將草莓移到田地裡，楚楚便恨不得成為守著草莓田的稻草人，日日都要核對果實數量。

楚楚振振有辭：「每天都有那麼多人從院子旁邊經過，萬一有誰摘走的話，該怎麼辦？」

旁邊的工作人員不禁在內心吐槽：妳每天數得如此認真，要是真的有人敢偷摘草莓，妳肯定也會把人家的頭摘下來吧？

隨著兩人在紀川鎮居住的時間不斷變長，節目組也漸漸摸透楚楚和張嘉年的生活節奏。雖然導演很想設置《變形計》中的劇情事件，但無奈每次都會產生反效果，三兩下便被楚楚和張嘉年化解。

畢竟節目組要求他們賺八萬元，最後人家不但造出生態旅遊村，還直接逆轉節目調性，實在是惹不起。

《老闆的假期》可說是讓許多網友見到楚楚的另一面，她不像印象中那般鋒芒畢露、妙語連珠，是帶動全網討論度的當紅明星，而是在私下相當懶散，能坐就不站，能躺就不坐，是個連翻身都不願意的鹹魚。

除了剛開始有點不適，她對惡劣糟糕的生活條件也沒有過多抱怨，很快就跟張嘉年一起在村裡找樂子，像是自在閒人般在山上亂逛。兩人在沒有修路、建立設施的時候，生活得相當安逸，直接融入當地。

張嘉年比楚楚適應得更好一點，他已經成功習得趕鵝、賣魚、木工和草莓種植技能，甚至抽空找出陶罐來醃菜，開始自製酸豇豆、醃蘿蔔。節目中，張嘉年的烹飪料理過程更是好評連連，被網友特意剪出來作為配飯特輯。

齊盛的其他人，偶爾還會對生活環境有所抱怨，楚楚和張嘉年卻像是樂在其中，悠閒的日子竟惹得網友們羨慕嚮往起來。

當田間的草莓變得鮮紅欲滴，楚楚和張嘉年也終於迎來離開的日子。楚楚毫不客氣地將草莓摘得一乾二淨，全部封進保鮮盒內，把它們一顆不留地打包帶走。張嘉年整理一下最近的大鵝木雕，將多餘的部分轉交給鎮長，作為志工的獎品。

兩人提著行李箱，徘徊在院子門口，一時都有點留戀。張嘉年看楚楚還在看草莓田，安慰道：「明年還能摘新的。」

楚楚和張嘉年跟節目組討論一番，打算保留這裡的模樣，直到他們下次再過來。釣竿和木雕工具也被好好地保存，連同回憶一起封進院裡。老夏偶爾會過來幫忙照料院裡的田地，讓兩人的菜苗和草莓不至於枯死。

「嗯……」楚楚眨眨眼，她又看了看院中的景象，「其實這裡挺好的，以後可以拿來養老。」

張嘉年看她面色認真，眼中不由盈滿柔和的笑意，輕輕應道：「好。」

反正只要兩人能待在一起，不管到哪裡都可以。

楚楚和張嘉年搭乘節目組的車離開，他們望著逐漸遠去的紀川鎮，都有一點悵然。最近小鎮周邊的路也簡單地進行了修繕，不再像來時那般泥濘顛簸。

楚楚才剛上車沒多久，她突然反應過來，慌張道：「我忘了一件很重要的事情！」

張嘉年以為她遺落貴重物品，不由看過來：「？」

楚楚擔憂道：「我居然忘了把泡菜罈帶走，萬一被偷走該怎麼辦？」

張嘉年：這吝嗇的護食態度實在令人髮指。

《老闆的假期》正式播畢，觀眾們也極為不捨，畢竟是限定節目，很可能不會再有第二季。

冰可樂：『不允許節目完結，我還沒親眼看到小鎮建好！』

小小小溪水：『這個家全靠VIR支撐，楚總除了釣魚，就是盯梢草莓，生活能力跟我小學三年級的表弟差不多（doge.jpg）。』

雲來雲往：『楚總就像是假期中在家挺屍的我，VIR是假期中在家忙碌的我爸。』

喇叭花：『真的要結束了嗎？感覺VC組合一直在種田也很有趣，不管做什麼都好開心，搞得我都想逃離大城市，我喜歡慢節奏的生活。』

抱頭狂哭：『他們兩個光是一起散步、吃飯、雕刻，我都覺得好甜。』

始終如一：『友情提示廣大單身狗，跟喜歡的人一起在鄉下種田是快樂，自己獨自在鄉下種田是絕望，關鍵要看身邊的對象是誰，沒對象的人肯定會幻滅。』

甜倪：『誰說我喜歡種田？我是喜歡像楚總一樣，盯著別人種田（doge.jpg）。』

皮皮大蝦：『《老闆的假期》第二季主角是誰？我推薦大楚董（鼓掌.jpg）。』

小綠：『問：如何一句話激怒楚總？答案是，我把妳的草莓和泡菜罈拿走了（doge.jpg）。』

春日印象：『組隊偷泡菜罈加一。』

楚楚和張嘉年剛結束節目錄製，便接到來自老楚的召喚。陳祥濤因為率先歸來，抵擋大部分的槍林彈雨，但還是有些散彈要往楚楚身上打。

楚彥印最近跟各級主管溝通探討，最終通過紀川鎮建設的規劃，同時集團也得到政策上的支援，但他仍對楚楚莽撞行事的方式耿耿於懷。

兩人才剛進屋沒多久，楚彥印就進行猛烈開炮：「妳真是翅膀硬了！不打招呼就要建造旅遊村？」

楚楚嘀咕道：「我是正常人，並沒有翅膀。」

既然沒有翅膀，就不存在翅膀變硬的說法。

楚彥印憤怒道：「這不是重點！我要跟妳好好談談！」

楚楚眨眨眼：「我帶了土產給你。」

楚彥印的怒火瞬間被岔開，他音量降低不少，遲疑道：「……哦，妳帶了什麼？」

楚楚將小心保存的草莓取出，說道：「我種的草莓。」

張嘉年聞言，他在心中默默糾正，應該是她盯的草莓，並沒有種。

楚彥印剛聽到紀川鎮的事情時，還有點火氣，但他已經罵過了陳祥濤，且間隔那麼長時間，其實心情已經平復得差不多。畢竟木已成舟，他作為成功企業家，幫國家做點事情也合情合理，該有一些社會責任感。

現在楚楚又拿出土產主動示好，證明她還記得老父親，楚彥印的臉色便和緩不少，他彆扭道：「既然妳還算有心，那我就勉強嘗嘗看吧……」

「好。」楚楚已經把手洗乾淨，她慢慢打開裝有草莓的保鮮盒，大方地挑出一顆飽滿鮮紅的果實，遞給楚彥印，「給你。」

草莓早就洗好了，楚彥印一口便能吃掉，緊接著他就看到楚楚將盒子扣上。

楚彥印：「？」

楚彥印：「妳關盒子做什麼？我才吃了一顆？」

楚楚：「你不是已經嘗過味道了嗎？」

楚彥印：「……」

楚彥印：不孝女！

然而，這還不是讓楚彥印最傷心的事，楚楚贈送的草莓數量，顯然代表她對別人的重視程度。張嘉年作為實際勞動者，他擁有無限拿取草莓的權力，林明珠獲得一顆草莓，但貴賓犬可憐居然拿到了兩顆！

貴賓犬可憐開心地吃掉草莓，牠興奮地汪了一聲，跑到花園跟楚楚玩沙包。

楚彥印：我竟然不如一隻狗？

最後還是張嘉年看不下去，他無奈地發動「無限草莓」技能，將一部分的草莓轉贈給楚彥印，這才澆滅了家庭戰爭的燃點。

第七章　VC組合鎖定

楚楚和張嘉年才剛回來沒多久，他們除了要處理積攢的事務，便是要迎接年會的到來。這無疑是一年中最繁忙的時間，本身年底的事情就很多，楚楚又要參加齊盛和銀達的大年會，以及光界、微夜等眾多小年會。

齊盛年會的時間安排在銀達之前，照理來說，集團會先讓各個分公司進行彙報總結，緊接著便是高級又大氣的晚會環節，當然也少不了楚董每年固定的魔鬼獻唱。

羅禾遂作為電商集團董事，他深刻感受到自己今年彷彿陷入寒冬，在集團內變得孤立無援。不知從何時開始，他被其他董事甩在身後，呂俠一馬當先地討好小楚董，陳祥濤後來居上力挺紀川鎮，大家都跟集團繼任者建立起緊密的關係，只有他被落下了。

慘遭排擠的羅禾遂快要自閉，他不禁憂傷地想：他們什麼時候才能發現，如今是三缺一？

羅禾遂自我檢討一番，覺得自己不能落後。他抱著虛心求教的態度，特意去詢問呂俠和陳祥濤，想打聽他們結交小楚董的祕訣，然而得到的回答卻極為統一。

呂俠：「唉，不是你想的那樣。」

陳祥濤：「唉，不是你想的那樣。」

羅禾遂：「……」

天地良心，羅禾遂可是私下分別詢問兩人，但他們的回答怎麼會宛如對過答案般精準！

如果這都不算排擠，那還有什麼能稱得上是排擠？羅禾遂堅信，呂俠和陳祥濤是故意避而不談，想要藉機在集團內占據上風，保住自己的先發優勢。

羅禾遂絕不能讓他們的奸計得逞，打算主動出擊。

另一邊，科技集團的呂俠則有點苦惱，每年的年會都要進行彙報總結，今年自然也不例外。楚楚的股權激勵計畫初有成效，科技集團內像是煥發生機，湧出一大批積極工作的人才，交出了不錯的成績單。

雖然股權激勵的支出高得讓呂俠頭痛，但看在效果不錯的份上，他現在還算能接受。呂俠在乎的是另一件事，小楚董初入科技集團，今年該由誰來彙報介紹？

科技集團辦公室內，楚楚聽完呂俠的話，堅定地一口回絕：「我才不要彙報。」

呂俠聞言鬆了口氣，照理來說，小楚董應該排在他之上，但其他董事都有彙報環節，只有自己落單，這種滋味也不好受。

呂俠剛開始以為小楚董不愛出風頭，沒想到她下一句直接道：「畢竟成績不是特別好，彙報也沒什麼意思。」

呂俠：「……」

如果換個人來說這句話，呂俠立刻要吹鬍子瞪眼，但對方是小楚董，他只能努力解釋道：「相比去年的資料，今年的增長率……」

明明很不錯！

楚楚乾脆道：「這是我帶過最差的一屆。」

呂俠：「……」

呂俠想了想光界娛樂和微夜科技，他頓時有點說不出話，果然沒有比較就沒有傷害。

《贏戰》和微眼今年的強勢崛起，讓光界娛樂和微夜科技飛速發展起來。

微眼才剛成立「紀川開墾荒地」特別計畫，發布大量紀川鎮及志工的短影片，既響應國家號召，又安撫雲開發的使用者，同時變相延續《老闆的假期》熱度，繼續吸引遊客湧入。

《贏戰》就更不用說，呂俠覺得一般人能投資到一間好公司就不錯了，沒想到小楚董卻一年碰到兩個。

楚楚彈了彈報表，不滿道：「你看看盛華支付，其他業務好歹還在增長，它卻帶都帶不動。」

盛華支付是由袁本初管理的，照理來說，科技集團完成帳戶互通，內部又受股權激勵的刺激下，應該會有所增長，但它竟然毫無反應。這就像是幫人進行急救，做完心肺復甦術後，卻連口氣都沒喘出來，讓楚楚很疑惑。

呂俠無奈地解釋：「電子支付本來就是南風先起步，我們進入市場的時間比較晚，現在再拓展也不容易。」

南風集團在網路及金融領域著力較多，占領電子支付的大半個市場。齊盛科技集團的盛華支付起步略晚，在市場占有率上自然偏低，近年來更是被擠壓得喘不過氣，新用戶也難以增長。

楚楚因為前不久都在拍攝節目，她也是現在才看到年底資料，發現班級裡的倒數第一名是盛華支付，然而目前又不宜施展新政。她只能先擱置此事，打算等年會結束後，再跟袁本初談談。

楚楚：必須好好激勵成績較差的學生！

齊盛年會如期而至，會議場所是在齊盛大廈內，位於CBD[4]的大樓高入雲霄，看起來氣勢恢弘。楚楚原本總是躲避老楚談話，這還是她第一次來到齊盛大廈。

她望著大樓，不由嘖嘖感嘆：「銀達什麼時候能有一棟大樓？」

她目前還有一點暴發戶心態，雖然經濟基礎已經打好，但配套設施還沒弄起來。銀達如今是租用的辦公大樓，並不能像齊盛一樣，擁有自己命名的大廈。

張嘉年哭笑不得：「但公司沒有那麼多員工，並不需要太大的地方吧？」

銀達旗下的公司數量還不多，員工規模跟齊盛的子公司差不多，銀達也只有單個公司的

4 CBD：Central Business District的縮寫，意為中心商業區。

戰力很能打而已，規模並不大。

楚楚振振有辭，嚮往地規劃著：「雖然人很少，但需要的區域很多，可以讓辰星、光界、微夜都搬過來，笑影如果願意也可以，還要有一層餐廳、健身房、會議室、電影院、遊樂場、圖書館、午休場所……然後我自己也想要有一層樓，你想要的話，也可以蓋一層！」

張嘉年：「……謝謝，我不需要。」

楚楚：「那你跟我擠同一層吧。」

張嘉年：「……」

張嘉年內心吐槽，這規劃聽起來，完全不像是上班的地方啊！

他嚴重懷疑，楚楚從紀川鎮回來後，留下了後遺症，沒事就想建立城鎮當地主。

齊盛年會分為白天場和晚上場，白天主要是述職彙報，晚上是頒獎典禮。楚楚和張嘉年結伴進來，不由好奇地發問：「往年都有什麼環節？有意思嗎？」

「通常是由集團發言，子公司彙報，然後是頒獎及表彰晚會……」張嘉年耐心地給予解答，他不知想起什麼，又露出一言難盡的神色，為難道，「……妳可能會覺得沒意思，因為人有點多。」

張嘉年以前在齊盛任職，基本上已經了解齊盛年會的狀況，推測楚楚大概不會喜歡。楚楚聞言，她本以為張嘉年指的是，他們要寒暄的人很多，就像訂婚宴一樣，萬萬沒想到是發言的人有點多。

首先由楚彥印作為集團代表發言，緊接著是各大分公司的董事及代表，例如文化娛樂集團的姚興、文旅地產集團的陳祥濤、金融科技集團的呂俠，還有電子商務集團的羅禾遂等。

楚楚聽著彙報，她突然感到不對，疑惑道：「為什麼文化娛樂和電商都自稱是三大支柱之一？如果加上文旅地產和金融科技，不就是四大了嗎？」

張嘉年抿抿唇，只得小聲道：「嗯……因為姚總跟其他董事關係一般，加上文化娛樂起步發展較晚，所以舊三大沒有文化娛樂，只是近年來，文化娛樂收入位於子公司榜首，才有新三大的稱呼。」

姚興因為愛帕馬屁，過去受舊三大排擠，但最近羅禾遂不斷式微，大家也開始見風使舵。

楚楚心道：別看這些老油條臉老，卻還懷抱著幼稚園等級宮鬥的童心呢。這跟小孩們自創的「斧頭幫七傑」、「巴啦小魔仙隊」有什麼區別？一言不發還會被開除？

楚楚聽了一段會議內容，很快就抓住彙報句式，基本上就是「齊盛XX集團收入XX億元，完成年初計畫的百分之一百零五，同比增長百分之多少」，每個子公司都完成年初計畫的百分之百以上，恨不得都歌舞昇平、蒸蒸日上。

老闆發言磕磕絆絆、愛拉長音，完全沒辦法讓人集中精神。沒過多久，楚楚便在會議的催眠下昏昏欲睡、半夢半醒，她努力把背挺直，不想靠著張嘉年睡著，但效果微乎其微。

齊盛總結大會的新照片，很快就被刊登在網路上，董事們皆衣冠楚楚、正襟危坐，看起來沒半點差錯，但馬上就有細心網友發現問題。

單染：『建議放大圖片，重點觀察小楚董。』

春天枝丫：『跟我一樣！早八根本睜不開眼。』

OURS：『快幫楚總P上眼睛，要是被老楚發現該怎麼辦？』

柳橙汁：『（睏到眼睛消失.jpg）。』

森林風：『前線記者傳來最新消息，楚總打瞌睡被發現，現在老楚要求她上臺發言！』

楚楚的坐姿其實非常標準，她只是不小心將眼睛閉上而已，照理來說，別的高管也不會亂瞟，更不會發現她走神，但誰讓楚彥印時不時就用視線掃射她。

老楚發現孽子公然打瞌睡，內心怒不可遏，他立刻像是上課點名的老師，突然道：「接下來，不如有請齊盛金融科技董事長楚楚，聊聊對集團未來的展望。」

楚楚本來還像小雞啄米般地打瞌睡，她聽到自己的名字後瞬間驚醒。張嘉年同樣面露錯愕，要知道，他完全沒幫楚楚準備講稿，各大董事發言都有祕書提前準備，現在是要無稿Freestyle？

其他董事也有點驚訝，會議環節裡可沒這項。他們不知道小楚董走神之事，只以為大楚董非常重視女兒，給她一個表現的機會，不由覺得小楚董在集團的分量比想像得還要重。然而，事實的真相卻是老楚故意刁難，想要懲罰打瞌睡的不孝女。

楚楚被驟然點名，哪能不理解老楚的警告，她只能硬著頭皮無稿上場，在臺上乾咳兩聲，鎮定道：「咳，剛才諸位董事的發言都很精彩，我現在就和各位簡單聊一下……」

楚楚低頭看了面前的白紙一眼，讓旁人誤以為她有稿子，不由等她娓娓道來。

楚彥印心知楚楚沒準備，面無表情地盯著她：編，妳繼續編，我看妳能編多少句！

楚楚打起精神，高談闊論道：「我要發表的題目是《官僚主義害死人，實事求是戒歪風》，齊盛集團不但要爭取效益、謀劃發展，更要重視工作作風上存在的問題，不堅持實事求是的話，就是官僚主義的本質……」

楚彥印：「……」

「部分幹部在發言時造假資料，各個集團都號稱已經百分之百完成了年初計畫，卻避而不談實際專案，這有意義嗎？當然，董事們的形式主義也是被上級的官僚主義所逼，才會導致對彙報應付了事、避重就輕，這也不能責怪大家。」楚楚輕輕地了搖搖頭，語重心長道。

上級官僚代表楚彥印：「？」

楚彥印：有哪家子公司的董事長，像妳一樣這麼會嘴炮？

眾人剛開始還有點疑惑，但他們越聽越有理、越想越順暢，仔細琢磨後還覺得沒問題？

小楚董見解犀利、一針見血，她對集團內的不正之風加以針砭，這是何等公正無私、大義凜然的態度！大楚董特意讓她發言，看來是對常規慢節奏、湊數據的彙報極為不滿，正好藉機點醒眾人！

董事們瞬間醍醐灌頂，後面的人立刻著手刪減無用資料及發言，用行動支持大老闆的想法。

臺上，楚楚還在侃侃而談，做最後的總結陳詞，擲地有聲道：「所以單純比較經濟效益，是沒有意義的。齊盛集團作為金牌企業，打擊官僚主義、形式主義的工作作風，用實事求是的態度看待企業發展，肩負社會責任，踐行社會效益，才能成為業內真正的長青樹！」

全場響起熱烈的掌聲，有人不禁附和：「說得好！」

楚彥印的內心毫無波動，他麻木而面無表情地鼓掌，感到心累：「……」

楚彥印：好吧，你們開心就好。

因為楚楚的發言，後半段的會議進度瞬間提升，竟然比預計時間還要早結束。

齊盛年會慣例要出會議記錄，而且還要發新聞稿。雖然楚楚的發言環節是額外增加的，但也被記錄在內，整理後刊登到網站上。她的發言措辭甚至不用修改，看起來非常符合主流。

雞蛋仔：『我不信，這怎麼可能是楚總說的話？』

朵拉：『只有我好奇死亡歌神之間的 Battle 嗎？不用各位剪輯，父女終於要面對面比唱功（大笑.jpg）。』

TAT：『晚上小楚不上臺，但公司門口的耳塞已經賣完了。』

黃龍：『在齊盛堅持多年的高管，是不是聽力都有問題，不然怎麼活到現在？』

由於楚彥印的關係，齊盛年會變成萬眾矚目的時刻，畢竟這代表又有新的剪輯素材誕生，緊接著便會湧現一大批經典的鬼畜作品。

齊盛晚會的舞臺設計中規中矩，主視覺顏色是符合老年人審美的紅色和黃色。楚楚剛開始還坐得住，當她聽到主持人說出「楚彥印」三個字時，瞬間有點慌張。

楚楚拔腿就想跑，推托道：「我去一下廁所……」

張嘉年像是揪住貓咪一般，把她抓回來，他堅決道：「不行，等等鏡頭肯定會拍到妳。」

張嘉年很清楚晚會攝影們的心理，必然會趁機拍個父女情深的鏡頭，到時候如果楚楚的座位是空著的話，那肯定會很尷尬。

楚楚不滿道：「拍我做什麼？記錄我臨終前的最後時刻？」

張嘉年哭笑不得：「……哪有那麼誇張，我都聽過好多次了。」

張嘉年拉著楚楚，她只能惴惴不安地坐在座位上，眼看著楚彥印滿面春風地上場。歌曲前奏一響，楚彥印開始表演，楚楚的五官便狠狠地擰在一起，露出慘不忍睹的表情。

張嘉年小聲地提醒：「我的手臂快被妳捏斷了。」

本來是他拉著楚楚，沒想到楚彥印一開嗓，她就跟被踩到尾巴的貓咪一樣，緊張地反握住自己。

楚楚拽著他的手臂不放手，她恨不得蜷縮進地縫裡，表情苦不堪言。這四分鐘說長不長，只是一首歌的功夫，說短也不短，卻讓人覺得漫長猶如四千年。

張嘉年只想到，如果攝影沒拍到楚楚會很尷尬，卻沒料到可能會記錄下楚楚豐富而複雜的表情。網路上瞬間產出一堆梗圖，配合楚彥印的鬼畜之聲食用更佳。

仙人掌：『（錢給你，別唱了.jpg）。』

花磚：『（我就是一隻小貓咪，為什麼要承擔這些.jpg）。』

摩登時代：『（失聰警告.jpg）。』

完全手冊：『風水輪流轉，白天剛diss完大楚董，晚上便被魔音穿腦，哈哈哈！』

CAC：『佩服VIR，這都坐得住，不愧是大師級玩家（鼓掌.jpg）。』

齊盛年會圓滿落幕，歸家的楚楚卻仍深陷精神攻擊的迫害，看起來失魂落魄。她現在只要閉上眼睛，就會聽到耳邊傳來可怕的歌聲，宛如恐怖片被鬼怪纏住的主角，讓人神經衰弱。

年會結束後，楚楚找時間跟袁本初聊了一下，認為盛華支付不能再頹廢下去。袁本初還是像往常一樣油滑，他滿臉為難，解釋道：「楚董，這也是沒辦法的事，通常使用電子支付的使用者都是在網路上消費，但電商並不歸科技集團管。」

這算是袁本初的萬能理由，只要業績上不來，就甩鍋給各子公司，說合作不易，很難達到成效。

他的心其實很容易解讀，有困難就要上，如果沒有困難，那就創造困難，總之一定要讓工作變得不好做！

然而，楚楚的思想卻簡單暴力，她遲疑道：「你的意思是，要我把你調到電商集團？」在楚楚看來，袁本初的理由類似於「我適合去文組，卻待在理組」，她的第一反應自然是幫他轉班。

袁本初嚇了一跳，連忙道：「那倒也不用……」

他明明是推托兩句，怎麼事態突然變得那麼嚴重？

楚楚顯然還沒打消念頭，她摸了摸下巴，若有所思道：「其實也可以，電商集團是羅董在管的吧？」

她覺得最後一名沒辦法進步，轉班也是不錯的方法。

袁本初看她神情認真，一時有點慌張，正常的思維應該是要跟電商集團合作，為什麼會興起把他轉到其他集團的念頭？

袁本初：「……等等，您再考慮一下？」

楚楚痛快地應道：「好，正好我跟呂董商量一下。」

沒過多久，呂俠便進屋，他聽完楚楚的提議，只覺得天降大餅，內心簡直樂開花，面上卻強裝惋惜道：「本初在科技集團待了滿久的，但為了齊盛整體的利益，還是要委屈你啦，我到時候會跟老羅說一聲……」

呂俠已經不爽袁本初很久了，自從小楚董空降科技集團，袁本初對呂氏家族便沒有過去的敬意。盛華支付的成績確實也不怎麼樣，屬於食之無味、棄之可惜。

袁本初：「？」

袁本初：我聽你在放屁，你這個糟老頭子實在是壞透了！

袁本初萬萬沒想到，自己不但在科技集團孤立無援，還差點要被呂俠捅一刀。他原本懶洋洋地虛與委蛇，此時瞬間打起精神，抓住最後的救命稻草，義正辭嚴道：「楚董，您稍微給我一點時間，我覺得盛華的成績還能更好！」

開玩笑，電商集團的業績現在連年走下坡，袁本初才不願意過去。

楚楚躊躇道：「但是你剛才說，這也是沒辦法的事……」

袁本初語氣堅決：「就算沒辦法，也要想出辦法，勇往直前！」

天地良心，呂俠以前可從沒見過如此積極的袁本初，連他往常的瞇瞇眼都瞪得猶如銅鈴，好像生怕遭到轉賣。

楚楚看袁本初如此有士氣，這才勉為其難地答應下來。呂俠頗為失望，袁本初卻鬆了一口氣，懸著的心也放下一半。

楚楚其實還沒澈底打消安排袁本初轉班的念頭，但她最近有更為重要的事情，一時便放棄繼續找碴。

齊盛年會結束後，銀達同樣迎來自己的年會，他們當然不會走老年人路線。年會地點直接選在體育館，看起來不像搞年會，倒像在做演唱會。

每個公司的年會基本上都有節目表演，銀達自然也不例外，表演嘉賓更是堪比演唱會陣容，不但有ASE男團及辰星練習生的傾情表演，還有VC組合現場對唱。

「楚總、張總，這是大家策劃提議的節目，您的〈流仙〉翻唱版大受好評。這次我們將重新編曲，詮釋新的感覺。」外包公司的年會導演一邊搓手，一邊心虛地解釋道。

雖然大家都覺得該節目極具看點，但不確定兩人會不會願意。

楚楚面無表情地戳穿真相：「嶄新的死亡感？」

居然還美其名曰〈流仙〉翻唱版，真以為她不知道外界稱之為〈死亡流仙〉？

導演拍手讚道：「您如此想得開，那真是太好了！」

楚楚淡淡道：「是，我想得開，所以我不唱。」

導演趕忙道：「不然……您問問張總的意見？」

張嘉年禮貌道：「我沒有意見……」

導演欣喜地看向楚楚：「您看！我就說吧！」

張嘉年客氣地說完後半句，委婉道：「……所以聽她的吧。」

導演：「……」

楚楚得意地瞟了導演一眼，還伸手跟張嘉年擊掌，看起來囂張得很。張嘉年對她幼稚的行徑哭笑不得，只能伸手配合。

導演深吸一口氣，他發現事情的決策權還是在楚總身上，只要能成功說服她，基本上節目就沒困難。他腦筋一轉，循循善誘道：「楚總，隔壁的楚董都有勇氣在齊盛年會上獻唱，您唱得比楚董還要好，為什麼不願意試試看？」

張嘉年：「……」

張嘉年：你這個導演是怎麼回事，是以後不打算承接齊盛年會活動嗎？

楚楚瞬間被擊破心防，若有所思道：「你說得很有道理……」

導演見楚楚鬆口，忙不迭地道：「是吧！」

張嘉年聽不下去：「我覺得……」

導演聞言，生怕張嘉年開口拒絕，他立刻岔開話題：「那就麻煩您說服一下張總，我再去核對一下節目流程表！」

張嘉年眼見對方一溜煙地離開：「……」

導演在離開前，還順手將門帶上，屋內瞬間只剩下兩人，楚楚認真道：「好吧，那就由我來說服你。」

張嘉年溫和道：「如果妳想唱也可以，不用說服我。」

楚楚極為不滿：「不行，我還沒有睡，你不能答應得那麼快。」

說服？睡服？

張嘉年剛開始還沒反應過來，等他明白楚楚在玩什麼梗，不由既好氣又好笑地要捏她的臉，咬牙道：「妳就改不了開黃腔的毛病，是不是？」

張嘉年最近發現她的新毛病，就是喜歡突如其來地開車，令人防不勝防。

楚楚早就猜到他的突襲，她靈活地躲過妄圖捏住自己的手，揚眉道：「什麼黃腔？你不要汙辱我的清白！」

張嘉年：「……」

楚楚看他不作聲，她要賴地掛在他身上，宛如鸚鵡附身的無尾熊，碎念道：「我要睡服你、睡服你……」

張嘉年：「……」

張嘉年冷靜道：「好，那就晚上吧，可以嗎？」

楚楚錯愕地望著他，露出見鬼的表情：「？」

這還是她克制保守的張總助嗎？

張嘉年看她瞪大眼，心中暗自好笑，面上卻仍故意嚇她，他鎮定地反問：「不行嗎？」

楚楚：「……可以。」

她身為霸總，怎麼能說不行！霸總可都是「一夜七次，夜還很長」，絕不能說不行！

晚上的燕晗居內，楚楚正襟危坐地坐在沙發上，開始瀏覽網頁，她打算在考前突擊一把，卻沒找到有用的資料。

她在心中自我開解，既然她在書中自帶霸總光環，或許她能無師自通？反正霸總文都是不講邏輯，她說不定有外掛呢？

張嘉年本來是想逗逗她，卻沒料到她一整個晚上都魂不守舍。他乾脆率先讓步，主動打消她的胡思亂想，笑道：「時間不早了，休息吧。」

「哦。」楚楚聞言，誤以為他在催促，她直接掀開身邊的被子拍了拍，發出無聲的邀請。

張嘉年無奈道，「我去隔壁就好。」

楚楚：「不行，我是有誠信的人，要是出爾反爾，傳出去還怎麼做人？」

張嘉年：「……」

吐槽點太多，一時竟不知該說哪一個。

楚楚看他還在門口躊躇，不由打消滿腹緊張，她「色」從膽邊生，上前安撫道：「你不要害怕，我會很溫柔的。」

張嘉年望著她這副模樣，不怒反笑：「我害怕？」

楚楚拉著他往屋裡領，應道：「對，你別緊張。」

張嘉年望向抓著自己的小手，戳穿道：「妳的手在抖。」

楚楚毫無準備地上考場，氣勢卻不減，她硬著頭皮道：「我只是在熱身而已，做個伸展運動也不行嗎？」

張嘉年：「……」

張嘉年：好好好，妳說了算。

張嘉年穿的是睡衣，他大概是剛洗完澡，髮絲間還帶著一些溼氣，以及淡淡的香味。楚楚手忙腳亂地將他塞進被窩裡，隨即便陷入沉默，她面對秀色可餐的張總助，一時不知如何下手，尤其是對方神情平和，看起來寬容得任她揉搓。

張嘉年看楚楚緊繃著臉不動，他強忍笑意，主動幫她遞臺階：「改天吧，等我做好心理準備……」

張嘉年算是看出來，她就是一個只會嘴炮的卒仔，理論和知識一套又一套，實際操作卻一塌糊塗。他看破不說破，幫她留了幾分薄面，實際上卻快笑出聲。

楚楚堅決道：「不行，我說到做到！」

張嘉年善意地規勸紙老虎：「其實妳不用勉強自己……」

楚楚：「不，我可以！」

她上前親了親他的臉，又吻了吻他的唇，就像一隻愛鬧人的小貓，若即若離地磨蹭。

他乖乖地任她擺布，既覺得她有點可愛，又覺得有點……好笑？

楚楚做完這一切，昂首挺胸地叉腰，質問道：「你服不服？」

張嘉年以拳掩飾笑意，安撫道：「服服服……」

「好，那睡覺吧。」楚楚聞言，她立刻縮進被窩裡，瞬間進入裝死狀態。

反正張嘉年都求饒了，那就算她勝利！

張嘉年終於忍不住笑出聲，他在接收到楚楚惱羞成怒的視線後，這才有所收斂，隨手將臥室的燈關掉，放虛張聲勢的小貓一條生路。

銀達年會在體育館舉辦的消息一出，立刻有無數網友詢問能否賣票，讓大家共同感受一下現場氣氛。銀達投資官方帳號突然收到無數私訊，全是提出想入場的需求。

黃城：『銀達在體育館辦年會太鋪張浪費，我自願為楚總出錢，減輕公司支出壓力！』

千葉草：『進去穩賺不賠，ASE男團歌舞、笑影脫口秀、微眼全程直播、VC現場放閃……這絕對值回票價！』

香茶世家：『ASE如今的演唱會門票，就要好幾千塊了。看來楚總的夢想比老楚大，光是普通會場還不夠發揮，上來就是演唱會級別！』

暴雪：『銀達員工是坐不滿體育館的，不如讓我們進去看一下？』

滷味蝦：『有人會再邀請楚董來銀達年會上高歌一曲嗎？』

銀達的官方帳號將群眾的呼聲，反映給年會的主辦單位，讓主辦方不由開始犯難，他們還沒見過，有誰家的年會能開放網友入場，這難道是鍵盤員工、雲員工？如此積極回應公司活動？

主辦單位不敢亂做決定，便將此事彙報給楚楚，在得到回覆後才請銀達做出回應。

銀達投資：『感謝大家的熱情支持，但考慮到公司年會的性質，暫不開放售票入場。我們會抽出十名銀達旗下產品的忠實粉絲，免費贈予年會入場券，其他粉絲仍可透過微眼觀看直播。』

微眼短影音：『銀達年會直播頁面已正式上線，大家可線上參與最佳年會節目票選！』

齊盛集團：『兄弟，你是怎麼回事？』

齊盛集團：『（我看你就是在為難我.jpg）。』

綠壓壓：『哈哈哈，公開帶你家老闆大名，變相Diss楚董歌喉，這絕對不能忍，趕快打起來@齊盛集團。』

小夫：『我發現你自從被罵後，就變得很不端莊，梗圖用得越來越搞笑@齊盛集團。』

華繞：『齊盛和銀達的大戰再次上演！這部連續劇我能看八百年！』

銀達投資：『（怎麼，我有說錯嗎.jpg）。』

齊盛集團：『（你現在是想和我唱反調嗎.jpg）。』

銀達年會在體育館舉行，主辦單位為滿足場外網友們的願望，甚至在舞臺一側搭建電子看板，可即時顯示微眼上的直播彈幕，並配合現場抽獎。這不僅僅是一場公司年會，更是彰顯銀達實力的展覽會，將銀達旗下的產品淋漓盡致地展現在場館內。

舞臺主色調是高級的銀色，隨著燈光的切換不斷變幻顏色。音樂響起，ASE男團在煙霧中現身，送上熱烈有力的勁歌熱舞。

後臺內，楚楚正在化妝間做最後練習，她也不知道自己唱得如何，乾脆扭頭問旁邊的夏笑笑：「妳覺得怎麼樣？」

夏笑笑是辰星影視的年度優秀員工代表，等一下要上臺發言，正在努力對稿。她聽到楚總的詢問，笑道：「我覺得挺好的。」

旁邊的化妝師聞言，表情頗為複雜，為什麼她聽楚總唱歌，都能差點把刷具掰斷？

楚楚見夏笑笑答得如此痛快，不由面露狐疑：「妳是不是在敷衍我？」

夏笑笑驚慌失措，連忙擺手否認：「當然沒有……」

楚楚果斷道：「那我跟南彥東誰唱得比較好？」

夏笑笑：「……」

夏笑笑腦袋裡突然冒出一句「魔鏡，魔鏡，誰是世界上唱歌最好聽的人」，代入楚總現在的語氣完全無違和。

楚楚如果換個人詢問對比，夏笑笑肯定能秒答楚總，但眾所周知，南彥東是網路公司老闆裡最會玩音樂的。善良的夏笑笑左右為難，雖然她是楚總的狂粉，但對偶像說謊顯然也不真誠，更別提剛被懷疑敷衍。

夏笑笑望著楚總期待的眼神，最後艱難道：「嗯……南總的技巧比較好，但您唱得有靈氣？」

楚楚滿意地稱讚：「妳的音樂造詣果然進步了不少！」

化妝師：「……」

這個回答才是真有靈氣，這得有多強的求生欲，才能說出這種話？

化妝師們聽不下去，她們幫楚總化完妝，便默默地退出房間，將安靜留給兩人。

化妝間其實是楚楚專用的，只是她私下想跟夏笑笑聊點事，才把對方叫進來。夏笑笑本以為楚總是有工作要談，不料她突然問道：「妳最近在看房？」

夏笑笑頗為驚訝，臉紅道：「您怎麼知道……」

夏笑笑確實在看房，一來是她年終獎金額外豐厚、稍有存款，二來是她想接父母過來團聚。夏笑笑作為古早言情小說女主角，身世背景很常規，屬於人窮志不窮的優秀青年，父母在老家的生活條件也不好。

當然，大城市的房價不是開玩笑的，夏笑笑也開始琢磨要不要考慮買公寓。因為摸不清未來房價是否還會暴漲，她不太敢多耽誤時間，想抓緊時機。

楚楚：「公司裡都是我的眼線，當然會有人打小報告。」

夏笑笑：「？」

夏笑笑：總覺得老闆的語氣莫名驕傲？

楚楚其實得知夏笑笑在看房時，內心也有點意外，不免好奇道：「妳的頭期款預算多少？」

夏笑笑老實地報出數字，同時細聲解釋道：「我的存款和家裡積蓄差不多是這些，但可能買不起大樓，所以在看公寓。」

楚楚感慨道：「那也很厲害，能存這麼多錢。」

楚楚雖然參與制訂辰星的薪酬管理與激勵機制，但她很少真正關注每個人的總收入。夏笑笑能有如此豐厚的年終獎金，證明一年裡的努力並不少，而且非常有天分。畢竟她剛進公司時，還是個端咖啡的菜鳥，如今已經成為獨當一面的小主管。

即便是在現實世界，職場新人能有如此高的成長度也屬實罕見，夏笑笑倒是沒有愧對女主角稱號。雖然她沒有按照劇情談上戀愛，但錢沒有少賺。

夏笑笑聽到楚總的誇讚，她有些不好意思地撓撓頭，臉紅得猶如蘋果。

楚楚低頭擺弄一會兒手機，這才抬頭看向羞赧的女孩，開口道：「不要買公寓，好好挑大樓吧，升值空間也大。」

夏笑笑剛想答應，突然聽到手機提示音，她看到帳戶裡驚人的數字嚇了一跳，趕忙道：「楚總，這是……」

楚楚淡然道：「噓寒問暖不如給一筆鉅款，接濟一下未來的房奴。」

夏笑笑緊張道：「這、這怎麼可以！這錢我不能收，您對我的幫助已經很多……」

楚楚大方道：「那就當作是我借給妳的吧。等有能力的時候再還，反正不著急。」

楚楚看夏笑笑眼眶紅紅，像一隻兔子般盯著自己，調侃道：「妳該不會要哭了吧？妳應該要慶幸自己沒買別墅，不然我轉這筆錢給妳，還得去打報告……」

楚楚自從交出黑卡後，便對金錢毫無概念，家庭財政統一由張嘉年管理。她本身就不是太有物質需求的人，知道帳號密碼也不動卡裡的錢，相比其他老闆來說，開銷並不大。

夏笑笑聽到楚總的打趣，心知再推托倒顯生分，她垂下眼，甕聲甕氣道：「謝謝您……」

夏笑笑沒想到楚總會注意到自己的私事，畢竟對方每天忙得團團轉，看起來難有關注雞毛蒜皮之事的時間。她其實興起過找人借錢的念頭，但骨子裡的羞澀又讓她難以開口，畢竟這不是一筆小數目。

楚總雖然平時看起來玩世不恭、字字珠璣，但偶爾又有細心體貼的一面，只是慣於用毫不在乎的態度來隱藏。她像是生怕旁人有壓力，就算是做出助人之舉，也是隨意懶散的調調。

夏笑笑思及此，內心不由既柔軟又感動，眼中波光粼粼。

資本家楚楚見她如此認真道謝，官腔地應道：「嗯，不客氣，明年努力賣命還錢就好。」

夏笑笑：「好、好的！」

歌曲〈流仙〉的表演被安排在壓軸位置，兩人在後臺候場。張嘉年見楚楚繃著臉，好笑道：「你很緊張？」

楚楚面無表情道：「馬上就要成為鬼畜區網紅，當然很緊張。」儘管夏笑笑剛才瘋狂拍馬屁，但以楚楚對無聊網友們的了解，她肯定不會被放過。

張嘉年努力安慰：「……或許妳不會超越楚叔叔？」

畢竟楚彥印現在是被網友嘲笑的頂點，楚楚想要衝擊榜首還有點困難，可以稍微想開一點。

「楚總、張總，請往這邊走。」後臺導演走過來，指引道。

楚楚望著廣闊的舞臺，她深吸一口氣，牽著張嘉年的手上臺。

絢麗的燈光下，觀眾席猶如漆黑的夜幕，世界上彷彿只剩下他們兩人。和緩的前奏響起，竟意外打消幾分楚楚的僵硬握緊對方溫暖的手，不由轉身回頭看他。

張嘉年看她扭頭，眼中漾起柔和的笑意，率先開口唱道：「花錯花期，流水流溢……」

臺下傳來觀眾佩服的掌聲和驚呼，似乎被張總助的吃CD水準震撼。舞臺邊的電子看板為配合歌曲的舞臺設計，亮度稍微變暗，但仍掩蓋不住網友們的瘋狂洗版。

『太子妃出道吧！這簡直就像是吃了CD！』

『VC組合今日造型美到暈厥，本顏控表演當場倒地！』

『楚總像是個毫無感情的冷面殺手，最後被VIR的牽手感化，真是感人肺腑（鼓掌.jpg）。』

『她絕對是殺手，聽她唱歌我寒毛直豎。』

『楚總臉上彷彿寫著「百忙之中敷衍你們一下」，哈哈哈！』

楚楚生無可戀地唱著，她一度使用高超的技巧，讓音準飄忽不定。張嘉年在旁輕聲幫她和音，努力將調子一點點拉回，他全程包容溫和地看著她，像是完全忽視周圍的環境。

一曲結束，臺下響起熱烈的掌聲，彈幕也紛紛跳出。

『存活確認！』

『存活確認加一，唱歌要命系列。』

『〈流仙〉是當代流行音樂中的奇葩，演唱者用兩種天差地別的唱功，表現出該曲唯美浪漫的意境。』

『VC組合鎖了，鑰匙被我吃了（微笑.jpg）。』

楚楚和張嘉年的歌唱節目結束，還有一段發言致詞的環節。主持人先盛讚剛才的演出，然後官腔地介紹直播彈幕及抽獎功能，隨即笑道：「楚總、張總，現在看板上都是網友們的留言，您可以挑選其中印象最深的一則，作為本輪中獎的幸運者。」

張嘉年看向楚楚，讓她率先選擇。楚楚掃了密密麻麻的彈幕一眼，說道：「那我選『太子妃好美』這一則留言。」

張嘉年：「？」

楚楚摸了摸下巴，邏輯縝密地糾正：「但大家以後還是不要叫太子妃比較好……」

網友們：「？」

主持人同樣有點疑惑，不由好奇道：「那您覺得該如何稱呼呢？」

楚楚試探道：「總裁夫人？」

張嘉年：「……」

『我靠，哈哈哈，乾脆叫「霸總小嬌妻」好了。』

『感受一下新晉總裁夫人微妙的表情，VIR現在內心戲大概是「要不要在外人前給丈夫留面子」的艱難抉擇（doge.jpg）。』

『楚總：感覺有人馬上就要揪住我的後脖頸了。』

張嘉年最後還是忍住，沒有當眾捏屁孩的臉，對她進行深刻的教育，決定秋後算帳。

主持人笑道：「那接下來，有請張總選一則中獎彈幕。」

張嘉年看著密密麻麻的彈幕，最後選擇「還能怎麼辦，當然是選擇原諒她」，作為無聲的回應。他在挑選時相當認真且專注，彷彿是在看股市圖而非彈幕，畫面有種莫名的幽默感。

『我不管，我就要叫太子妃！』

『我真情實意地酸，酸中獎評論，酸銀達員工，酸絕美愛情。』

『員工抽獎太讓人眼紅，齊盛都沒如此財大氣粗，楚總不會虧死吧？』

『楚總：對，我快虧死，虧成首富（doge.jpg）。』

銀達年會的各個節目結束，便是最令人期待的抽獎環節。頭獎的獎品簡單暴力，就是四百萬現金，最後被絕世幸運兒夏笑笑抽中，似乎連老天都在幫助她買房。剩下的獎項雖然不是直接給錢，但同樣價值高昂，讓網友們羨慕得眼紅。

因為銀達員工數量本來就不多，加上本年度業績超群，年會獎品自然準備得豐厚。其他大集團雖然在營收上高於銀達，但員工數量卻是銀達的數倍，員工平均收入反而不高。

『我不酸，等明年光界上市，我就可以跟著楚總賺錢（doge.jpg）。』

『那我現在拋棄齊盛等光界？』

『可以雙買啊，兩個都押，總能中一個（doge.jpg）。』

『老楚看到肯定會氣死（大笑.jpg）。』

銀達年會圓滿落幕，緊接著就是過年連假。

楚楚和張嘉年約上張雅芳，一同前往楚家大宅，眾人在春節前提早吃了頓年夜飯。飯後，張雅芳便飛往老家，跟親戚們過節，只留下楚楚和張嘉年還待在大宅。

楚楚望著風風火火、來去自由的張雅芳，她真情實意地說：「我也好想像雅芳姨一樣，自由自在地到處飛……」

張嘉年看著鹹魚挺屍的楚楚，好笑道：「但妳收入比她高，妳不是最喜歡賺錢了？」

楚楚義正辭嚴地糾正：「不，我最喜歡的是不勞而獲，不工作還能賺錢。」

張嘉年聽著熟悉的鹹魚論調，竟絲毫不感意外：「……」

楚楚賴皮道：「等過完年，你出門賺錢，我在家躺著。」

張嘉年痛快地應道：「可以，那妳做總裁夫人，把稱呼調換過來。」

楚楚聞言，不由猛地起身，她堅決道：「我想了想，怎麼能讓你在外風吹日曬、辛苦工作，還是由我養家糊口吧！」

張嘉年既好氣又好笑：「妳很在意稱呼？」

她以前時不時就想做一條鹹魚，現在卻為了一個稱呼，突然燃起鬥志？

楚楚揚起下巴，振振有辭：「當然，這件事攸關家庭地位，總不能讓你嫁給我吃苦。」

張嘉年：「……」

張嘉年瞧見她得意的模樣，一時沒有忍住，上前想捏她臉。小屁孩還真是越說越起勁，他在年會上顧及她的面子，沒有當場教育她，回家居然還頻頻挑釁。

楚楚見他過來，立刻機敏地往被子裡縮，卻被眼疾手快的張嘉年握住腳踝。張嘉年拉著她往外拽，又不敢過於用力，反倒被小屁孩蒙了被子，陷入混亂的纏鬥。

楚楚仗著張嘉年不敢使勁，在爭鬥中取得階段性勝利，她洋洋得意地騎在他身上，挑釁道：「怎麼可能每次都被你抓到？」

張嘉年的手腕被她抓住，他不由露出幽幽的眼神，啞聲道：「妳下去。」

楚楚當即拒絕：「不要。」

張嘉年在剛才激烈的肢體接觸中有點難受，又見她冥頑不靈，他索性抿了抿唇，淡淡道：「那妳往後坐。」

楚楚微微一愣，等她反應過來他在說什麼，不由陷入久久的沉默。她目光有點不自然地飄忽，總覺得身下的體溫有些灼人，他還用若有若無的幽深視線撩撥著自己，實在過於犯規。

楚楚果斷蒙住他的眼睛：「不許用這種眼神看著我。」

張嘉年：「……」

下一秒，楚楚便被張嘉年掀翻進被窩，緊接著體驗到貓被人強擼、強吸的感受。她聽到對方有力的心跳聲，難得老實下來，一動也不動。

張嘉年抱緊她，他感受到小司機僵硬的狀態，心中難免好笑，悶聲安慰道：「抱抱你就好。」

楚楚：「哦……」

楚楚小聲發問：「你老是這樣，會生病嗎？」

張嘉年咬牙道：「……妳確定要現在關心我的身體健康？」

他每次如此在乎她的感受，小屁孩還要自己作死？

楚楚忙道：「不關心，不關心。」

她就是好奇，張嘉年會不會變成魔法師，據說保持處男之身到三十歲，就可以擁有魔法。

張嘉年：「……」

第八章　重出江湖

楚家大宅的大年初一剛過，便不斷有人上門拜訪，跟楚董活絡關係。楚楚和張嘉年因為也在大宅裡，便難免會碰上外人，言不由衷地寒暄幾句。

過年期間，能夠登楚家門拜年的人關係都不一般，例如老楚的好朋友南董。

南風集團作為齊盛集團的好兄弟之一，擁有多年的合作關係，雖然差點被楚楚一扳手擊碎，但好在如今有驚無險。南董今日也不是獨自過來，而是帶著一家大小，讓楚楚見識到南家的人丁興旺。

南董看到楚楚，露出熟悉的彌勒佛笑容，還遞了一個紅包給她：「新年快樂！」

楚楚一邊控制不住地伸出罪惡小手，一邊老練地推托：「哎呀，叔叔太客氣了，我都成年好久了……」

楚彥印看到孽女言行不一的收紅包行為，一時頗想吐槽。

南董笑道：「你們都是小輩，過年圖個喜氣嘛！」

楚楚一捏紅包，感覺非常豐厚，感慨南董就是大方，同時用暗示的目光掃過老楚。

楚彥印看到楚楚的眼神，瞬間猜中她的心思，他沒好氣地遞出紅包：「拿去，這是給妳的！」

楚楚喜氣洋洋地接過，感到心滿意足。南董同樣給了張嘉年紅包，和善道：「我就等著喝你們的喜酒啦，訂婚宴沒邀請我就算了，正式酒席可不行！」

張嘉年禮貌地道謝，他聽完南董的話，頗有點不好意思。訂婚宴當時只邀請齊盛內部的人，並沒有大肆伸張，南董等人自然沒機會到場，只是聽說此消息。

楚彥印心情不錯，一口應道：「那當然，說不定到時候都能喝到彥東的喜酒。」

南董聞言卻搖搖頭，嘀咕道：「難說，他現在埋頭做音樂，我可管不了他。」

楚楚心道，不知南彥東現在是埋頭做音樂，還是埋頭用音樂泡女孩。南彥東可以說是霸總小說裡的合格男主角，每天不用管理公司業務，盡靠鋼琴特長勾搭女孩，據說還在辰星門口堵過夏笑笑。

可惜夏笑笑現在事業心極強，她又快背上房貸，更是滿腔熱血要拓土開疆、報效楚總，似乎完全將戀愛拋之腦後，走上銀達總裁辦姐姐們的女強人路線。等光界上市後，銀達會著手推動辰星的上市，公司身處關鍵時期，夏笑笑更不會放鬆。

南家來的人頗多，但楚楚熟識的只有南董。她很快便感到無趣，拉著張嘉年往樓上跑，留下林明珠跟夫人孩子們寒暄。楚彥印和南董早就單獨喝茶聊天，剩下的人跟楚楚地位又不相當，實在聊不到一塊兒。

如果楚楚只是楚家千金，那大家還敢上前搭話，但她現在成為齊盛的接班人，又一手打造銀達，身價自然大不一樣。她現在可以跟楚彥印、南董等人直接對話，當然不好再參與太太們的交流。

客廳內，黃奈菲暗中注意著兩人的行蹤，她一時沒抓住合適機會，不由暗自咬牙。她一直偷偷積蓄力量，想要達成自己的目標，但還差一點外力的幫助。今天南彥東不在，南家卻來拜訪楚家，實在是千載難逢的機會。

沒過多久，張嘉年從樓上下來，黃奈菲見機行事，立刻尾隨他進入庭院。

張嘉年在院子裡沒走兩步，便感覺到背後的動靜，他轉身看清來人，客套而疏離道：「請問有事嗎？」

張嘉年的記憶力不錯，他對黃奈菲還有點印象。她似乎曾跟著南彥東來過大宅，還慫恿過楚楚上賭桌，這中間還緊盯他，生怕他幫楚楚作弊。

黃奈菲露出笑容，自我介紹道：「我叫黃奈菲，跟您有一面之緣，不知道張總還記不記得？」

張嘉年不言，黃奈菲見狀也不氣餒，笑道：「張總是有能力的人，不覺得現在有些屈才嗎？您明明對齊盛和銀達更為了解，但外人卻從不將視線放在您身上，還要汙蔑您高攀楚家，說些不好聽的話……」

張嘉年坦然道：「我確實高攀，但外面似乎沒有不好聽的話。」

黃奈菲被對方的實話噎住，竟無言以對：「……」

這是不以為恥、反以為榮？

黃奈菲本來是想私下串通張嘉年，他如今是齊盛和銀達的重要人物，加上她在南風集團積攢的力量，很容易取得多方面消息。等時機成熟後，三家從內部瓦解，黃奈菲便能渾水摸魚，一舉超越現有的超大集團，建立自己的事業。

她會挑中張嘉年的原因很簡單，因為她太了解這類人的心理，家世不高卻頗有手腕，身處高位卻難以再躍一步。即便楚彥印將少許股權轉讓給他，但說到底，張嘉年還是被楚家操控的傀儡，完全沒有主導權。

他是男性，又有能力，自然會有強烈的自尊心，早晚會生出不滿的怨懟。黃奈菲看中這一點，才會想跟對方建立聯盟，但現在看起來，他似乎沒什麼自尊心？

黃奈菲不肯放棄，溫聲挑撥道：「您難道就甘心屈居她之下，一輩子被人稱作吃軟飯的嗎？」

張嘉年面對她的激將法，雲淡風輕道：「有時候所謂的屈居，並不代表軟弱，不過像妳這樣的人可能不懂。」

他的包容與退讓並不源於家世或地位，只是因為對方是她而已。

張嘉年平靜道：「再說了，我們現在都屈居她之下。」

黃奈菲誤以為他說兩人地位都不及楚楚，當即道：「人生在世總要爭取一把，張總未免也太早放棄了？您掌握著齊盛和銀達的核心資料，而我對南風瞭若指掌，只要……」

張嘉年理智地打斷道：「我說的屈居不是這個意思。」

黃奈菲：「？」

黃奈菲面露疑惑，她剛想繼續慫恿張嘉年，突然聽到頭頂傳來懶洋洋的女聲：「哈囉？」

黃奈菲抬起頭來，便看到楚楚站在陽臺上，淡定地朝她招手，不由嚇得魂飛魄散、渾身冷汗！

黃奈菲：我靠，她怎麼站在二樓？怪不得他剛才說，我們都屈居她之下！

張嘉年和黃奈菲站在庭院裡，都需要抬頭看陽臺的楚楚，不就是屈居她之下？

楚楚抱著貴賓犬可憐，不好意思地解釋：「對不起，我們就是想下去撿個沙包，真沒想到妳會說如此重要的事。」

黃奈菲：「……」

楚楚都有點尷尬，她真的沒有偷聽的愛好，只是好奇張嘉年怎麼撿個沙包撿這麼久？

兩人一狗在二樓玩沙包，不小心將其拋出窗外，張嘉年這才下樓去找。沙包正好落在陽臺底下，而黃奈菲偏偏好死不死地在此謀事，就算二樓的楚楚不想聽，都沒辦法阻止聲音往耳朵裡飄。

氣氛一度陷入凝滯，黃奈菲面對翻車現場，快要當場暈厥，口不擇言道：「楚總，這是個誤會……」

雖然黃奈菲都認為這藉口爛到爆，但此時只能死馬當活馬醫，在最後搶救自己一把。

楚楚好脾氣地點點頭，理解道：「嗯，我明白的。」

貴賓犬可憐：「汪汪……」

黃奈菲：「其實我一直欽佩您的成就……」

楚楚：「謝謝，謝謝。」

可憐：「汪汪……」

黃奈菲：「您大人有大量……」

可憐：「汪汪汪……」

楚楚忍無可忍地低頭捏住可憐的嘴，教育道：「你老是學別人說話做什麼？你能不能安靜一點？」

黃奈菲：「……」

貴賓犬可憐從剛才開始，就嘟嘟囔囔個不停，牠像個小孩一樣，在楚楚懷裡亂叫，不知道在模仿誰？牠還挺不服氣地扭了扭身子，發出嗚嗚的哼聲，似乎還有話要說。

張嘉年見狀，索性將沙包丟上陽臺，貴賓犬可憐立刻從楚楚懷裡跳下，牠心滿意足地叼走玩具沙包，再也不哼哼唧唧。

可憐：天大地大，沙包最大。

楚楚和張嘉年成功制止可憐的搶話行為，她看向黃奈菲，鼓勵道：「抱歉，妳繼續說。」

黃奈菲三番四次被可憐打斷，一時竟連說詞都被攪亂。她半天都沒想起來剩下的話，最後小聲道：「沒什麼了……」

楚楚：「好的。」

黃奈菲妄圖挑撥離間、搞垮三家，雖然聽起來轟轟烈烈，但其大計竟毀於陽臺之下，實在令人惋惜。楚楚不曉得該如何處理她，說對方沒有壞心眼，顯然不正確；說對方惡到極致，又有點太誇張。

楚楚和張嘉年都對她沒什麼印象，畢竟她的地位都沒辦法匹敵南彥東，更不要提南董。楚楚想了想，她只能選擇古往今來最簡單經典的處理方法——找師長告狀。

書房裡，她和張嘉年輕描淡寫地跟南董說了此事，立即見對方臉色一變。

南董沒想到黃奈菲膽大包天，還想私下策反，他頗為自責而愧疚，忙不迭地道歉：「唉，真沒想到好好的過年，居然會發生這種事，這讓我以後還怎麼有臉來拜年？」

南董是想在新年期間拜訪一下老友，沒想到他帶來的人，卻想搞垮齊盛和銀達，這絕對有他識人不清的過錯。

他算是好脾氣的長輩，平日對小輩們也不苛刻，真沒料到會有人滋生如此瘋狂而陰暗的念頭。如果是公平競爭創業，南董肯定不會阻止，但黃奈菲顯然是想靠歪門邪道上位，實在有失風骨。

楚楚安慰道：「您也沒辦法什麼都知道，不必太自責。」她清楚此事跟南董並無關係，南董畢竟是老江湖，肯定不會使出這種幼稚園級別的手段。

南董嘆氣道：「妳放心，我回去後會好好處理，肯定給你們交代……楚董，這次實在慚愧，是我管教無方。」

楚彥印聽完來龍去脈卻一頭霧水，他在腦海中瘋狂搜尋人名，疑惑油然而生：黃奈菲是誰？她為什麼要搞垮我們？她跟南家是什麼關係？

楚彥印作為從不參加太太聚會的老年人，黃奈菲的存在對他來說就是查無此人。老楚見南董頗為難受愧疚，只能稀裡糊塗地應道：「沒事沒事，查清就好。」

畢竟齊盛和銀達還未受損，說到底是南風的家事，楚楚和楚彥印也不好過問太多。

南董面對大小楚及張嘉年，一再進行道歉，他下樓看到惴惴不安的黃奈菲，卻擺不出好臉色。南董跟自己的夫人打了個招呼，便率先領著一家人告辭，打算重整家風。

楚彥印和林明珠去送南家一行人，楚楚不免調侃道：「張總助真是備受青睞，想挖角你的人都能排到海外。」

張嘉年用手指戳她臉：「妳居然還站在陽臺看戲？」

如果不是他中途提醒，楚楚恐怕會偷偷聽完全場。

楚楚惋惜道：「我想搞垮齊盛的意願明明更強，為什麼都沒人連絡我？」

張嘉年：「……」

南董回去後，他很快就對黃奈菲進行徹查並處理，不但收回她在集團內的一切特權，還嚴正聲明要斷絕來往。雖然黃奈菲在楚家大宅做出烏龍策反事件，但她的出局還真給南風集團帶來不小的影響，一批人竟自願跟她離開。

南董越查越心驚，他發現黃奈菲不知何時積蓄起人力和財富，竟還跟一些外資扯上關係。如果不是這次發現得早，假以時日黃奈菲很可能真會從內部瓦解南風，產生可怕的影響。

眾所周知，齊盛、南風等超大型集團的部分業務是絕不能被外資控股的，尤其是牽扯到國計民生的領域。楚彥印和南董都是謹慎的人，就算是精明的商人，在大是大非面前仍會保留底線。他們能夠長期合作，也是源於相似的觀點與理念。

南風擅長的領域是電子行動支付，如今已漸漸滲入大眾生活，如果真的被外資控制，是一件細思極恐的事情。黃奈菲帶走的人大部分跟電子支付相關，她脫離南風後非但沒有一落千丈，反而憑藉外資建立自己的公司，名為華里寶匯。

齊盛科技集團內，袁本初最近的心情喜憂參半，自從他面臨轉班危機後，便下定決心要好好拓展一下盛華支付的業務。盛華支付的競爭者是南風支付，對方起步早、用戶量更大，並不是容易挑戰的對手。

最近，南風內部卻突然分裂，從南風支付中脫胎的華里支付橫空出世，勢頭相當強勁。南風支付由於內鬨受挫，這本來是有利於盛華支付的消息，但新對手華里支付的加入讓局勢更加複雜，袁本初也很頭痛。

盛華支付搞出送紅包、限時折扣、用戶邀請等活動，華里支付也同時推出相關活動，頓時沖淡盛華的影響力，讓袁本初的計畫打水漂。華里支付剛剛入局，必然會不斷燒錢吸收用戶，盛華正撞上對方的風頭，顯然是吃力不討好。

袁本初愁得掉頭髮，這真是時運不濟，難道他真要主動找小楚董轉班？

雖然局勢不太明朗，但該彙報的還是要彙報，袁本初簡單總結三家支付各自的特點與成績，彙報給楚楚。

袁本初為難道：「目前來看，南風支付由於人事調動還在進行整頓，但華里支付的影響力太大，我們短期內沒辦法跟對方拉開距離……」

楚楚沒想到新年策反的小插曲，竟然直接逼出一家嶄新的競爭者，她不免有點訝異：

「華里支付的出資人是誰？」

黃奈菲能從南風集團全身而退，顯然單憑自己的力量不夠，有人看中她的身份，在背後默默地提供支援。他們想靠黃奈菲挖走南風的核心團隊，甚至產生過挖角齊盛和銀達的念頭。

袁本初：「華里寶滙的主要出資人是歐洲某公司，相關資料不多。」

楚楚陷入沉思，她總覺得這已經不是簡單的同類產品競爭，背後透著幾分微妙的意味。

袁本初見小楚董不言，求教道：「您覺得接下來該怎麼做？」

楚楚反問道：「你覺得南風和華里為什麼會分家？」

袁本初：「嗯，應該是團隊的正常週期吧，很多網路公司都是大廠團隊跳槽單幹……」

楚楚：「那你覺得盛華支付是什麼樣的公司？」

袁本初：「盛華屬於協力廠商支付平臺，為用戶提供高效率、快速、安全的服務……」

楚楚面露嫌棄：「錯。」

袁本初：「？」

楚楚點破道：「華里都能得到外資支援，難道南風沒有這個能力？行動支付業務就像是在走鋼索，現在看起來做得熱火朝天，但只要上面有心，繁榮的一切很快就能覆滅。」

南董是有求生欲的人，不肯外資進入的原因很簡單，一旦事態失控，說不定整個行業都被強勢控制。現在黃奈菲冒失入局，看起來風頭正盛，但棒打出頭鳥，難保她不會拖所有行動支付平臺下水。

袁本初艱難地試探：「您說的上面是指……」

楚楚平靜道：「盛華支付未來只能是國家企業，不可能屬於任何人。」

袁本初也不是傻子，頓時明白小楚董的暗示：「那盛華接下來要……」

楚楚：「我們要去抱最厲害的人的大腿，然後幫他排憂解難。」

袁本初：「……」

雖然道理我都懂，但好像聽起來怪怪的？

既然敲定盛華支付的發展路線，原本拓展新用戶的活動也暫時擱置下來。畢竟靠小恩小惠爭奪市場並非長久之計，楚楚想讓盛華支付流入新用戶，單靠舊市場可不夠。

儘管袁本初是盛華支付CEO，但讓他出面去抱大腿，顯然分量不夠。最後，楚楚和呂書在安排下跟上級機構詳談，溝通行動支付未來的發展道路。因為齊盛集團最近的名聲不錯，加上開發紀川鎮的事情，增添了不少光彩。而且楚楚的條件並不苛刻，溝通合作相當順利。

對方面對齊盛的自發要求，同樣感到驚訝，他頗為感慨：「您還是頭一個如此主動的。」

他們跟各類協力廠商支付平臺打過太多交道，大家還抱著法不責眾的心態，難有上趕著被管理的覺悟。畢竟南風支付作為領頭羊，都是保守派，跟他們維持著相安無事的距離。

其他平臺都是收到要求後，盡量配合上面的意見，還真沒見過如此積極請求被管理的，搞得對方面對楚楚都有點不知所措。

楚楚笑道：「天下無事不可為，但商人有所為也有所不為，我們只是提前弄明白不可為的事而已。」

對方讚嘆道：「像您和齊盛金融這種有社會責任感的人和企業，實在不多見。」

呂書聽著雙方互相吹捧，看著小楚董佯裝支援國家工作的乖寶寶，心情頗為複雜。這明明是一件為國為民的好事，為什麼總覺得哪裡怪怪的？

楚楚跟對方裝乖寒暄許久，甚至讓出股權，最後的目的非常明確，她需要最強的支援。南風和華里都不好對付，盛華單靠普通手段，很難打開市占率，只能用一些投機取巧的手段。短時間的利益缺失，總比長時間打不開市場好，楚楚想要吃肉，總要讓出肉湯。

沒過多久，盛華支付便在私下完成一輪融資。

此消息一出，財經新聞版面直接陷入混亂，盛華支付絕對是目前首個踏出國門的協力廠商支付平臺，這稱得上是頗具戰略意義的一步。

獅吼：『居然靠抱大腿超車，別以為我沒發現你們股東變動（doge.jpg）。』

橄欖秋子：『楚總這是要逼死同行，齊盛和南風果然是假的兄弟情（doge.jpg）。』

藍檸檬：『如果我馬上出國旅遊，是不是就可以用盛華了？』

印章路：『楚總能不能考慮一下，開放盛華支付氪金《贏戰》？』

因為盛華支付還未上市，所以並無股價的變化，但它卻推動齊盛的股價小漲一波，盛華抱大腿的行為，似乎刺激到投資者們的信心。盛華支付又趕上向外發展的春風，如果全力攻占海外市場，很快就能超越南風。畢竟南風再怎麼強，也比不過政府。

楚彥印其實覺得有點對不起南董，畢竟對方內部才剛分裂，他們現在有點趁人之危的感覺。

不過老楚仔細一想，南風支付作為領頭羊，早就能跟上面合作，只是遲遲不肯行動，他便打消幾分愧疚。任何人都是付出才有回報，南風不願讓利，得不到支持也正常。

另一邊，南風支付還沒發話，華里支付的黃奈菲卻公開宣稱向行業潛規則宣戰，要用更優質的服務打破行業壟斷。她表明，行動支付長期被大型集團壟斷掌控，用各類手段壓制其他平臺的成長。

此話被認為是在暗中指責南風和盛華，尤其是盛華才剛得到相關支持，更有種要壓得其他平臺抬不起頭的感覺。

一時之間，盛華和華里由於黃奈菲的言論，產生公開 Battle 的感覺。因為盛華支付的大動作，不少記者聞風而至，其中有專業問題，也不乏挑撥離間之輩。楚楚跟袁本初等人共同出席記者會，現場回答各類提問。

記者看向楚楚，當場詢問：「盛華支付的動作是否暗示著未來行動支付行業將進入壟斷？無法得到監管部門認可的平臺會被不斷擠壓，直至喪失競爭力？」

楚楚心平氣和道：「盛華支付無意壟斷，並願意看到良性競爭，畢竟適當的競爭才能激勵雙方更好地為使用者服務。至於後一個問題，部分平臺都無法得到監管部門認可，退出市場才是正常行為，跟盛華恐怕沒什麼關係。」

剩下的記者緊咬不放，立刻再次出招：

「盛華支付的股東變動，是否會影響到齊盛和南風的合作關係？」

「我相信南董是胸襟寬廣、富有責任感的傑出企業家，如果南風支付也願意進行股東變動，我想這是皆大歡喜的事情。」楚楚神色鎮定，滿臉真誠地注視著提問記者。

她厚顏無恥道：「我認為所有對盛華感到不公的協力廠商平臺，都可以主動提出股東變動，全行業在同樣的監管和政策下行動，更能讓大眾放心。」

楚楚早就猜到盛華支付會被其他人酸，畢竟大家都堅持不拍馬屁，當然會對第一個抱大腿的人嗤之以鼻。楚楚可不在乎外界的風言風語，任憑外人羨慕得眼紅，有本事的話，你也交股權啊？

記者：「？」

記者：妳自己抱大腿不夠，還慫恿大家一起抱？

記者出言挑撥：「您最近有聽聞華里支付CEO黃奈菲女士的言論嗎？」

楚楚淡淡道：「沒有，但我大概能猜到對方的想法，無非是覺得盛華礙眼。」

記者驚奇於楚總的直接，好奇道：「那您對此有什麼看法？」

楚楚調侃道：「有的人創業就創業，但千萬別事情沒做成，就怪行業大環境不好。怎麼只要妳道哪裡，哪裡的大環境就不好？妳是破壞大環境的人啊？」

臺下有記者聽到貼切的形容，一時竟沒忍住笑出聲，瞬間打破剛才嚴肅正經的畫風。

楚楚認真道：「我希望華里可以專注在自己的業務上，少蹭熱度，多用實力證明自己，不要只會打嘴炮，卻沒有任何作為。」

不是楚楚看不起黃奈菲，但她有本事就該多出對策來超越盛華，別每天光找記者嘮嗑。

有人聞言瞬間忍俊不禁，現場記者簡直對楚總甘拜下風。她恨不得在臉上寫下「我就是要搞你，有本事你咬我啊」，十分清新脫俗。

楚楚接受記者採訪的影片，自然也會被放到網路上。她對華里支付和黃奈菲的評價，宛如近期行動支付之爭中的土石流，瞬間沖垮前幾日各大公司老闆的嚴肅態度。

狂風驟雨：『楚總：對不起，我沒有針對誰，我是說在座的各位都是垃圾（doge.jpg）。』

西瓜太郎：『嘖嘖，看看楚總小人得志的可愛模樣，好歹現在是跟政府合作的人，能不能稍微莊重一點（doge.jpg）。』

自由：『我覺得楚總沒毛病，黃奈菲話裡話外都看不起南風和盛華，但我們楚總就很公正，她誰都看不起！有本事大家都抱大腿，看誰抱得過誰。』

閃閃閃：『黃奈菲：妳拍馬屁、抱大腿、搞壟斷。楚楚：我憑本事抱得大腿，妳憑什麼Diss我？』

黃奈菲看到楚楚的採訪影片，簡直快要氣炸，她還從未見識如此嘴炮之人。楚楚前半段的採訪都一本正經，對南風支付也友善而客觀，提到華里支付卻像吃到炸藥一樣突然開嗆，誰會相信她沒聽過黃奈菲的言論？

黃奈菲深吸一口氣，終於平復心情，她現在擁有外資支持，跟在南風集團裡無依無靠的狀態大不一樣。既然楚楚指責她光說不做，那她就對盛華支付進行施壓，先擊垮對方的優勢！

隔天，華里支付便宣稱將在歐洲達成多國合作，方便旅客在外消費。因為華里實匯擁有外資背景，在海外拓展業務比盛華更具優勢，可服務國家也更多，一時風光無量。

盛華本身是靠布局海外引進新用戶，現在華里加入戰局，情況便有點看不清，讓投資者們開始觀望。

楚楚還沒來得及反應，才剛入夥的政府卻坐不住了。他們支持盛華支付走出國門，卻有名不見經傳的新公司冒出來搶生意，這不是直接打臉嗎？盛華支付的海外布局，是相關部門溝通磋商的結果，華里支付又是從哪裡冒出來的？

他們本來希望更多的協力廠商平臺看到盛華的優勢，眼紅政策的扶持，然後逐步接受自己的監管督促。事情還沒見成效，怎麼可能上來就被華里支付搶走市場？

他們原本對華里還沒什麼認識和印象，現在立刻展開調查，地毯式搜索華里一切資料！黃奈菲是聰明反被聰明誤，不明白樹大招風的道理。沒過多久，華里支付就被監管部門吊銷牌照，理由是外資控股比重過高，違反相關部門要求。

「楚楚搞垮華里支付」一夜之間衝上搜尋排行榜，無數網友感慨楚總的邪惡勢力，跟她作對的人都沒有好下場，實在是太過殘暴！

華里支付不久前還公開叫囂，如今瞬間一敗塗地，簡直令人髮指！

殘暴的商業界魔頭楚楚看到新聞，她不由滿臉茫然：「？」

天地良心，她和袁本初還沒想出應對華里海外競爭的辦法，對手怎麼就突然沒了？

楚楚看完網友對自己的誇張評價，他們恨不得形容她隻手遮天、操控時局，更感到一絲委屈。

楚楚：我沒有，我不是，別瞎說。

她絕對沒有對華里支付下手，明明是對方不遵守監管部門的明文規定，網友怎麼能甩鍋給她！

燕晗居內，楚楚看向張嘉年，感慨道：「萬萬沒想到，我有生之年居然為國家背了鍋……」

還沒看新聞的張嘉年：「？」

華里支付面世時風風火火，坍塌得也乾脆俐落。燕晗居內，楚楚看完新聞，她感慨許久，便聽到張嘉年的提醒：「我們該出發了。」

「好，直接去光界娛樂嗎？」楚楚隨手取過自己的外套，跟著張嘉年出門。他們不久前跟梁禪相約去公司看看，便是要考察一項新業務。

張嘉年看她手忙腳亂地穿上外套，他伸手將她掖在領口裡的衣領輕輕拽好，這才答道：「對，梁禪今天通知選手們到公司，但以後的培訓基地還要再安排地方。」

光界娛樂即將上市，已經進入最後的流程階段。梁禪和張嘉年私下也在溝通一項新業務，就是電競戰隊的建立。

隨著《贏戰》在海外影響力擴大，電腦版也重新上線，不少電競戰隊如雨後春筍般冒出。《贏戰》手機版將遊戲的國民度打開，而電腦版則讓大家看到電競行業的潛力。當然，光界娛樂會下場踢球，又出面當裁判，顯然不太合適。銀達的電競戰隊肯定會自立門戶，不會直接掛在光界下面，但首期選手的甄選卻是暫用光界娛樂的場地。

楚楚知道張嘉年等人在招募選手的事情，但她關注得並不多。原因很簡單，她連手機版都玩得極廢，更別提功能複雜的電腦版，完全是門外漢看熱鬧。

張嘉年負責開車，楚楚坐在副駕駛座上，她虛心求教道：「但我不太懂遊戲，去了之後要說什麼呢？」

她是第一次跟首期選手正式見面，前面的招募環節完全沒出面，就連選拔出來的人名都不知道。

張嘉年想起楚楚在齊盛年會上的自由發揮，打趣道：「如何加強電競戰隊的廉政風氣？」

楚楚立刻放鬆：「沒問題，這我很在行。」

楚楚和張嘉年抵達光界娛樂時，戰隊的首期選手正在進行訓練。梁禪為電競戰隊暫時開闢出一片新區域，透過玻璃牆便能看到專業的設備和電競椅。選手們正全神貫注地盯著炫目的螢幕，目不轉睛地進行練習。他們的年紀不算太大，大部分都是未成年，臉上還帶著稚嫩和青澀。

楚楚見張嘉年站在屋外，他正隔著玻璃，認真地看著即時投放戰況的大螢幕，讓她突然想到些什麼。張嘉年像是察覺她的視線，扭頭溫聲道：「是不是等得有點無聊？等他們打完這局，我們就進去。」

張嘉年誤以為楚楚對選手們的配合練習不太感興趣，難免感到一絲枯燥。

楚楚搖了搖頭，突然道：「你以前是不是想打電競？」

她看過從秦東手裡拿到的VIR影片，張嘉年那時的打法相當生猛、技術高超，他的遊戲ID甚至到現在都被許多網友銘記，遠比本名的國民度更廣。

張嘉年微微一愣，隨即苦笑道：「那都是上學時候的胡思亂想。」

楚楚好奇道：「後來為什麼不想？因為家裡的情況？」

楚楚想了想，如果張嘉年當年得知張雅芳是個包租婆，不知他的人生規劃會不會產生變動。

張嘉年平靜地分析，坦白道：「確實有這方面的原因，但當時自己也覺得太過冒險。過去的職業電競環境很差，《贏戰》又處於日漸衰落的態勢，我不確定這條路能走多遠，便沒再繼續下去。」

張嘉年屬於典型的理性派，他在做任何事之前，都會分析前景未來、趨勢走向，不像楚楚老是想到什麼就做什麼。他偶爾也會自問是否後悔，但實際上年少的狂想就猶如童年的一顆糖，少年時覺得彌足珍貴、萬分美味，成年後再嘗便只留下懷念的餘味，模糊記憶中的驚豔。

張嘉年望向楚楚，笑道：「凡事有失必有得，如果我去打電競，我們可能就不會認識了。」

如果張嘉年當初去做電競選手，他根本不會進入齊盛和銀達，兩人的故事自然而然也會消失。

楚楚鎮定道：「沒關係，我可以去當送水小弟，我們肯定會認識。」

張嘉年：「……」

選手們結束練習後，粱禪便邀請楚楚和張嘉年進屋，他依序介紹眾人：「這是專玩炸彈人的小茶，這是專玩遊俠的盤龍……」

大家都是第一次見到楚總，他們過去只跟張總和粱總打過交道，頭一次看到大老闆，部分人難免拘謹。當然，有些人的狀態則比往日還放鬆，例如專玩遊俠的盤龍。

眾所周知，楚總的遊戲水準普通，基本是菜鳥等級，不太能看出門道。

粱禪詢問楚楚的意見：「您們覺得剛才那局怎麼樣？」

楚楚和張嘉年是在屋外看完全程的，粱禪索性問問兩人的看法。

楚楚直言道：「還可以吧。」

盤龍聞言挑眉，他發出淺淺的氣音，似乎對楚總的評價不置可否。在他看來，剛才那局的配合非常精采，屬於難得一見的佳局，不知楚總是故意這麼說，還是根本沒看懂。

楚楚察覺盤龍的小動作，她眨眨眼，看向對方：「你好像不太同意？」

盤龍年紀尚小，還略帶幾分中二期的心高氣傲，喜怒都表現在臉上。

盤龍揚起下巴，問道：「您能說說剛才那局哪裡不好嗎？」

楚楚：「沒有不好，只是可以更好。」

盤龍頗為篤定：「沒人能超越剛才那一局的打法。」

楚楚看他態度斷然，她當即猶如愛炫耀的小孩，傲慢道：「我未婚夫就可以。」

盤龍：「？」

盤龍：這又不是妳的遊戲水準，妳怎麼比當事人還囂張？

盤龍原本看起來驕傲自滿，但他在楚楚飛揚跋扈的態度襯托下，氣勢瞬間矮了一截。其他人聽到楚總簡單暴力的回答，頓時興奮起來：「哦哦哦——」

周圍的人唯恐天下不亂，出言挑唆起來。

「盤龍別怕，單挑一把！」

「說不定你就屠神了！」

VIR名聲在外，職業選手無人不知，但張嘉年畢竟是遠古大神，大家都沒看過他現在的水準。梁禪看著振奮激動的小孩們，調侃道：「張總，秀一局？」

楚楚像個狐假虎威的小朋友，圍著張嘉年直打轉，擲地有聲道：「必須讓他們輸到脫褲！」

張嘉年哭笑不得，莫名其妙被眾人推到電腦前，他看向猶豫不決的盤龍，語氣和緩：「如果你願意，可以試一試？」

盤龍頗有點騎虎難下，誰能料到楚總不按牌理出牌？讓她提問題，她居然搬救兵？

盤龍思索良久，心想VIR神話已有十年，張嘉年現在絕對是退役年紀，或許水準早就不如往日，索性咬咬牙道：「好，那就試試。」

電競選手一般在二十五歲左右會開始退役，高齡選手可謂鳳毛麟角，畢竟人的反應能力黃金期就那麼幾年。張嘉年不但年齡漸長，同時又缺乏專業的遊戲訓練，如今想再跟上職業選手，應該不容易。

張嘉年和盤龍最後選擇一對一模式，兩人的職業都是遊俠，算是拿出最強水準對決。遊戲開局前，張嘉年突然問道：「你已經做好心理建設了嗎？」

盤龍有點茫然：「應該？」

張嘉年點點頭，他輕鬆道：「那就好，既然老闆發話，我可不能讓你。」

盤龍畢竟是戰隊的主力，雖然楚楚的要求是要讓他輸到脫褲，但張嘉年顯然不能真的讓他慘敗，不然以後隊伍沒辦法帶，也會讓他留下心理陰影。

其他人聽到這略顯寵溺的措辭，他們心裡皆不是滋味，偷偷地打量楚總，發出單身狗的嘖嘖感慨。有人叫道：「盤龍，爭氣一點，這一局必須贏！」

單身狗：絕不能讓情侶有放閃的機會，我們要趕盡殺絕！

盤龍聽到張嘉年雲淡風輕的口氣，心裡頓時有點激動，開局便發起猛攻。他想靠靈活的走位重擊張嘉年，卻反被對方暴擊，不斷消磨血量，因此有些心浮氣躁。

遊戲就是這樣，沉穩的心態最重要，一旦心態垮掉，操作立刻失控。

楚楚看張嘉年遊刃有餘地移動滑鼠，他全神貫注地投入到遊戲裡，她竟有點挪不開眼。他的專注不像往日工作時的態度，那是沉浸其中、享受樂趣的感覺，像是最精湛的藝術家在隨心所欲地完成作品。

其實她在屋外時，便發現他眼中隱隱的渴望與羨慕，他渴望再次走到頂點，他羨慕如今的職業選手有更好的條件和環境。即使他心裡已經釋然，但那好歹曾是他深埋心底的夢。

這局的遊戲節奏很快，沒過多久便分出勝負，其他選手看著大螢幕上ＶＩＲ的驚人操作，不是嚇得合不攏嘴，便是不停大喊「我靠」。

盤龍無疑是受到最大刺激的人，他悵然地鬆開滑鼠，竟然頭一次對自己產生懷疑，他真的適合玩遊俠嗎？

張嘉年的操作只能用「秀絕人寰」來形容，將該職業的優勢淋漓盡致地表現出來。

盤龍回想著兩人的對戰，他居然悲從中來，控制不住地哭了。

盤龍一改平時的高傲，他脆弱地趴在桌子上抹淚，哽咽道：「我這輩子都打不出這樣的水準……」

楚總說得沒錯，他自以為沒人能做到，其實只不過是坐井觀天，實際上是他永遠無法達到更好。

眾人：「？」

小兄弟你哪位，快把我們囂張中二的遊俠隊友還回來！

張嘉年看盤龍失控，一時有點慌，他算是《贏戰》的老玩家，玩一對一次模式的次數也多，但這還是頭一次把人打哭了……

張嘉年：不是說已經做好心理建設？難道是因為年紀小？

眾人上前安慰盤龍，卻不見成效，致使張嘉年更為自責。始作俑者楚楚看盤龍哭成淚人，寬慰道：「哎呀，這輩子打不出這種水準就算啦，稍微想開一點，實在不行，你就跟我競爭送水小弟的職位啊。」

眾人：您確定這是安慰？不是反手再插一刀？

楚楚舉出自身例子，語重心長道：「有什麼好哭的？你看我打遊戲的水準一塌糊塗，還不是能投資電競戰隊、隨意指點比賽？不就是輸了一場比賽，有必要哭成這樣嗎」

張嘉年：等等，妳的畫風怎麼越來越奇怪？

盤龍聽到楚楚的話，卻意外地止住啜泣，甕聲甕氣道：「那我該怎麼辦呢？」

楚楚拍了拍他的肩膀，鼓勵道：「你先好好打電競賺錢，等存夠錢，就開公司創業，成功後就能做身價最貴的送水小弟，說不定還能聘請ＶＩＲ級別的大神做副總！這是不是很勵志？我相信你可以的！」

梁禪都有點看不下去，為難道：「楚總，這有點離譜啊……」

畢竟盤龍可沒有楚楚投胎就獲得的「無限金幣」技能，又沒有張嘉年的投資敏銳度，這不是在開玩笑嗎？

盤龍若有所思地看著楚楚，恍然大悟道：「您說得有道理！」

梁禪：「？」

儘管所有人都覺得楚總的規勸如此牽強，但盤龍竟然被說服了！

這不能怪盤龍，如果他不接受楚總的開解，便要接受自己終身無法達到ＶＩＲ水準的殘酷現實。

既然他已經深刻意識到差距，當然只能靠其他辦法彌補不足。說不定多年後，盤龍真的開創自己的電競戰隊，並榮幸地成為送水小弟。當然，這都是後話，現在暫且不提。

張嘉年和盤龍的一對一比賽，活躍了現場的氣氛，接下來便是更大的難題——

電競戰隊的團名該叫什麼？

梁禪邀請兩人今日過來，就是想商議此事，現在戰隊連個團名都沒有，實在很難管理。楚楚可以不經手戰隊訓練，但起碼得決定名字，她在梁禪草擬的隊名中看了一圈，卻沒發現合適的。

楚楚思考片刻，認真地詢問張嘉年：「如果戰隊名叫ＶＩＲ，你可以接受麼？」

楚楚很明白，現在再讓張嘉年做職業選手，無異於痴人說夢。人生每個階段的心境都有所不同，有時一旦錯過，不管以後如何補救，感覺還是變了。

「你沒有繼續下去的，由他們接著來完成。」

但她希望他的夢想能以另一種形式延續下去，用其他方式被人銘記。

張嘉年微微一愣，她的眼眸清亮，像是看穿自己心底的祕密，終於補齊年少的舊夢。

他沒有多加猶豫，笑著應道：「好。」

兩人露出默契的笑容，他們像是無聲地達成某種一致，露出釋懷而輕鬆的神情。

慘遭情侶酸臭味薰陶的梁禪望著兩人，完全沒辦法插嘴：「？」

既然張嘉年願意將自己的遊戲ＩＤ作為戰隊名，梁禪自然沒有任何意見。畢竟ＶＩＲ就像是《贏戰》的民間ＩＰ，曾經帶來無數熱度，象徵著玩家們某種特別的回憶。戰隊可以讓ＶＩＲ的名字延續下去，也算是佳話一樁。

張嘉年想了想，補充道：「梁總也要徵求一下大家的意見，不知道他們能不能接受。」

雖然楚楚等人是決策者，但未來真正為戰隊效力的是職業選手們。如果有人無法接受戰隊被冠上VIR的名字，張嘉年自然不會勉強，會重新考慮取名問題。

梁禪明白張嘉年的顧慮，索性立刻去詢問職業選手們的意見。大家非但沒有反對，而且相當喜出望外。

小茶感慨道：「那以後我豈不是就是『VIR小茶』？要是打輸了，會不會讓大神丟臉？」

楚楚本來是提議者，她聞言頓時醒悟，當即面露遲疑：「不然換個名字吧……」

楚楚：差點忘記這還是一個菜雞戰隊，萬一以後輸掉豈不是丟張嘉年的臉？

眾人眼看楚總要反悔，立刻哀求道：

「楚總，我們不會輸的！」

「叫這個戰隊名肯定不會輸，光氣勢就占一大半！」

選手們圍著楚楚和梁禪打轉，生怕他們改變主意。盤龍站在隊伍外，不太能融入大家，他作為剛被VIR打哭的男孩，如今的心情微妙而複雜。

張嘉年注意到盤龍的神色，他乾脆偷偷地將其叫到一邊，把剛才在會議室內寫完的紙張給他，溫和道：「這個給你。」

那張普通的A4紙上是密密麻麻的文字內容，字體剛正有力、極有風骨，按照順序整齊地列出各類細節，工整地寫滿正反兩面。

盤龍獨自面對張嘉年，剛開始還有些惴惴，等他看清紙上的內容，不由大為驚訝，眼中綻放閃亮的光彩：「這是……」

「我過去對遊俠的一些總結，但可能沒有近期的更新內容。」張嘉年心平氣和地解釋，「你是目前戰隊中唯一的遊俠，應該會需要。」

張嘉年沒有說破的是，盤龍現在的遊俠走位及打法，其實是在模仿早期的自己，所以他反殺盤龍輕而易舉，畢竟誰能比他更了解自己的打法呢？

如果剛才換個職業一對一，張嘉年可能還會有些壓力，不敢將話說得太滿。然而，遊俠是他的本命職業，其技能及數據恨不得精準地刻在腦海裡，那是無數對戰和影片復盤留下的下意識反應，不管多久都沒辦法遺忘。

盤龍看著眼前寫滿字的A４紙如獲至寶，同時感受到學霸的可怕，連玩遊戲都能寫出引經據典的小論文，果然每個人的成功都不是偶然？

盤龍狂喜過後，臉上又浮現一絲不好意思：「我真的可以收下嗎……」

如果張嘉年願意將技巧及資料公佈在網路上，大概可以讓無數遊俠玩家樂瘋，或許還會有人願意重金收購也說不定。現在大神無償贈予自己經驗小作文，禮物實在太貴重，盤龍頓時有點不敢收。

張嘉年鼓勵道：「你的遊俠打得很好，說不定未來能超越我。」

盤龍頗為沮喪地低頭，又想起傷心事：「怎麼可能……」

張嘉年笑笑：「我現在的反應能力沒你們強，如果打時間太長的局，精力就跟不上了。你以後的路還很長，肯定會超越我的。」

張嘉年沒說假話，他偶爾玩一兩局還可以，但如果長時間連續作戰，便不敵職業選手，容易出現操作失誤。年輕的職業選手可以連打一整天，甚至不吃不喝地熬夜，張嘉年卻早已吃不消。

盤龍聽到此話，他難得露出靦腆而彆扭的表情，鄭重道：「謝謝您。」

盤龍鼓起勇氣，他望向張嘉年，敞開心扉道：「其實我以前看過您很多影片……還經常模仿練習。」

楚楚：「你們在聊什麼，好像很開心？」

盤龍：「！」

楚楚突然冒出，她注意到盤龍手中的A４紙，總覺得莫名眼熟：「這是什麼？」

盤龍感到一絲不妙，弱弱道：「張總剛才給我……」

「好的，沒收。」楚楚眨眨眼，她從無法反抗的盤龍手中取過A４紙，遞給梁禪，「請幫我複印一份。」

楚楚很快拿到複印完的手稿，她將複印版重新遞給盤龍，鎮定道：「你拿這份。」她說完，便默默將手稿真跡收好，完全忽視盤龍哀怨的眼神。

張嘉年：「……」

盤龍望著楚總的強盜行為敢怒不敢言，他只能悶悶地哼唧兩聲，強忍心中辛酸的淚水。他看了看複印版手稿，才算稍感安慰，好歹內容都還在。

張嘉年有些看不下去，他表情頗為微妙，詢問楚楚：「妳拿這個做什麼？」

楚楚理直氣壯：「我有蒐集癖，不行嗎？」

張嘉年微赧：「妳都在蒐集什麼……」

楚楚振振有辭：「粉絲蒐集偶像周邊，凡是沾上邊的都要拿。」

梁禪跟楚楚相熟，知道她沒架子的性格，不由調侃道：「您作為VIR的粉絲，連遊戲都不懂可不行吧？」

楚楚：「我只喜歡他的長相而已。」

張嘉年：「……」我沒有如此厚顏無恥的粉絲。

楚楚等人檢查完戰隊訓練，又敲定戰隊名字，便是最後的聚餐環節。

梁禪提前預訂一家知名的豪華餐廳，由楚楚出資邀請眾人一同聚餐。新鮮出爐的ＶＩＲ戰隊跟高管們舉杯而飲，未成年選手喝果汁，成年選手喝酒，氣氛倒是相當熱鬧。

張嘉年本來考慮到開車不想喝酒，但他過去的ＶＩＲ遊戲身份，讓無數欽佩嚮往的選手上前敬酒，導致他很快便招架不住。選手們的人數擺在那裡，有的端著真酒，有的以果汁代酒，再加上梁禪等光界員工時不時慫恿，大家竟將張總助灌醉了。

楚楚剛開始還沒察覺，畢竟以她來看張嘉年喝得不多，但他很快臉色潮紅、反應遲鈍，整個人陷入當機狀態，任誰都感覺不對。

楚楚輕輕地碰了碰他滾燙的臉頰，小聲道：「醉了？」

張嘉年的眼神清亮柔和，他乖乖地盯著她不說話，看起來有種莫名的呆萌感。

梁禪也有點驚訝，他看了酒瓶一眼：「張總沒喝多少吧？」

楚楚仔細回想一番，她似乎真的沒見過張嘉年喝酒，他上次在同學聚會也幾乎滴酒不沾，大概是酒量不好。

如果細究張總助的人設，酗酒特性顯然跟他絕緣，那麼醉酒便理所當然。

好在喝醉的張嘉年不會發酒瘋，他酒品非常好，只是安靜乖巧地待在楚楚身旁。

聚餐差不多快結束時，梁禪見張嘉年還沒回神，不由問道：「楚總，您等等要怎麼離開？」

楚楚：「我請司機過來幫我們代駕，你送孩子們回去就行。」

梁禪點點頭，他帶著VIR戰隊的選手們跟楚楚告別，率先離開餐廳。

楚楚和張嘉年留在包廂中，等待司機到來。楚楚見張嘉年眼神朦朧，她隨手叉起一塊水果，問道：「吃嗎？」

張嘉年眨眨眼，乖乖地就著她的手吃掉。

楚楚見狀，她又伸出手，試探道：「抱抱？」

張嘉年眨眨眼，又乖乖地伸出雙臂抱抱。

楚楚感慨道：「不行，你太乖會讓我犯罪的。」

醉酒的張嘉年大腦混沌，他似乎不太明白楚楚的話，只是用溼潤且溫和的眼神注視著她，像是一隻聽話的大狗狗。

許久未工作的司機專業而準時，很快就將楚楚和張嘉年送回燕晗居。楚楚沒太費力氣，就將張嘉年扶進屋裡，讓他躺在床上。張嘉年不吵也不鬧，全程配合她的指示，他靠在床邊，用滿含酒意的眸子盯著她。

楚楚面對可愛的張嘉年，先幫他沖了一杯蜂蜜水，隨即又開始愉悅的遊戲環節。她伸出兩根手指，問道：「這是幾？」

張嘉年歪頭看她，他像是陷入沉思，半晌不說話，似乎在認真思考。

楚楚厚顏無恥地親了他兩下，得意道：「這是二。」

張嘉年被親也不反抗，他任人擺布的模樣，立刻激發楚楚心底為所欲為的欲望。

她伸手去解他的襯衫扣子，頗含私心道：「幫你換成睡衣，早點休息吧。」

如果是平日的張總助，此時絕不會同意她的小動作，但他現在卻乖巧地伸手，像是任人打扮的玩偶。楚楚望著對方露出的漂亮鎖骨和胸膛，她視線心虛地往別處一飄，又控制不住地偷偷往回瞄。

雖然楚楚平時敢說不敢做，但她此時卻冒出無盡的勇氣，誰叫喝醉的張嘉年看起來太好吃了！

而且完全沒有殺傷力，似乎想做什麼都可以！

他抬頭換衣服的時候，甚至能看到微微滾動的喉結，和流暢的脖頸曲線，絕對引人犯罪。

楚楚色向膽邊生，終於控制不住地將其壓倒，若有若無的吻落下，如願地聽到對方發出壓抑而低沉的喘息聲。他並沒有反抗，只是茫然而迷離地望著她，這種神情立刻鼓勵她繼續作惡。

荷爾蒙很快將兩人拽入深淵，沒過多久，她便看著他清澈的眼眸染上快意與沉淪。他的吻夾雜著蜂蜜的甜味，引誘她進行更深的探索。她用手指感受對方每一寸灼熱的體溫，惡作劇般玩弄著經過之處，壞心眼地想看他臣服。

然而，楚楚並沒有得意太久，她就被壓倒制伏。

沒錯，完全沒辦法翻身地被壓倒，然後一敗塗地。

第二天，楚楚感覺自己渾身像是被車軋過，她想起昨天的恥辱之戰，心中有一萬句「我靠」想說。她滿臉麻木地窩在被子裡上網，在搜尋框裡輸入「男人酒後是否有能力亂性」，想要確認自己有沒有被套路。

網路上眾說紛紜，什麼答案都有，更讓楚楚腦袋裡宛如一團漿糊。

她不由痛心疾首地感慨：果然漂亮無害的東西都有毒！

楚楚對自己的敗績進行反思，她頭一次意識到鍛鍊身體的重要性，甚至開始考慮報名武術班，否則床上搏鬥完全沒優勢。

世事無常，禍不單行，她在戰敗後的清晨，居然還發現自己生理期到來，如今只能窩囊地縮在被子裡上網，瀏覽跆拳道、泰拳等教學課程。

「起來吃一點東西。」張嘉年從廚房出來，將冒著熱氣的湯碗端進屋裡，他望著躺在床上的楚楚，溫和地開口。他的狀態看起來比楚楚要好不少，沒了昨日的醉酒之態，恢復平常的樣子。

楚楚見狀，不由想起自己昨夜的失敗，更是氣不打一處來：「哼。」

張嘉年：「？」

張嘉年誤以為她身體難受，誘哄道：「趁熱喝掉，肚子就不痛了。」

張嘉年還不知道楚楚打算報名武術班，妄圖將自己壓在地上打的事情，他小心地將紅糖水放到床頭。楚楚用注視敵人的微妙眼神瞪他，她感受到紅糖水撲面的裊裊熱氣，卻彆扭地不肯動手，頗有骨氣地縮成一團。

張嘉年好脾氣地拿起湯匙，提議道：「我餵妳？」

楚楚眼睛一轉，她覺得好像不吃虧，勉強答應道：「好吧。」

微燙的紅糖水喝下肚，只留下甜甜的餘味，讓楚楚隱痛的腹部感到一絲熨帖。張嘉年看她無精打采地靠著枕頭，繼續噓寒問暖：「還是很難受？」

楚楚搖搖頭。

張嘉年試探道：「我去拿個暖暖包給妳？」

剛喝完紅糖水的楚楚，很有原則地開口：「休想用糖衣炮彈擊垮我。」

張嘉年哭笑不得：「哪裡有炮彈？」

楚楚當即興師問罪，憤憤道：「你裝醉，你賴皮！」

張嘉年無可奈何地解釋：「昨天確實有點暈，但喝完蜂蜜水就好多了……」

楚楚不滿地繼續指控：「你居然還壓住我，不讓我起來！」

張嘉年聞言，氣勢略弱，他微赧道：「但妳動得太慢……」

楚楚：「！」

張嘉年沒有辦法，誰叫她昨晚一直亂撩，實際動手卻一塌糊塗，將他擺弄半天後還要休息片刻，誰能忍受不上不下地卡著？他剛開始還有一點耐心，任她玩來玩去，後來實在是難受得不行，沒忍住便將其就地正法。

楚楚聞言大受打擊，她乾脆用被子將臉遮住，進入自閉的狀態。

張嘉年怕她憋壞自己，想將她從被窩裡挖出來，反被對方拍了手。

楚楚憤慨道：「你不要管我。」

張嘉年面有難色：「……我能做點什麼嗎？」

楚楚藏在被子裡，甕聲甕氣道：「你讓我壓一次。」

「……可以是可以。」張嘉年發現她執著的小情緒，最終心軟地答應，又道，「但妳現在也不行？」

楚楚目前的身體狀況不太合適，顯然不能嘗試特殊運動。

楚楚聽到「不行」二字瞬間炸毛，她宛如尖叫雞附身，叫道：「你才不行——我可以！我真的可以！」

張嘉年看她像被人踩到尾巴，忙不迭地安慰：「好好好，可以可以……」

楚楚：「那你要配合我，不能中途反悔！」

張嘉年不敢將話說得太死，他音量漸弱：「……我盡量。」

楚楚如今不太信任張嘉年的誠懇態度，萬一他下次又扮豬吃老虎怎麼辦？她覺得保險起見，還是該買繩索、手銬等道具。

如果她在短時間內的武術培訓效果不佳，那就只能借助外力達成目的。

楚楚：君子報仇，十年不晚，現在暫時臥薪嚐膽。

胸懷復仇之志的楚楚，最後還是被張嘉年的糖衣炮彈擊垮，她乖乖貼上暖暖包，老實地窩在他懷裡，有點睏倦地瞇眼打盹，只覺得渾身無力。

張嘉年安撫地親了親她的額角，任由她用涼腳冰自己。他哄著她入眠，感受到觸碰她的真實感，像是擁有全世界。

生理期結束後，楚楚立刻回到生龍活虎的狀態，她打算報名武術班，努力一雪前恥。老天爺像是聽到她的心聲，竟然直接帶來天大的好消息。

辦公室內，祕書長王青盡職地彙報：「楚總，我們在進行篩選後，找到符合您要求的保鏢，您最近有空面試嗎？」

楚楚在海外被中文哥等人劫持後，便產生招聘保鏢的念頭。她當時給出的條件極度苛刻，不但要形象好、氣質佳的女孩，還要會打遊戲，一度讓王青及人事相當頭痛，私下詢問不少保全公司也沒結果。近期正好是招聘旺季，大海撈針的王青居然真有收穫。

楚楚頗感驚訝，沒想到世上真有此等奇人，應道：「哦？那見見吧。」

王青很快便約來候選人，在楚楚的想像中，女保鏢應該是英姿颯爽、帥過男性，但面前的人更像是個小女孩，看起來還沒楚楚高。她身著黑西裝，卻像偷拿大人衣服的小孩，不好意思地自我介紹：「您好，我是阮玫。」

楚楚好奇道：「我可以看看妳的水準嗎？」

阮玫自然無法拒絕，王青陪同兩人到預先訂好的訓練館。楚楚站在場外，親眼看到柔弱的阮玫將肌肉大漢摔翻在地，乾淨俐落地制伏對方，眼中不由燃起希望之火！

楚楚：我要的就是這種效果！體型差距大也能反敗為勝！

阮玫下場後，突然發現楚總的眼神格外閃亮，一時有點摸不著頭腦。楚楚態度和緩不少，乾脆道：「妳被錄取了，妳以前是做什麼的？」

阮玫看起來貌不驚人，卻有一身好功夫，莫非是武學世家？

阮玫頗為老實：「以前是做主播的。」

楚楚聽到意料之外的答案，面露不解：「那怎麼突然改行？」

阮玫喏喏道：「主播沒保鏢工資高……」

她看到銀達招的聘瞬間心動，，年薪和福利遠比上一份工作還要好，做主播有什麼前途？還是做保鏢更實在！

楚楚點點頭：「薪資都好說，妳現在還能有一項副業，完成後薪資更高。」

阮玫頓時振奮不已，緊接著便聽到楚總的要求。楚楚含蓄道：「妳有沒有什麼獨門技巧，能讓我在短期內提升力量？」

阮玫疑惑道：「您具體想要什麼效果呢？」

楚楚思索片刻：「嗯……可以制伏成年男性。」

阮玫趁機表達忠心：「如果您遇到危險，我可以幫您制伏對方。」

楚楚淡淡道：「妳敢制服他的話，大概會立刻失業。」

阮玫：「？」

阮玫聞言，不敢再胡亂說話，她環視楚楚一圈，一本正經地分析：「那您恐怕要先進行基礎的體能訓練，否則難度會比較高。」

楚楚平時不愛運動，就連健身都是被張嘉年強行拎走，沒進入亞健康狀態就算不錯，想要格鬥實在比登天還難。

楚楚不死心道：「沒有捷徑嗎？靠外力也可以？」

阮玫想了一下，小心道：「我有學過一種繫繩的方法……」

楚楚：「我覺得可以！」

這跟她的計畫簡直不謀而合。

兩人商定好訓練計畫，阮玫便稀裡糊塗地接下兩份工作，一是專業保鏢，二是繩結教練。阮玫才剛入職，就要跟隨楚楚出席各大會議，保障她的安全，其中之一就是網路電商高峰會。

第九章　齊聚一堂

因為盛華支付最近發展得很好，市占率逐步走高，電商高峰會特意邀請楚楚參加。齊盛集團底下還有其他人會參與，便是電商集團的羅禾遂，他看著此次千載難逢的好機會，下定決心要好好跟小楚董拉近關係，不能再當倒數第一。

羅禾遂看其他人非常眼熱，姚興、陳祥濤和呂俠都做得風風火火，只有他遲遲等不到小楚董垂青，難免內心焦灼。他發現小楚董今日帶的人不多，又見陌生的阮玫，客氣地詢問：「這位是……」

楚楚：「我的新保鏢，阮玫。」

羅禾遂不免意外：「您還專門帶了保鏢？」電商高峰會算是常規會議，按道理發生危險的可能性不高。

楚楚解釋道：「畢竟要追債，聽說胡董今天也會出面？」

羅禾遂：「？」

胡達慶可是電商起家，算是網路電商高峰會的常駐人員，他曾跟楚楚定下四十億賭約。年初的時候，文化娛樂三巨頭宣佈解散，由於《大俠客傳》的慘痛成績和內部長期虧損，帝奇和築岩都正式退出，不再陪都慶集團胡鬧。

胡達慶當初信誓旦旦地放下豪言，如今卻黯然從影視產業退場，灰溜溜地重回老本行，實在有些沒面子。他曾經許諾，如果文化娛樂三巨頭在一年內解散，便會給楚楚四十億賭金，等到現在事情成真，他卻裝死不說話，遲遲沒給楚楚打錢。

楚楚沒有胡達慶的聯絡方式，她碰到此等賴皮的行為，只能趁今日當面對質。

羅禾遂趕忙詢問道：「您要去找胡董要錢？」

楚楚點頭：「是啊，你要跟我一起去嗎？」

羅禾遂騎虎難下，他確實想跟小楚董培養一下感情，但結伴討債好像不太合適？他平時經常要跟都慶集團打照面，要是真的撕破臉，以後工作該怎麼辦？

楚楚見羅禾遂不言，婉言道：「你如果沒空，我也不會強求。」

羅禾遂思來想去，最終硬著頭皮跟上，所謂富貴險中求，或許小楚董是靠智取拿到賭注？他剛在心裡安慰完自己，便眼睜睜望著小楚董找上休息室的胡達慶，簡單俐落地向對方要債。

胡達慶看到楚楚過來，他神色頗不自然，警惕道：「妳有什麼事？」

胡達慶早就得知楚楚出席的消息，一直想對她避而不見。他倒不是因為賭注的事情，而是覺得在小輩面前太失顏面。畢竟他曾在別的會議上立下豪言壯語，如今卻慘遭打臉，實在不願主動提起傷心事。

此時，楚楚主動上前，胡達慶立刻展開警戒模式，懷疑她要落井下石、當面羞辱自己。

楚楚可不了解胡達慶的心思，誠懇道：「胡董，都已經過完年了，您欠的錢也該還了吧？」

滿臉疑惑的胡達慶：「？」

震驚於小楚董直言的羅禾遂：「！」

她的語氣嫺熟自然，彷彿真的參與過無數討債，話術相當專業。

胡達慶滿臉詫異，脫口而出：「什麼錢……」

楚楚見他忘卻，不由微微皺眉，提醒道：「四十億。」

胡達慶感到不可思議，辯駁道：「那不是開玩笑嗎……」

他和楚楚都不是缺錢的人，當初不就是在會議上爭面子，居然還真的公然要債？

楚楚看他矢口否認，略有點不悅，面無表情地詢問阮玫：「能制伏他嗎？」

阮玫盡職道：「可以。」

她似乎只等楚楚指令，便要立刻動手。

羅禾遂見氣氛劍拔弩張，他趕忙救場，哈哈笑道：「胡董，楚董是開玩笑，也是跟您鬧著玩呢……」

胡達慶將信將疑，他掃過對方的表情，總覺得不像玩笑？

羅禾遂私下面對小楚董，為難地規勸：「不然算了吧……」

楚楚：「但他確實欠我錢。」

羅禾遂病急亂投醫，信口胡說：「這、這……您的賭約進行過公證，或者確實不跟賭博罪沾上邊嗎？」

楚楚聞言卻被戳中要害，她一時還真不確定是否涉嫌賭博，差點踏過法律邊緣！

羅禾遂看她猶豫，立刻趁熱打鐵：「您看看，流程不合法，還是算了吧。」

楚楚和胡達慶現在進行大宗匯款，豈不是坐實賭博罪，被人逮個正著？

楚楚頗為悵然，但她還是決定當個合格守法的好公民，勉強接受錯失好幾億的遺憾。

羅禾遂跟楚楚暗自交流完，他還沒來得及完全放下心來，便又聽對面的胡達慶開口。胡達慶自認為想通其中關節，覺得楚楚是要藉此讓自己難堪，並非真的要錢，他當即冷哼道：「我可不會占妳便宜，都慶不過是在某個產業失利，還能輸得起！」

「直接給錢未免太庸俗，我現在手裡有能賺更多的生意，就是不知道小楚總敢不敢做？」

羅禾遂：「……」

胡達慶如此胸有成竹，楚楚也不免好奇對方的生意。她想了想，試探道：「胡董該不會又要邀我做影視？那我真的不敢。」

楚楚發現胡達慶很喜歡搞合作，文化娛樂三巨頭就是他聯合帝奇、築岩的產物，該不會風水輪流轉，他又要拉自己下水？

「我才不搞影視……」胡達慶像是被人刺中傷心事，當即出言反駁，卻又不想顯得過於惱羞成怒，努力緩和語氣，「……總不能在小楚總面前班門弄斧。」

雖然這話聽起來客氣，但看他臉色還有點不服，似乎對於文化娛樂三巨頭的挫敗仍耿耿於懷。

楚楚：「那是什麼生意？」

胡達慶：「如今跨境電商正是風口，盛華支付要是願意跟都慶合作，自然是雙贏的事情……」

楚楚頓時秒懂，胡達慶嘴上說是償還賭注，實際上是看到盛華支付背後的商機。盛華支付獲得政策的支持，可以逐步在多國進行布局。都慶目前是國內最大的電商平臺，肯定不會放過潛在的海外市場，如果雙方達成合作，競爭力會非常強。

儘管胡達慶在文化娛樂上一竅不通，但他對電商的經營能力是毋庸置疑，否則當初怎麼會拿一大筆閒錢去砸影視？楚楚陷入深思，要是胡達慶有門路，說不定盛華支付也能趁機在海外打開市場。

羅禾遂看小楚董竟真的開始琢磨，不由滿臉疑惑，趕忙提醒道：「其實齊盛也有電商平臺……」

潛臺詞就是，小楚董明明可以考慮齊盛電商，為什麼要便宜外人？

羅禾遂遭遇內部排擠已經很慘，沒想到自己還會面臨外部挖角。胡達慶居然當著自己的面，邀請小楚董一起做海外電商，這不是赤裸裸的挑釁嗎？他經營店商集團多年，都不好意思跟小楚董開口，胡達慶是哪裡來的自信？

胡達慶豪氣地擺擺手，直接道：「唉，羅董，你們做得又不好，還不讓別人跟更優秀的合作？」

胡達慶在自己擅長的領域，向來萬分自負。齊盛在電商方面緊追都慶多年，一直都是萬年老二，胡達慶自然沒把羅禾遂的抗議放在眼裡。齊盛內部的主要營收項都不是電商，可見羅禾遂及電商集團地位之下降。

羅禾遂：「？」

羅禾遂：我就不該阻止小楚董跟你要錢，你就是欠罵！

楚楚有點心動，又不好一口答應胡達慶，只說還要回去參考內部意見。她和阮玫剛告別胡達慶，羅禾遂立刻跑上前，語重心長道：「楚總，您要三思啊，都慶跟我們競爭多年……」

楚楚：「只是跟你競爭，並不包括其他人。」

羅禾遂語噎，又道：「但大家都在齊盛底下……」

楚楚拍拍他，安慰道：「沒關係，師夷長技以制夷，說不定你能藉機逆轉翻盤？」

羅禾遂相當焦灼，總覺得小楚董已有決斷。他不敢耽誤，等高峰會結束，立刻向楚彥印彙報此事，希望大楚董能夠出手阻攔。

楚彥印聽完來龍去脈，反應卻跟羅禾遂預測得大相徑庭。他果斷道：「很好，你的消息很及時，一定要全力促成此事！」

羅禾遂：「？」

楚彥印：「姓胡的難得有求人的時候，我們也不能太小家子氣！」

老楚只覺得大快人心，胡達慶居然還有求著要合作的時候，這可是千載難逢的機會。

羅禾遂：「……」

羅禾遂：總覺得自己澈底被拋棄？

阮玫開始工作後，楚楚的生活有了一些微妙的變化，其中之一就是她開始堅持鍛鍊。實際上，要說是鍛鍊也不合適，畢竟沒有誰會天天在學如何打繩結。

阮玫看著坐在地上認真打繩結的楚總，頗為無奈道：「老闆，其實在我老家那邊，這是用來套豬的……」

阮玫不明白好端端的大老闆，為何對打繩結有如此大興趣。她提議教授楚總簡單的搏鬥技巧，但對方只是潦草地學了學，沒有像玩繩子一樣上心。

楚楚望著阮玫天真無邪的表情，總不好告訴純真的小女孩，自己不是要學打架，而是想如何制伏張嘉年。她乾咳兩聲，揮去腦袋裡的黃色廢料，解釋道：「我愛好和平，學套豬就差不多了。」

阮玫遲疑道：「可是豬如果掙扎起來也不好套？」

在她的老家，野豬甚至有獠牙，沒點力氣可幹不了套豬的工作。

楚楚悠閒道：「沒事，我的豬不會掙扎。」

阮玫：「？」

阮玫：「我還沒見過不會掙扎的豬，是什麼品種？」

楚楚：「高學歷的豬都這樣。」

阮玫更是滿頭霧水：「？」

銀達投資內，張嘉年輕輕地打了個噴嚏，還不知道自己的新稱號——豬豬。他看了時間一眼後，看向團隊的眾人，開口道：「今天先到這裡吧，你們也早點回去休息。」

其他人勞累過後，不免大喜過望：「謝謝總助！」

「晚上我會把審過的內容傳到電子信箱，大家路上小心。」張嘉年像往常一樣囑咐完細節，便開始收拾自己的東西，準備回家做飯。

張嘉年一走，剩下的人難免感慨起來：「公司裡唯一的加班狂終於被楚總拉下水，總助也變成準時下班派……」

張總助過去的工作狀態簡直是「只要地球不爆炸，全年絕對不放假」，他們雖然覺得跟著張總助能學到很多東西，但要適應如此高強度的工作節奏，還是很疲憊。如果上司比你還努力，有時候真是無形的壓力。

現在則大不相同，張總助是直接跨過新婚狀態，快速步入中年顧家男性角色，恨不得每天著急下班接小孩、做飯，感覺相當居家。

單身男同事看著張嘉年的變化，不由發出無奈的悲鳴：「公司二把手尚且如此，現代社會真是對男性太殘酷，白天要忙，回家還得做飯……」

某女同事冷漠道：「哦，難道我們女人就活該要做家務？怪不得你單身。」

男同事辯解：「那種感覺不一樣啊，張總明明混得不差……」

女同事嗤之以鼻，嘲諷道：「所以人家是絕美愛情，而你就是柴米油鹽醬醋茶。」

男同事：「……」

楚楚和張嘉年的關係等最初的轟炸一過，在公司裡的影響也逐漸平息，然而兩人的相處模式卻讓不少人津津樂道。

《老闆的假期》裡展現得一清二楚，楚總私底下完全是五穀不分的挺屍鹹魚，只能幫忙洗碗，家務幾乎都是張嘉年處理。張總助白天在公司裡嚴謹專業，回家卻還賢慧地買菜做飯，此等反差絕對給旁人巨大的衝擊，而且當事人對此並不避諱。

張嘉年似乎並不感到丟臉，偶爾有人休息時請教做菜方法，他也會從善如流地傳授，並不介意身上出現「居家」或「賢慧」的標籤。當然，公司難免有思想傳統的男同事，私下替張嘉年打抱不平，有種「男人工作出色，還要回家受氣」的怨懟，但常遭到女同事的群起攻之。

如果當事人稍微換一換，張嘉年大概會面對不少流言蜚語，畢竟以家世來說，他確實是高攀。但銀達員工對張總助的工作能力心服口服，又看到他每天兼顧工作和家庭，便只剩下深深的敬佩。

尤其對女同事來說，她們簡直找到絕世標竿。只要你努力賺錢如楚總，總會找到像張總助一樣的對象！張總助每天忙完工作，還要回家做家務，其他男人憑什麼回家做翹腳大爺？

在此等環境下，即便有人想酸言酸語或抱怨兩句，也變成政治不正確而不敢開口。張嘉年的民間呼聲居然因此走高，稍微減少幾分在眾人心中的距離感。

張嘉年對此一無所知，如今他很珍惜下班後跟楚楚的相處時間。他像平常一樣挑好蔬菜，回家烹飪料理，等待楚楚從科技集團回來。

燕晗居內，大門發出輕輕的響動聲，楚楚躡手躡腳地往裡面走，她想盡量不引起張嘉年的注意，沒想到被他逮個正著。張嘉年端著一盤青菜出來，正好看到進屋的楚楚，神色和緩道：「吃飯吧。」

楚楚背著手，心虛地應道：「好的……」

張嘉年發現她手中的盒子，好奇道：「這是什麼？」

楚楚的視線飄了飄：「沒什麼。」

張嘉年顧著鍋裡的飯菜，一時沒有多問。楚楚看他轉身去廚房，心裡鬆了口氣，她將裝有繩子的小盒子放好，準備在晚上試驗一番。她最近苦學良久，終於到了驗收成果的時候！

飯後，楚楚興致勃勃地打開盒子，將繩子取出來。她回憶今天阮玫的教學過程，開始進行復盤，卻出師不利。她在上課時明明能把結打得很漂亮，回家做作業卻亂七八糟，似乎身邊沒人指導就不行。

楚楚正想傳訊息問阮玫，卻忽然聽到張嘉年的聲音：「妳在做什麼？」

她聞言嚇了一跳，恨不得寒毛直豎，但面上鎮定道：「做手工藝。」

「是嗎？」張嘉年並未懷疑，他抽起一條繩子，見楚楚將其編得淩亂，提議道，「我幫妳編吧，妳想編成什麼樣子？」

他對楚楚的手殘早有領悟，雖然不知道她要做什麼，卻還是主動幫她做手工作業。

楚楚的心情猶如天降餡餅，差點說漏嘴：「套你……套豬的那種就可以了。」

張嘉年對楚楚的陰謀還一無所知，好脾氣地撿起繩子：「我試試。」

楚楚看他全神貫注地打著結，嘖嘖道：「真不愧是高材生。」

不但完全不掙扎，甚至主動幫忙打結，搞得她都快不忍心套了！

「？」張嘉年不太明白，索性低頭繼續完成繩結工作，完美詮釋作繭自縛。

張嘉年的手很巧，瞬間就在楚楚的指導下將基礎工作完成。楚楚滿意地看著半成品，眨眨眼道：「好像可以，稍微試驗一下？感覺哪天回紀川也用得上？」

張嘉年看她擺弄著繩子，好笑道：「現在去超市找東西給妳套？」

張嘉年只當她留下紀川後遺症，熱愛囤積一切食物，並且對打獵、捕魚等活動產生興趣。當初，兩人還上山摘過野菜，也用細草編織過一些草繩，村裡還有人用草網捕鳥。

楚楚：「不用那麼麻煩，你幫我示範一下就好。」她一邊說，一邊將繩索往張嘉年身上比劃，看起來興致勃勃。

張嘉年感到一絲不對，吐槽道：「……但妳剛才說，這是套豬的？」

楚楚滿臉正氣，振振有辭：「考驗一下你的演技，戲劇學院偶爾還會讓學生演動物呢！」

張嘉年：「……」

張嘉年：但我並不想演豬。

張嘉年還有點猶豫，楚楚立刻圍著他打轉，拉長調道：「張總，總助——」

她滿臉天真無邪，執著地想試試新繩索，讓人難以拒絕。張嘉年面露難色，最終還是勉強答應她不合理的要求，同時為難道：「可我覺得很奇怪？」

楚楚厚顏無恥道：「不奇怪，試一試就能知道哪裡編得不好。」

楚楚看張嘉年沒再反對，立刻按照課程所學，滿懷期待地將他的雙臂反扣住，接著往腿上捆。張嘉年總覺得她往自己身上套繩的手法過於嫻熟，不太像第一次操作，內心有點狐疑，卻已被她捆住。

張嘉年看她完成得差不多，他試探地掙了掙雙臂，理智客觀地評論其繩索：「滿結實的，就是最後繫繩的位置有點鬆，感覺不太能套豬。」

他以學術態度評價完，便開始試著自己解開繩索，卻感覺楚楚將打結的地方一捏。她一手握著收尾的地方，一手將事先準備好的鐵鎖一扣，把稍顯鬆散的繩索澈底扣住。

張嘉年：「？」

楚楚一本正經道：「套豬最後都要上扣，只靠繩索可不行。」阮玫說過，野豬掙扎起來的破壞力很強，通常都要靠繩索和鐵鎖共同固定住，這才萬無一失。

張嘉年：「？」

張嘉年剛想讓她將自己解開，便看到小屁孩臉上狡黠的壞笑，頓時腦中警鈴大響。楚楚面對他不可置信的神情，對方眼中滿是慘遭欺騙的受傷感，她頗為慚愧地撓撓頭，無奈道：「你這樣盯著我，我會很自責。」

張嘉年吐槽：「那妳現在就解開。」

楚楚抽出一條布，笑嘻嘻道：「眼不見心不煩，還是把你眼睛蒙住吧。」

張嘉年：妳準備得還挺齊全？

楚楚顯然處心積慮許久，毫不留情地蒙上張嘉年的眼睛，還將布條打了個漂亮的蝴蝶結。張嘉年即便再傻，此時也明白步入她的陷阱，既好氣又好笑道：「妳這都是跟誰學的？」

他由於布條的遮擋喪失視覺，只能聽到外界窸窸窣窣的動靜，不但沒有等到她的答案，反而感覺自己領口的扣子被解開，接觸到微涼的空氣。黑暗的世界中，聽覺和感官被無限放大，她若有若無接近的體溫和熟悉的清淡香氣，進一步刺激到受縛的他。

張嘉年察覺到她的動作，終於有點惱羞成怒，聲音沙啞道：「妳解開。」

她洋洋得意的聲音從耳邊響起，夾雜著得逞的欠揍笑聲：「我正在解啊。」

楚楚好不容易得手，怎麼可能乖乖放棄？

她看著被反綁的誘人張總助，尋找合適的下手之處，先選擇打開往日相當禁欲的襯衫扣子。繩索剛好完美地束縛住他的雙臂，然而胸前的位置卻沒捆太多。

她望著衣衫不整，露著白皙胸膛，脖頸染上潮紅的張嘉年，強壓流鼻血的衝動，努力抑制自己瘋狂上揚的嘴角。

張嘉年沒想到她如此大膽，試圖自己解開繩索，然而繩結竟然還真有些技巧，上鎖後完全沒辦法弄開。他就算有力氣，但被繩索的巧勁套住，反而覺得越掙扎越緊。

楚楚看他強抿著嘴角，一言不發地想要掙脫，乾脆將臉貼到他頸側，故意朝他耳朵裡吹氣。柔和的吐息慢悠悠地往裡面鑽，讓張嘉年打了個冷顫，他咬牙道：「鬆開……」

無辜受騙的張總助很快被就地正法。

楚楚爽完後有點疲憊，用臉在他身上蹭來蹭去，哼哼唧唧起來。

楚楚：原來這麼累，簡直是一周運動量。

張嘉年同樣渾身是汗，但他抿了抿唇角，相比楚楚的愉悅，似乎陷入別的憂慮，自責道：「我沒忍住。」

楚楚騎在他身上休息：「你要是忍住，我會很丟臉。」

張嘉年：「妳沒戴套。」

楚楚：「家裡沒有。」

張嘉年：「有，我買了。」

張嘉年：「？」

楚楚沒想到他還會暗中做這事，感慨道：「你好悶騷哦。」

張嘉年聽到她大大咧咧的回答，簡直氣不打一處來，他是擔心她還沒做好心理建設，才特意做好準備。上次事出意外，好在楚楚的生理期第二天就來了，算是有驚無險。張嘉年猶記她過去對小孩的看法，害怕她還沒辦法馬上接受，才會專程前去採購，怎麼就變成悶騷？

楚楚懶洋洋地癱在張嘉年身上，輕輕地用臉蹭他，一動也不想動。

張嘉年：「還不鬆開我？」

他被反綁著極為彆扭，雙臂很難使出力氣。

楚楚抱怨道：「好累哦，你讓我休息一下。」

張嘉年：「……」

鹹魚楚楚作為剛才的主導者，只覺得滿足感褪去後，身體變得軟綿綿的。她平時運動就要費老命，首次酣戰後相當睏倦，感覺跟打了一仗一樣，不由嘀咕霸總不好做，開始進入賢者時間。

楚楚：好累，好疲倦，好辛苦。

她最後懶得開鎖，索性取出茶几邊的剪刀，隨手將繩索剪開，放張嘉年自由。

繩索被解開後，他摘下遮擋視線的布條，入眼便看到修長漂亮的雙腿和敞開的春色。她窩在沙發上打盹，像是犯睏時慵懶的貓。

她還不怕死地指手畫腳：「你去收拾殘局，我好睏……」

楚楚實在沒心情收拾繩索，她現在昏昏欲睡，只想當場睡去。

張嘉年：「……」

張嘉年望著眼前的美景，又想起剛才的新仇舊恨，乾脆一言不發地抱著小屁孩往臥室走。

楚楚：「？」

張嘉年：「剩下的等等再收拾，妳先休息吧。」

楚楚：「？」

然後，楚楚就被收拾一頓，她和客廳的清潔工作都被盡職的張總助負責掃尾。

銀達投資群組裡，眾人在深夜遲遲不見張總助的郵件，難免八卦地交流起來。

『超過兩點就可以視為是放鴿子了。』

『哭了，總助以前不是這樣的。』

『我去睡覺啦，各位同事晚安！』

『銀達的工作節奏終於澈底楚總化啦。』

因為大家都不是第一次遭遇此類情況，竟有幾分習以為常，互道晚安便各自休息。果不其然，張嘉年一夜未傳郵件，顯然被其他事情絆住腳。楚總身體力行為眾人爭取到下班後的休息時間，簡直值得拍手稱讚。

好在張總助第二天上班時情緒不錯，他只是為昨天的失約，向眾人鄭重道歉。楚總則更絕一點，直接消失一天，沒有出現在公司。

另一邊，最近對於羅禾遂來說，是一段悲傷而難熬的日子。大楚董親自放話讓他協助小楚董，促成都慶和齊盛的合作，他心裡很不是滋味。齊盛和都慶在電商方面本來就是競爭對手，難免讓他的處境有些尷尬。

楚楚接觸到的齊盛老油條也算多，但她發現羅禾遂絕對是其中最弱的。他幾乎每天都長吁短嘆、哀愁不已，讓人覺得他稀疏的頭髮還要脫落幾根。

楚楚：「羅董，您是家裡有事嗎？」

莫非是家裡的人生病住院，不然為何如此憂心忡忡？

羅禾遂：「唉，沒有……」

楚楚：「那您最近怎麼提不起勁？」

楚楚因為跟都慶的合作，難免要跟羅禾遂打交道。她覺得齊盛電商的業績上不去很正常，誰叫領導者每天負能量爆棚？

羅禾遂聞言，更是悲上心頭、幾欲落淚，他欲言又止道：「您說，集團以後會不會轉移重心，不再主攻電商部分……」

楚楚坦誠道：「其實不算轉移重心，畢竟現在也沒主攻電商。」

羅禾遂聽到此話，心上又被怒捅一刀，臉色不由更差，氣質越發頹喪。

楚楚察覺自己失言，她好像進一步刺激到對方的情緒，趕忙補救道：「當然話也不能這麼說，您還是往長遠來看，想開一點……」

羅禾遂委屈巴巴，期待地望向她：「怎麼往長遠看？」

楚楚認真地分析：「長遠來看，齊盛都有可能垮掉，電商肯定完蛋了，完全可以想開一點啊。」

羅禾遂：不，我想不開，我自閉了。

楚楚由於賭注之事，幫都慶和齊盛搭上跨境電商的橋梁，但最後的實際合作達成，還是要由胡達慶和楚彥印親自出面。畢竟楚彥印才是齊盛目前的負責人，楚楚只是握有科技集團而已。

楚彥印和胡達慶的多年恩怨，在外傳得沸沸揚揚。楚楚雖然聽說過兩人過去的廝殺，但還真沒見過他們見面，似乎近幾年雙方都處於王不見王的狀態。

大小楚是一同乘車參加會議，赴約的路上楚楚難免好奇，八卦道：「你們的關係怎麼樣？」

楚彥印坐在後座，他鷹眼一睇，氣質威嚴，淡淡道：「商人在商言商，能有什麼關係？」

這話裡話外是將流言蜚語撇得一清二楚，還真有成功企業家的氣度。

楚楚見老楚裝得像模像樣，又道：「不是有傳言說你們關係不好嗎？」

楚彥印冷笑：「哼，妳怎麼像個無聊記者，盡說一些捕風捉影的事情。」

楚彥印對楚楚的言論嗤之以鼻，恨不得在臉上寫滿「像我這種有修養的人，怎麼會小心眼地斤斤計較」，彷彿他跟胡達慶只是普通同行，完全沒有相殺多年。

楚楚心道，莫非老楚是真的能忍？不過看他趕著跟全世界交朋友的虛偽態度，倒不是沒有可能。在她看來，楚彥印是她見過最會社交的人，在商業界的朋友無數，甚至遠超越南董，堪稱商業界老年交際花。

如果楚彥印願意參加社區廣場舞團隊，他肯定也是其中傑出的領導者，屬於專門舉辦活動的人物，跟只參賽的張雅芳不一樣。

然而，楚彥印在車上吹牛吹得響亮，結果一到會場，便直接打臉，差點跟胡達慶互嗆起來。大小楚跟胡達慶是私下相約，並沒有帶太多人，他們要事先商議好條件，才會公開宣佈合作，今日只是商談階段。

會場內沒什麼外人，胡達慶見楚彥印進屋，他悠悠地敬了個禮，吊兒郎當道：「老東西，你的狀態不錯啊！」

楚彥印緊抿嘴角，義正辭嚴道：「……胡董，請注意你的措辭。」

胡達慶頗為不屑：「你以前可不是這樣的啊！」

都慶和齊盛早年在房地產事業上瘋狂幹架，結下不少新仇舊恨，那時候的楚彥印脾氣非常糟糕。

楚彥印滿臉冷漠：「人貴有長進，所以胡董多年來只有肚子見長。」他說完，還傲氣地挺了挺腰，似乎對於自己的身材管理很滿意，不像胡達慶大腹便便。

胡達慶嘲諷道：「還長進呢？也不看看齊盛現在的樣子，你長到哪裡去啦？」

楚彥印也不客氣：「才剛在文化娛樂上栽跟頭的人還有臉開口？都慶的董事都不會叫你下臺嗎？」

胡達慶惱道：「我是靠能力的人，哪像齊盛盡搞家族企業！」

楚彥印反脣相譏：「那你還淪落到找家族企業合作？」

雙方你一言我一語，火藥味居然越來越濃，激烈到讓旁人看得愣神。

楚彥印的祕書倒是挺鎮定，他跟隨老楚多年，像是見過大世面的人，還好心地安慰楚楚：「楚總，您放心，胡董的血壓比楚董高，應該是吵不過的。」

楚楚：「？」這場 Battle 最後是以血壓決勝負嗎？

楚彥印其實早就收斂很多，現在走老謀深算路線，但他碰到死對頭胡達慶，多年前的壞脾氣又被點燃。他平時只有在面對楚楚才會如此暴躁，盡量在外人面前表現出沉穩的樣子，卻因為老仇人又有重回青春的感覺。

羅禾遂見狀竟有點暗自竊喜，萬一鬧翻豈不是合作失敗？

他還沒高興太久，便見原本不言的小楚董上前做和事佬。

楚楚看不下去，上前拉開如小孩子般扭打吵鬧的兩位長輩，高聲道：「別吵啦，別吵啦，二位都冷靜一下。」

胡達慶抖了抖衣服，仍有點不服氣：「誰找你合作？我是履行承諾，做一個講信用的人！」

楚彥印：「少來這套！我還不懂你那一點把戲嗎？」

楚楚看他們爭論不休，她不耐地皺緊眉頭，語重心長道：「好啦，都是江河日下的集團，怎麼非要五十步笑百步？這有意思嗎？」

在她看來，齊盛和都慶毛病一大堆，如今還不服地互嗆，實在過於幼稚。

楚彥印、胡達慶：「……」

楚楚恨鐵不成鋼地教育：「不要老是比較淨利率資料，多想想自己為國家做過什麼！都一把年紀的人了，怎麼還不知道擔起社會責任，努力回饋奉獻？」

楚彥印、胡達慶：「？」

妳住海邊？管這麼寬啊？

楚楚成功以一己之力，拉起全場的仇恨值，化解楚彥印和胡達慶的矛盾。因為兩人的憤怒值都被吸引到她身上，一時竟顧不上吵架，轉頭要朝她開火。

楚楚作為全場血壓最穩定的人物，她毫無意外地勝出，沒有壓力地吊打兩人，完成「一箭雙雕」成就。

羅禾遂在旁邊看得瞪眼，對於小楚董吊打兩人的嘴炮能力甘拜下風。她最後氣得兩人聊回正事，楚彥印和胡達慶寧可聊合作，也不願意搭理她。他們乾脆直接談條件，將楚楚的話當作耳邊風。

楚楚慘遭兩人排擠，不免朝羅禾遂感嘆：「獨孤求敗的滋味就是有點寂寞……」

羅禾遂肯定道：「您實在是太厲害了……」

楚楚安撫道：「所以羅董也別沮喪，寂寞不代表被排擠，那可能是勝利的味道！」

她總算看出來，羅禾遂最近就像上學時找不到結伴去廁所的小孩，他整天患得患失，需要心理輔導。

羅禾遂：「……謝謝您的安慰。」

雖然小楚董的行為和言辭如此牽強，但她不要臉的精神確實感染和激勵到自己了。

齊盛和都慶進行跨境電商合作的消息一出，直接引起軒然大波，讓兩家的股價都產生波動。網友們驚呼這是「有生之年」系列，吵了許久的兩巨頭再次相聚，讓人難以置信。

舒芙蕾：『南董：彥印，你不跟我做最麻吉的朋友了嗎？（委屈.jpg）。』

纖：『看兩位相愛相殺多年的經歷，我竟產生大膽的想法（doge.jpg）。』

鼠鼠鼠：『VC還不夠你嗑嗎？』

小美短：『業內第一手消息，兩位由於對楚總的同仇敵愾之情而聯手，楚楚公然嘲諷兩位前輩過氣，促成雙方合作（doge.jpg）。』

小楚總的粉絲：『過氣還不許嘲諷？我看就是想蹭我們楚總的熱度（doge.jpg）。』

楚嘿嘿：『楚楚居然對前輩出言不遜，應當退出娛樂圈，滾回商業圈（doge.jpg）。』

齊盛和都慶的雙巨頭合作，自然是在政府的同意下進行，畢竟跨境電商牽扯到的事情很多，需要強而有力的裁判和守護者。雙方久違地再次聯手，算是為彼此互打一劑強心針，刺激齊盛和都慶恢復一些生機活力。

儘管兩大集團的前景不錯，但兩邊領導者仍對彼此不認同，關係並沒有因此而修復。

都慶集團胡董對跨境電商合作如此評價：「我是講信用的人，不過是履行約定而已。」

齊盛集團楚董對跨境電商合作如此評價：「胡董和我女兒鬧著玩，我也不好阻止。」

銀達集團楚董對跨境電商合作如此評價：「兩個傲嬌鬼的彆扭，我其實不太理解現在的老年人。」

三家對合作有三種說法，簡直讓外界哭笑不得。

雖然齊盛和都慶的合作是雙贏，但楚楚心裡還是有點遺憾，這意味著短時間內齊盛不太會破產，而她低價收購齊盛的白日夢也破滅。隨著齊盛跟政府的聯絡加深，它走上肩負社會效益的企業之路，便不會輕易地倒下。

紀川鎮的事情算是誤打誤撞，盛華支付是楚楚想搶占市場，跨境電商則將事情推到新高度，讓這家老牌企業產生新轉向。楚彥印剛開始還氣惱於楚楚的大手大腳，但木已成舟，只能順其自然，卻反而走上不錯的道路。

雖然齊盛還沒有在收益上見到成效，但企業的生命力卻獲得延長。原書中齊盛集團破滅的導火線是老楚去世，導致集團內部潰散，現在有大楚董穩定軍心，又有小楚董逐步進入，集團氣氛安定不少。

原書女配醜聞纏身，在經營手段上又相當過激，無法收攏人心，自然沒辦法在父親去世後掌控全場。楚楚雖然常常一擲千金、悶聲幹大事，但她做事的主要方向沒錯，又有張嘉年和楚彥印在背後監督，還沒出過什麼差錯。

至於齊盛內部的潰散，當然也不復存在，老油條們在慘遭楚楚陷害後，默默地走到一起，都想要遠離嘴炮王小楚董。呂俠甚至還產生提前退休的念頭，主要是他跟楚楚打交道的次數比較多，害怕自己哪天氣到心肌梗塞。

當然，呂俠產生退休念頭，少不了提前敲打呂書一番，將自己畢生的職場經驗傾囊相授。

呂俠語重心長道：「我要是真的退休了，家裡就靠你啦……你平時跟小楚董多處處關係，別老是讓袁本初在她面前晃，反倒讓她忘了其他人。」

呂書真誠地提問：「叔叔，難道被小楚董遺忘不是一件好事嗎？」

在呂書看來，凡是被小楚董想起來的人都沒有好下場，不是被嗆到死，就是被工作壓死。

呂俠想了想自己的經歷，一時無言以對：「……」

最後，呂俠不耐煩地擺手：「算了，你看著辦吧。」

小楚董和大楚董感覺不是同一種人，或許他的經驗根本不適用。

當齊盛集團的一切都步上正軌，張嘉年及團隊的努力也有所結果，光界娛樂也即將上市。銀達投資在光界娛樂的占股比例極高，跟梁禪等光界核心層拿下大半江山，所以光界一直以來也被看做是銀達的子公司。

燕晗居內，楚楚面對電腦抓耳撓腮，寫不出任何一句話。張嘉年端著水果過來，他看到她宛如擠牙膏的狀態覺得好笑，規勸道：「妳要是真的覺得困難，可以不用寫太多。」

光界娛樂上市，公司的領導者總要對外發一些激勵人心的公開信，不是感恩致謝，就是展望未來。梁禪對此類文字工作避之唯恐不及，他假惺惺地把球踢給楚楚，美其名曰銀達持股比例高，必須由楚總出手。

楚楚頹喪道：「我簡直像是寫作文的學生，連八百個字都要用湊的……」

張嘉年提議：「不用寫得太正式，妳的措辭可以輕鬆一點？」

楚楚：「那我就寫一句『話不多說，買就行啦』，可以嗎？」

說到底，他們就是希望大家認可光界娛樂的價格，然後一路漲上去。

張嘉年：「……恐怕不行。」

張嘉年：這封公開信未免也太敷衍？連半點銷售的求生欲都沒有。

楚楚長嘆一聲，她苦哈哈地繼續打字。張嘉年的腦海中不由晃過往事，笑道：「妳把當初對我畫的餅寫出來不就好了？」

楚楚詫異道：「什麼？」

張嘉年忍不住上前捏了她的臉，提醒道：「我是說妳探班那次講的話，是誰說要讓銀達的思維模式，陷入所有人的生活？」

張嘉年至今對她當天的演講記憶猶新，那也算是他第一次見識洗腦式嘴炮的威力。

楚楚似乎陷入回憶，她眨眨眼，小聲道：「那只是當初怕你辭職，想要穩定軍心才說的……原來你工作這麼久也會相信哦？」

楚楚沒想到閱歷豐富的張嘉年，居然也會相信資本家老闆的鬼話，果然本質善良。現在兩人關係和那時不一樣，她自然沒有遮攔，肆無忌憚地重提往事。

張嘉年：「……」

張嘉年看她欠揍的嘴臉，又捏了捏她的臉蛋，無聲地表達抗議。

楚楚的創作耗費了挺長的時間，張嘉年處理完公務回到客廳，才發現她竟然窩在沙發上睡著了。他小聲喚她回房間睡，卻見小鹹魚已經沒有反應，他只得把她抱進臥室，將其塞進被子裡。

張嘉年走回客廳收拾電腦，卻在亮起的螢幕上看到楚楚的稿件。她已經完成大半，似乎稍加潤色就是成稿。張嘉年讀完後，陷入久久的沉思，他幫楚楚改了一些錯別字，又加了一點內容，便按下儲存。

光界娛樂上市前，楚楚也在網路上發布公開信。

各位光界同仁及遊戲玩家們：

明天是特別的一天，光界娛樂即將上市，我們透過長久的奮鬥，終於完成階段目標，這是個值得興奮的日子。

光界娛樂的發展宛如奇蹟，岌岌可危的《贏戰》透過專業團隊的付出與玩家們的努力，成為風靡海外的熱門遊戲。《縹緲山居》、《胭脂骨》則帶來美輪美奐的幻想世界，為我們所有人建造現實中無法想像的世界。

過去的一年，我們取得許多非凡的成就，創造出驚人的成績。

我相信光界娛樂是個造夢者，它創造出喚醒童心的夢想世界，讓我們尋回成長後早已遺忘的樂趣。你曾久經磨難，爬上真理冰川，在外與魔鬼戰鬥多年，歸來卻仍是少年。

明天並不是故事的結束，而是新的開始。從寒冰中解封的心火才剛燃起，鼓舞著跟風車搏鬥的唐吉訶德繼續前進。

我不是擅長煽情之人，但我今天很驕傲，為曾經參與創造你嚮往中的世界而驕傲。

明天，讓我們共同見證，你我的夢想世界。

（P.S. 如果想要暴富，建議早點投資買入。我能幫大家的機會不多，好不容易有個公開合法的發財管道，機不可失，失不再來。）

楚楚

光界娛樂的上市自然有前期宣傳，楚楚的公開信一發布，立刻登上搜尋排行榜。她洋洋灑灑地寫了很長，如果刪除括號裡的內容，還真是一篇像模像樣的公告。

金天：『除了括號裡內容，我認為其他全是代寫（doge.jpg）。』

小葉黃油：『前面絕對是ＶＩＲ代筆，完全不是楚總的文風（大笑.jpg）。』

丸子醬：『括號外像升學考作文般積極向上，括號裡直接切換成暴富風格，帶你走上人生巔峰。』

小小：『楚總，我當然想投資，可是我沒錢，不然您先借我一點？』

郵票：『感謝您在百忙之中抽空敷衍，我們立刻買入（doge.jpg）。』

武藤：『我猜括號裡的內容是ＶＩＲ檢查完作業後，楚總偷偷加上去的（doge.jpg）。』

不得不說，有網友猜得很準，張嘉年閱讀時根本沒有括號裡內容，沒想到他改完後，小屁孩便偷偷夾帶私貨。好在楚楚括號裡的調侃無傷大雅，甚至真的幫光界娛樂帶來好運。

光界上市沒多久，便迎來漲停，多位大老闆進行認購，顯然對公司前景極度看好！這其中既有不聲不響的南董，也有口是心非的死對頭胡達慶。雖然有人曾跟楚楚產生過節，但他們在認購上卻毫不含糊，顯然都想撈一筆，更彰顯光界實力。

光界娛樂的強勢上漲，一度讓眾人認為其股價已進入高位，但沒過多久又會再次創造新高，讓晚出手之人後悔不迭。楚楚也因此身價暴漲，她長期的積累終於透過此次機會有所變現，一躍衝進首富榜前十名，達到一百八十六億美金，而且這是除去她握有齊盛股權後的資料。

長久以來，楚楚都沒有在首富榜上真正擁有過名字，頂多是排在楚彥印之後，統一稱為楚氏家族。然而，光界的上市終於迫使外人正視她的成績，將她和楚彥印分開來看。這個外人看起來離經叛道、敢說敢做的紈褲子弟，好像真的滿會賺錢的？

楚家大宅內，楚彥印看著電視上的新聞，難得露出欣慰的神情，一時百感交集。

林明珠笑道：「現在放心了吧？」

光界娛樂上市，楚彥印居然搞得比楚楚還緊張，也是讓林明珠百思不得其解。她或許只有在辰星影視上市時會緊張，畢竟齊灦可能握有員工股權，算是偶像的額外收入。

楚彥印關掉電視，彆扭道：「說什麼呢，跟我又沒關係。」

他雖然嘴上這麼說，卻還是掏出手機，想要看看光界娛樂上市後的新聞評論，延續一下感慨的情緒，不料卻看到奇怪的觀點。

網友八七：『光界一上市就這麼猛，等辰星、微眼都上市了，小楚應該就可以翻身做大楚爸爸吧？不是說好要按照戰力排名？』

身價三百一十三億美金的楚彥印：「？」

你們以為這是打遊戲，還按照戰力排名？

楚彥印感覺自己的地位岌岌可危，以前他還沒有如此強烈的感受。現在光界上市，網友們要拿齊盛和銀達來比較，反倒讓他產生危機感。

楚彥印：必須維護身為父親的尊嚴，努力提升集團效益。

光界娛樂上市是一件值得開心的事情，楚楚和張嘉年在光界跟梁禪等人慶祝完，還在楚家大宅內接受新一波的祝福。楚彥印、張雅芳、林明珠和可憐齊聚一堂，一家人聚在一起用餐，分享這個喜訊。

張雅芳心情不錯，雖然她搞不懂上市等專業術語，只知道楚楚等人有賺錢，乾脆主動提議做飯，掌控大宅的廚房。沒過多久，廚房內便傳來辛辣的香氣，把楚楚勾得垂涎三尺，將老楚嗆得半死。

楚彥印甚至一度懷疑張雅芳把廚房炸了，不然此等味道怎麼會無孔不入？他冒死地進入廚房，委婉地規勸：「嘉年吃不了那麼辣的吧……」

張雅芳果斷地擺擺手：「那他就不要吃！」

楚彥印：但我跟張嘉年的口味相似，我也要吃飯啊！

楚彥印不好意思說破，他再次繞圈子：「我太太可能吃不了……」

林明珠剛好走進廚房，信誓旦旦道：「我可以啊。」

楚彥印被人揭穿，頗有點氣急敗壞：「妳以前不是說吃辣會長痘痘嗎？」

林明珠坦誠道：「但聞起來滿香的……」

她以前是遵守職業道德，以楚彥印的口味為主，但今天家裡有客人，顯然有另一套標準。

楚彥印被林明珠連捅兩次，心生狐疑：總覺得妳最近很愛插刀？是不是站錯邊了？

林明珠偷偷地補完刀，又輕聲細語地勸老楚出去吃藥，看起來跟往常一樣。她如今的立場很明確，每次面對大小楚之爭，在雞毛蒜皮之事上大多都合楚楚的意，至於大是大非的問題，那更要全力支持楚楚，嚴格遵循「誰給我錢，我就票給誰」的原則。

林明珠：不要跟我談感情，我只是偶像的賺錢機器。

院子裡，楚楚和張嘉年正帶著精力旺盛的貴賓犬可憐亂跑。可憐目前處於發情期，最近總愛猥褻自己的玩具，沒事還喜歡嚎叫幾聲，哭訴單身狗的悲涼，讓周圍人不得安寧。

可憐沒跑多遠，又哼哼唧唧起來，開始在一旁亂蹭，還要往張嘉年身上撲。楚楚見狀，趕忙拉開張嘉年，語重心長地規勸道：「小兄弟，你怎麼回事？在光天化日之下調戲良家婦女？」

可憐撲了空，看起來非常委屈：「嗚汪……」

良家婦女張嘉年則面無表情地捏了捏楚楚的臉頰，懲罰她的胡言亂語。

楚楚感慨道：「你們都是男生，牠怎麼還想撲你？」

她百思不得其解，可憐明明是公狗，難道不該同性相斥？

張嘉年沉吟片刻，試探道：「……因為你們是姐弟？」

畢竟是「楚楚可憐」組合。

楚楚總覺得這句話的資訊量很大，她還沒反應過來，可憐又繼續哼唧起來。她不由皺眉，教訓道：「你以為這種事很快樂嗎？別老是想著這種事情。」

張嘉年斜她一眼，總覺得這句話的資訊量也滿大的。

可憐：「嗚……」

楚楚伸手摸了摸牠，得意道：「確實挺快樂的，只不過你是想像不到的，誰叫你還是個孩子？」

張嘉年：「……」

慘遭調侃的憤怒可憐：「汪汪汪！」

楚楚調戲完可憐，便跟張嘉年一起帶著牠往回走，回屋去吃飯。傭人早就把飯菜擺上桌，張雅芳今天確實大顯廚藝，做了一桌好菜，有五更腸旺、水煮魚、豆花飯等等，皆色香味俱全。

三名女人的胃口顯然都很好，倒是為難桌上的兩名男士，只得在麻辣鮮香裡夾縫中求生存。楚彥印望著滿桌子的菜憂心忡忡，總覺得自從身價下降，在家的地位也發生了變化？

好在楚彥印頗有紳士風度，並沒有過多抱怨，但他仍改不掉老闆的陋習，還沒吃幾口，便發言道：「沒想到孩子們都已經長這麼大了……」

他還猶記楚楚和張嘉年小時候的模樣，殊不知會有成為一家人的一天。老闆發言都是有套路的，吃飯絕對不能只是吃飯。他作為一家之主，必然要藉此樹立家規，團結家庭成員，鼓舞眾人士氣。這感覺就像是不管年夜飯有多好吃，開動前都要說兩句一樣。

張嘉年聞言後抬頭，臉上也露出懷念的神色。

楚楚則默默吃飯，低頭不言。

楚彥印瞟了無動於衷的楚楚一眼，又道：「真沒想到還有今天……」

楚楚繼續吃飯，仍不為老楚的回憶發言捧場。

楚彥印忍無可忍，提醒道：「有那麼好吃嗎？」

「好吃，好吃！」楚楚痛快地回答，又趕緊恭敬道，「楚董，您說，您說……」

她這模樣像極了齊盛老油條們平時的姿態，但話裡話外又不太一樣？

慘遭敷衍的楚董突然無話可說，他怒氣沖沖地夾了兩口菜，囫圇吞棗地咽下，吃完卻停頓幾秒。他咂摸片刻，又回憶了一下滋味，好像真的很好吃？雖然不像平時的菜肴養生精緻，卻有一種煙火氣？

楚彥印望著桌上言笑晏晏的一家人，不確定是菜肴味美，還是氣氛正酣，致使自己產生錯覺。往常稍顯冷寂的大宅，如今充滿歡聲笑語和生活溫馨，這狀態不似應酬外人時的刻板嚴肅，倒讓他的心態變得柔和。

楚彥印索性也開始默默吃飯，甚至跟楚楚搶菜。

楚楚不滿：「你不是不吃辣嗎？」

楚彥印理直氣壯：「我家的菜，我還不能吃啊？」

父女倆又吵吵鬧鬧起來，倒引來旁人見怪不怪的笑聲。

楚楚嘖了一聲，沒再像往常一樣跟老楚鬥嘴，反而加快夾菜的速度。只要她的筷子夠快，老楚就搶不過她！

飯後，感到家庭安逸的楚彥印頭一次鬆懈下來，他面對身邊的楚楚，突然閒聊道：「我是不是現在退休也可以？」

他一輩子奔波奮鬥太久，竟難得產生休息的念頭。他平時一直在集團拚命，所以沒什麼感受，回家後才突然覺得自己頭髮花白，兒女也長大成人、家庭圓滿。

楚楚正在拿飯後水果，她肯定地點頭：「可以，這樣齊盛就算垮了，別人也賴不到你頭上。」

楚彥印：「？」

楚彥印硬氣道：「齊盛才不會垮！」

楚楚挑眉，誘哄道：「嗯嗯嗯，不會垮……」

她最近習得老油條的訣竅，總而言之就是別跟老楚硬碰硬，不管他說什麼都點頭，奮力加快對話進度。

楚彥印想了想，又道，「等我有了孫子或孫女再退休，到時候也算有事幹。」

楚楚：「嗯嗯嗯，你讓張嘉年加油一點……」

楚彥印面色古怪：「……這是嘉年的事嗎？」

這好像是跟他有點關係，但總覺得哪裡不對？

楚楚擺手道：「能者多勞，他比我能幹，你又信任他，沒問題！」

她對張嘉年的業務能力表達高度讚揚，他一定能化腐朽為神奇、化不可能為可能！

「過來拍照吧。」

兩人正說著，張嘉年恰巧過來叫人，通知兩人到照相的地方。因為一家人難得齊聚一堂，他們便決定在院子裡拍一張全家福大合照。

楚彥印拍了拍張嘉年的肩膀：「嘉年，加油吧。」

他的退休計畫就全看張嘉年的進度了。

「？」張嘉年有點疑惑，不知道楚彥印在說什麼，卻還是老實地應道，「好的。」

院子裡陽光燦爛，一家人齊聚在一起，用鏡頭定格下溫馨美好的一幕。

這張照片被長久地懸掛在楚家大宅內，甚至見證新太子的出生。

多年後，小太子路仁抱著全家福照片，疑惑地詢問楚楚：「媽，為什麼全家福裡面沒有我？」

楚楚面無表情道：「因為你是個路人嘛。」

路仁：「？」

路仁：究竟是什麼樣的父母，才會幫小孩取名為路人？

——《我有霸總光環【第二部】攻城為下》完結——

番外　總裁的美滿生活

路仁出生的那天，可以說是陽光明媚，不過他只獲得了自己的名字，卻暫時沒有姓氏。

楚彥印得知消息時相當憤怒，他嚴厲痛斥楚楚的行徑，勃然大怒道：「妳看過有哪個孩子沒有姓氏嗎？你讓他以後去學校該怎麼辦！」

楚楚居然提議讓路仁長大後自己選姓氏，小時候先喊名字，引來楚彥印的強烈反對。楚彥印望著小床裡外孫稚嫩的臉龐，已經聯想到他進入學校後，被同學嘲笑的可憐模樣。

大家一定會追問小孩子的家庭裝況，問他的父母是怎麼回事？

楚彥印思及此，一顆慈祥的外公心便被摔碎，恨不得提前幫淒慘的小孩子抹淚。

楚楚不懂老楚的擔憂，反倒搬出頗具邏輯的論調：「你也不知道他未來的性格如何，等他長大一點，讓他自己決定怎麼轉職嘛。」

楚彥印：「？」

轉職？轉什麼職？

路仁的性格會像誰，還不得而知。楚楚覺得讓小朋友自己選姓氏，是一件很有意義的事情，然而楚彥印卻氣得跳腳，彷彿她做出了什麼天怒人怨的事情。

雖然楚楚的想法很好，但在報戶口的過程中卻遇到麻煩。照理來說，路仁需要跟父母姓，或者是跟直系長輩的姓氏，不能之後再選姓氏。

楚彥印見狀，乾脆拍板道：「那路仁成年前先跟我姓，等成年後再讓他自己選！」

楚楚：「……」

楚楚：等等，難道我們兩個的姓氏不一樣？這中間肯定出了一點問題？

陰錯陽差之下，路仁在身分證上的名字叫楚路仁，不過家人還是習慣直呼路仁。張嘉年倒沒有對姓氏表達太多不滿，他跟楚楚的想法差不多，等孩子長大後自己選姓氏也可以，父母本來就不能強求。

楚彥印得償所願，立刻興奮地觀察起粉嫩的小外孫，心裡軟得一塌糊塗，感慨道：「以後我就在家照顧他，接送他上下學，課後陪他一起玩……」

楚楚淡淡道：「放過他吧，他只是個孩子，你可以對齊盛下手。」

楚彥印：「我還是他外公呢！而且我也該退休了！」

楚楚暗自腹誹，明明不久前還叫囂自己「老驥伏櫪，志在千里」，現在怎麼又甘願退休？

相比楚彥印面對路仁的興奮，張雅芳則顯得冷靜許多。張嘉年平時總陪在楚楚身邊，期間張雅芳便會帶著燉品過來。

她把所有的注意力都放在楚楚身上，用她的話來說，就是「小孩子往地上一丟就會長大，但女性產後休養很重要」。

當然，楚楚嚴重懷疑張雅芳有點重女輕男，畢竟她避著旁人時，偷偷對楚楚感慨過小孫子。

張雅芳望著小小的路仁，可惜道：「唉，男生啊，肯定很笨……」

年幼的路仁還聽不懂奶奶的感嘆，他正茫然無知地酣睡在搖籃裡。

楚楚覺得張嘉年從小對自己「平平無奇」的錯誤認知，可能就是來自張雅芳女士，畢竟她認為男孩有點笨。

路仁再長大一點，他逐漸擁有自己的意識，便誕生新的疑惑。路仁望著鏡子中的自己，又扭頭看了看窩在沙發上打遊戲的母親，問道：「媽媽，為什麼我們家裡人的腦袋上都有圈圈？」

楚楚頭也不抬、眼也不眨，毫不負責任地撒謊：「你看錯了。」

路仁堅持道：「明明就有！妳頭上的還更亮！」

楚楚端著手機打遊戲，無恥道：「就叫你別一直看手機，眼睛肯定玩壞了。」

路仁著急地叫道：「才不是，我一直都看得到，妳騙我！」

楚楚冷漠道：「哦。」

路仁：「妳是不是把我當三歲小孩騙！」

楚楚：「不，是當兩歲半的小孩騙。」

路仁：「？」

楚楚：「你如果不服氣，就去問你爸。」

路仁看自家母親不上心的模樣，氣鼓鼓地找上張嘉年，想要打抱不平。他覺得媽媽跟自己有仇，從來不將他說的話當一回事。

張嘉年本來在書房裡處理資料，他聽進屋的路仁說完來龍去脈，立刻擔憂地檢查他的眼睛，遲疑道：「該不會近視了吧？」

張嘉年當然看不到路仁說的光環，他也沒懷疑小孩言辭的真實性。路仁是誠實乖巧的小孩，從不會亂開玩笑，只能證明他是眼睛受傷了。

「爸爸，你真的看不到嗎……」

路仁本來是想討要說法，他如今面對張嘉年擔心的模樣，立刻大受打擊，甚至有點慌張。莫非母親沒有撒謊，其他人真的看不到？

張嘉年安撫地摸了摸路仁，只當他是被嚇壞，柔聲道：「沒事，你別怕，說不定我以後也能看到，比如老花眼的時候。」

張嘉年心生狐疑，明明家裡沒人有近視的基因，路仁怎麼會小小年紀就眼花？

張嘉年陷入沉思，打算帶路仁去檢查一下視力。楚楚幸災樂禍地扒在門邊，眼看路仁找張嘉年求證後吃癟，他的小臉瞬間被愁雲慘霧掩蓋。

張嘉年見她站在門口，提議道：「下次帶路仁去檢查一下視力吧。」

楚楚看他如此緊張，開口道：「你別聽他亂說，說不定改天他會問你為什麼是霸總嬌妻呢？」

張嘉年：「？」

楚楚沒想到自己能看到旁人光環的能力，居然會遺傳給路仁，不過目前看起來沒什麼影響。路仁還不識字，似乎並不知道光環的名字，也不懂每個光環的含義。

張嘉年最後還是帶路仁去檢查視力，檢查結果跟楚楚的預測一樣。路仁的視力很好，只是他堅持自己會看到奇怪的光圈，最後張嘉年只能將其歸於孩子的童心，或許他們心中有成人無法理解的夢幻世界。

經此一事，小小的路仁意識到自己似乎與眾不同，擁有常人沒有的能力。他乾脆默默地改口，不再提起能看到光環的事情，打算把這份能力藏起來，隨時準備去拯救世界的小朋友。

路仁：或許我就是天選之子，這是我的超能力。

在路仁心中，家人的好感度可排為爸爸大於外公，外公大於奶奶，奶奶大於可憐，可憐大於林奶奶。

至於楚楚，她可以隨時打破此順序，在前排或末端反覆橫跳，有時候能讓路仁開心不已，一舉超越張嘉年，有時候又能把路仁氣得半死，幫林明珠墊底。

路仁甚至產生疑惑，認真地向張嘉年求教：「爸爸，如何能讓媽媽不要說鬼話？」

張嘉年面對童言無忌哭笑不得，他無奈地坦白：「我研究這個問題很久了，如果你有任何進展，可以告訴我嗎？我也很想知道。」

路仁似懂非懂地點點頭，原來世界上也有爸爸做不到的事。在他看來，爸爸在各方面的能力都非常出色，幾乎是無所不能。同理可推，如果他幫助張嘉年攻克難題，自己豈不是可以超越爸爸，成為世界上最優秀的人？

路仁心中瞬間燃起鬥志，他作為天選之子，立刻嘗試向楚楚發起挑戰。

路仁找上楚楚，一本正經道：「媽媽，能不能請妳以後不要說鬼話？」

楚楚看他一眼，振振有辭道：「見人說人話，見鬼說鬼話，我對你當然要說鬼話。」

路仁一愣，他撓了撓腦袋，努力消化媽媽的邏輯。他總算明白道理，隨即握緊小拳頭，憤憤地指出：「我是人！」

楚楚懶洋洋地翻了個身：「不，你是小鬼頭。」

路仁：「我不是。」

楚楚：「你怎麼證明自己不是小鬼頭？人的定義是什麼？你要如何說服別人，你跟人的關聯度高於跟鬼的？有合理的證據嗎？你說不是就不是嗎？」

幼小的路仁面對連環發問，他陷入迷惘的思考，滿頭霧水地站在原地。

路仁：我是誰？我在哪裡？我是人嗎？我要怎麼證明自己是人？

路仁初戰楚楚失敗，還陷入更深的迷茫，最終他將蘇格拉底的名言「認識你自己」貼在書桌前，決定在飽讀詩書後再向媽媽發起挑戰。

張嘉年發現兒子愛上哲學，他感到相當驚訝，要知道路仁都沒上過幼稚園，怎麼會接觸到哲學呢？

路仁想了想，知己知彼才能百戰百勝，他還鬼靈精地向張嘉年打探敵情：「爸爸，媽媽喜歡什麼樣的哲學思想？」

張嘉年遲疑道：「馬克思主義哲學吧……」

路仁聞言點點頭，他下定決心，要研究媽媽的思維邏輯，然後澈底打敗她！

路仁在哲學問題上的好學，讓楚彥印痛心不已。楚家大宅內，楚彥印望著外孫整天捧著厚重的書籍，終於忍無可忍，開口道：「我以前有這麼逼妳嗎？妳怎麼能望子成龍？」

楚彥印思索一番，覺得肯定是楚楚有問題，將外孫引導到奇怪的道路。張嘉年顯然不是哲學咖，這究竟是從哪裡來的基因？

楚楚：「他自己堅持要讀的。」

楚彥印質疑道：「不可能，他連注音都不會，怎麼可能會看那種書！」

楚彥印小看了一個孩子對媽媽的勝負欲，路仁為了打敗楚楚，可謂無所不用其極。他的好學促使他比同歲的孩子認識更多國字，甚至很快就進入了雙語教學，開始嘗試進攻英文原著。

如果按照現在的情況繼續發展下去，路仁或許會成為哲學家。然而，當他正式進入雙語幼稚園後，便瞬間打消對哲學的熱情。原因很簡單，路仁識字後逐漸明白光環的含義，遭受到更大的打擊。

媽媽的光環是「霸道總裁」，爸爸的光環是「霸道總裁嬌妻」，外公的光環是「財神」，林奶奶的光環是「惡毒女配角」。奶奶張雅芳沒有光環，本該讓路仁有些心理安慰，但他發現自己的光環後，甚至惱火自己為什麼要有光環！

路仁望著鏡子中的「路人甲」光環，心中的悲傷難以抑制，原來他是全家最差的！

自此，路仁再也沒興趣證明自己是人，因為他已經用憂傷的方法自證。

路仁：路人當然也是人，世界上又沒有路鬼。

路仁得知光環的含義後，心情相當沮喪，因為他發現打敗母親的夢想遙遙無期，畢竟對方是一家人裡光環最亮的存在。他默默地將自己的哲學書封存，逐漸喪失拯救世界的夢想，努力遺忘這段悲傷的回憶，接受自己是個平凡人。

楚楚雖然時不時逗兒子，但對他情緒變化的觀察很敏銳，她私下跟張嘉年探討起來，嘀咕道：「我覺得路仁成年後會想姓張，他可能要轉職走上你的道路。」

張嘉年疑惑道：「我的道路是什麼？」

楚楚：「就是產生盲目且錯誤的認知，覺得自己是平平無奇路人甲。」

張嘉年：「……」

張嘉年：這又是什麼理論？

果不其然，路仁在看懂光環後變得謙遜內斂不少，少了幾分過去的冒失與傻氣。他將滿腹委屈暗藏於心，決定努力成為一個優秀的人，讓自己有一些存在感。

楚彥印對於外孫的變化，簡直大加讚賞，恨不得將路仁誇到天上。當然，楚彥印作為外公，他總是自帶濾鏡，認為自己的孫子天上少有、地下無雙，是世界上最好的小孩子。如果不是路仁還未成年，他甚至產生將資產轉給外孫的念頭。

路仁年紀稍長，便被送往貴族雙語幼稚園讀書。雖然楚家可以安排昂貴專業的家教，但家裡人抱持著讓小孩多跟同儕接觸的念頭，還是將路仁送去上學，也是避免他再次鑽入哲學深坑。

楚彥印：假如能多認識一些小朋友，外孫就不會埋頭搞哲學吧。

路仁的幼稚園相當高級，園裡的小朋友幾乎非富即貴，放學時的門口總是停滿豪車。楚家的司機相對低調，再加上路仁的名牌上只寫著「路仁」，而不是「楚路仁」，更是不太引人注意。

楚彥印將孫子的隱私保護得很好，每次帶外孫出門，都恨不得帶兩排保鏢，再加上路仁擁有神奇的光環作用，很少有人知道楚楚和張嘉年的孩子叫什麼。楚楚也不是整天曬小孩的人，偶爾有照片流出，也慘遭老楚公關，這讓路仁的童年很平靜。

路仁在幼稚園風平浪靜地度過一學期，老師和班上的小朋友甚至都不知道他的真實身份。

儘管小朋友們還在上幼稚園，但富家子弟早熟異常，小小的社會裡已經風起雲湧，孩子們的身上難免夾雜著部分家長的特點，少不了寒暄比較。

班中最愛炫耀的是個小胖子，因為他的真名不太好記，路仁便偷偷幫他取名為「胖虎」。

胖虎跟路仁坐得很近，沒事就愛在他身邊溜達。今日，胖虎也像往常一樣閒逛，還掏出一串鑰匙，得意道：「見過嗎？」

路仁瞟了胖虎一眼，鎮定地保持沉默，不知道對方要幹什麼。

胖虎見路仁不說話，誤以為他不明白，囂張道：「我爸昨天送我一輛車，這是車鑰匙！」

路仁想了想家中放滿車鑰匙的小木盒，他對胖虎的行徑更加疑惑，遲疑道：「恭喜？」

雖然不明白對方的喜悅源自何處，但收到禮物應該是要祝賀吧？

胖虎本來想吸引一下路仁羨慕的目光，未料對方態度如此平淡，瞬間有一拳砸在棉花上的錯覺。他剛要再補兩句，想強調豪車的名貴，便聽到旁邊傳來小女孩稚嫩的嘲諷聲：「在我們家，司機才會拿車鑰匙。」

胖虎不耐煩道：「吳麟妳好煩！我又沒在跟妳說話！」

吳麟和路仁、胖虎的座位靠得很近，小女孩身上自帶天鵝的傲氣，恨不得對誰都抬起下巴說話。

吳麟雙臂環胸，居高臨下道：「這點小東西都要炫耀，你又開不了車。」

胖虎略有點氣急敗壞，又顧忌吳麟在班中的影響力，最後甩下一句「好男不跟女鬥」，便憤憤地回到座位。

吳麟將胖虎嗆走，又看到滿臉平靜的路仁，挑眉道：「他就是想跟你炫耀而已，難道你看不出來嗎？怎麼每次都要跟他搭話？」

路仁實事求是道：「是他主動找我說話……」

作為一個講文明懂禮貌的小孩，當然不能忽視對話者。

吳麟看路仁呆頭呆腦的樣子，有點恨鐵不成鋼。雖然路仁在班上沒什麼存在感，但吳麟發現他的成績很好，學東西的速度也最快，只是不愛出風頭。儘管家境不太突出，也夠格成為自己的朋友。

吳麟衡量一番，乾脆發出邀請：「週末的時候，爸爸媽媽要帶我去齊盛虛擬影城，要不要一起去？」

路仁面對突如其來的邀約，他眨了眨眼，客套地推卻道：「不了吧……」

如果被外公知道，他又要興師動眾地清場，把事情搞得非常麻煩。

路仁繼承張嘉年的同理心，經常為家裡的人考慮，不想讓楚彥印又折騰底下人。

吳麟遭到拒絕，有點不悅地抿抿嘴，但她還是再次發出組隊申請：「那你要不要跟我一起完成小組作業？」

現在的幼稚園可不會讓小朋友們輸在起跑線上，不但是雙語授課，還有各式各樣的作業。路仁在班上比較透明，但成績算得上是小學神。

路仁聞言，臉上露出為難的神色，再次婉拒道：「對不起，妳的名字有點難寫……」

路仁繼承楚楚的直男性格，一口回絕小女孩的組隊邀請。吳麟的名字實在太複雜，跟她合作簡直是增添難度，畢竟小組作業是互寫描述對方的小作文。他要是跟吳麟合作，光是在文中寫她的名字，豈不是就要累死？

吳麟：這算是什麼拒絕理由？

吳麟頗為惱羞成怒，冷聲道：「哼，路仁，你成功引起我的注意了。」

路仁：「？」

路仁並不懂小女孩的腦迴路，然而經過此番對話後，吳麟像是澈底爆發，每天都要跟路仁搭話，頻繁程度遠超越胖虎。這世界上最可怕的就是同學突如其來的關心，來勢洶洶且讓人無法拒絕。

「你要不要去看《贏戰3》的電影？」

「收下吧，我去紀川鎮玩的時候隨手買的，並不是特意為你準備的。」

「你有沒有微眼的帳號，我們加一下好友？」

新時代的小朋友學習能力很強，他們接觸到電子產品的次數很多，甚至早早就擁有自己的社群帳號。吳麟也不例外，她在路仁身上簡直越挫越勇，即便對方不斷拒絕，她還是會頻頻發起挑戰，甚至有路仁妄圖推翻楚楚的韌性。

路仁在吳麟的連番攻勢下，終於澈底明白對方的用意及身份——她一定是齊盛和銀達的鐵粉！不然怎麼會天天提起！

「路仁，明天見！」門口，吳麟朝路仁揮手告別，這才跟著家人離開。

張嘉年今天抽空來接路仁，他看著不遠處宛如洋娃娃的小女孩，疑惑地詢問兒子：「那是你的朋友？」

張嘉年有點意外，他本以為路仁會與男同學關係更好，沒想到能跟小女孩打成一片？

路仁搖搖頭，正色道：「不，她是我們家的鐵粉。」

張嘉年：「？」

路仁振振有辭：「她每天都會看微眼，玩《贏戰》，專程去齊盛影城看電影，甚至跑去紀川鎮參觀，絕對是老客戶，狀態非常穩定。」

齊盛和銀達旗下的產品如今無孔不入，尤其是在文化娛樂方面的市占率極高。小朋友們都喜歡趕流行，吳麟不過是緊跟時代，誰又能料到路仁會姓楚？

張嘉年覺得這些孩子年紀還小，並沒有往雜七雜八的方面想，更不知道兒子的扮豬吃老虎。他了然地點點頭，溫和道：「那你下次可以邀請她來家裡做客。」

路仁想了想，同學如此為自家產業捧場，似乎確實該和顏悅色一點。他跟著張嘉年離校，一同回到燕晗居，跟楚楚團聚。

路仁平時幾乎都待在楚家大宅，畢竟楚彥印寵孫如命，似乎懷著一種「總有刁民要害外孫」的古怪思想。只有週末的時候會待在燕晗居，跟父母們共度愉快的假期，三人聚在一起輕鬆一下。

路仁望著螢幕，看楚楚搶占先機，不滿道：「媽媽，我要選遊俠。」

楚楚快速地選完遊戲職業，毫不客氣道：「選什麼遊俠，你選戰士！」

張嘉年現在長期選建築師，基本上已經退出遊俠位。

路仁可能是繼承父母特性，對遊俠念念不忘，卻總被逼著選戰士。他還真沒見過媽媽讓兒子衝鋒陷陣，自己躲在後面放冷箭的？

路仁最近學到新詞，立刻活學活用：「不行，戰士跟你們的陣容不匹配，我會沒有遊戲體驗。」

遊俠和建築師是黃金組合，但加上戰士就不倫不類，讓路仁不知該如何走位。那感覺就像別人是天造地設，他卻是個遊走的電燈泡，沒事還要當炮灰。

路仁遺傳到父親的遊戲天賦，他看出媽媽是個菜鳥選手，卻總是霸占著輸出位置不放，讓人很傷腦筋。

楚楚理直氣壯：「沒關係，你本來就可以當路人混一混？」

路人：「？」

路人：你究竟是不是我媽媽？

路仁在幼稚園潛伏許久，終於遇到特殊的日子。班導站在講臺上，向小朋友發布通知：「下週是親子運動會的時間，大家不要忘記提前準備……」

親子運動會是每年的固定活動，家長要和小朋友一同參賽，在運動會上培養和諧的親子關係。班導告知完小朋友後，還會額外傳訊息告訴家長，避免遺漏。

路仁在幼稚園裡留的是張嘉年的聯絡方式，他思及父親一貫的可靠程度，覺得沒什麼差錯，便像往常一樣等待回家。令人意外的是，今天前來接送的人並非張嘉年，而是楚楚。

楚楚朝路仁招招手，隨即帶著他上車，讓司機開車離開。路仁不免詫異：「爸爸呢？」

楚楚：「公司有事情，最近要加班。」

銀達的子公司陸陸續續上市，每逢這種時期，張嘉年就會格外繁忙。

路仁當即擔憂起來：「要忙很久嗎？」

楚楚對兒子的反應感到奇怪，不過她還是答道：「這兩週會很忙吧。」

路仁臉上立刻染上黯然的神色，他下一秒便想到外公楚彥印，但讓外公參加運動會，是不是不太合適？雖然外公神采奕奕、老當益壯，但要是跌倒摔傷也不好。

路仁小聲道：「下週是親子運動會……」

楚楚聞言後，鎮定地點點頭：「哦，那我去吧。」

路仁：「？」

楚楚：「你這是什麼表情？你爸沒空去，只能我去吧？」

路仁：「不是還有外公嗎？或者奶奶？」

楚楚：「你打算讓你外公把幼稚園場地清空，幫你舉辦專屬運動會？還是讓你奶奶將其他競爭者撞翻在地？」

路仁：「……」

路仁：這確實很像外公和奶奶會做的事。

楚彥印對待路仁極為縱容，跟面對楚楚的態度大不相同。如果路仁想去遊樂園玩，楚彥印的第一反應是包下遊樂園，第二反應是興建專屬遊樂園，總之，他的寵孫思維極度簡單暴力。

張雅芳的身體狀況也不錯，不過她勝負欲很強，打麻將都會不服輸地罵上兩句，要是參加運動會，脾氣大概會更暴躁。路仁還真不敢讓她上場，萬一她用廣場舞扇子將其他家長打翻在地呢？

然而，路仁對母親也極不信任，看看她平常在家的狀態，就連翻身都覺得累，就像一條鹹魚。

路仁：「媽媽，妳擅長運動嗎？」

楚楚：「我擅長參與。」

路仁：「……」

路仁自暴自棄地想，反正混水摸魚也可以，讓媽媽參加的話，問題也不大？

張嘉年得知消息，他本來還想現場助陣，可惜親子運動會的時間是白天。他和楚楚同時離開公司，顯然不太合適，最終只能遺憾地處理公務。

親子運動會當天，楚楚和路仁共同前往幼稚園，她不知為何有點興奮，令路仁嚴重懷疑，母親是在高興今日不用上班。

幼稚園門口人來人往，都是帶著孩子的家長，運動場也被布置得相當熱鬧，按照班級劃分好。

「路仁！」吳麟像往常一樣，遠遠地朝小朋友大聲打招呼，她突然看清他身邊的人，稍微有點怯懦，遲疑道，「這是……」

路仁客氣地介紹：「這是我媽媽。」

吳麟一改往日高傲小天鵝的模樣，羞怯道：「阿姨好。」

楚楚看著羞赧的小女孩，客氣道：「妳好啊。」

路仁見吳麟如此異常，不免感到奇怪。楚楚見吳麟湊近路仁，也沒有多加阻止，坐看小朋友們的友情。吳麟悄悄地和路仁咬耳朵：「你媽媽好像新聞上的人哦？」

路仁：「？」

路仁一時不知這評價是褒是貶，究竟是娛樂新聞，財經新聞，還是社會新聞？

小朋友們或許還不理解楚楚的身份，但其他家長卻相當驚訝。吳麟的父親看到楚楚極為驚愕，他的第一反應居然是ＶＩＲ在哪裡？畢竟作為遊戲迷，他對遠古大神的興趣度更高。

當然，現場不少人在發現楚楚後頗感新奇，好在大家素質還算高，沒有過於激動。有大膽者上前搭話，也有人在周圍掏出手機拍攝，宛如見到稀有生物。畢竟楚楚沒有路人甲光環，她今年在公眾前的曝光度還算高，許多人都認出她。

路仁頭一次見識如此陣仗，他被一圈人包圍，忍不住往楚楚懷裡鑽：「媽媽，他們為什麼都看過來了？」

楚楚倒是鎮定，面無表情地撒謊：「因為你很可愛啊。」

路仁慌張道：「但他們都在拍妳？」

楚楚聞言，她感受到路仁的不安，乾脆伸手制止不遠處的陌生家長，禮貌道：「別拍了，小孩遺傳他爸的毛病，碰到鏡頭就會緊張。」

那人訕訕地笑笑，老實地放下手機，確實沒再拍攝。

楚楚又跟周圍家長閒聊幾句，並讓其他人離開，讓惶惶的路仁放鬆不少。路仁第一次覺得，他在媽媽身邊如此有安全感。然而下一秒，路仁的感動便煙消雲散。

楚楚坦白道：「其實你不用怕他們拍，你是路人，所以沒事的。」

路仁：「……」

路仁：這個梗要玩到什麼時候？

按照楚楚對光環的理解，誰要是能拍到路仁的正面照，恐怕得擁有「狗仔」光環才行，否則根本沒辦法有如此高超的拍照技巧。

當初，張嘉年面對無數攝影機的時候都經常模糊，路仁只是遇到手機，威脅性更小。

楚楚和路仁共同參與的項目是四百公尺的兩人三腳。家長和小朋友的腿綁在一起，光是站在起跑線上便東倒西歪，引得孩子們哈哈大笑。楚楚和路仁的平衡力倒還好，出發時沒鬧出笑話。

兩人頗有默契，步伐矯健，很快就取得先發優勢，將其他人拋在身後。

路仁看媽媽表現如此出色，內心相當詫異，他本來還以為會墊底。

不過，他很快就發現自己慶幸得太早，鹹魚仍然是鹹魚，即便剛開始跑得快，後面也會逐漸曬乾。

楚楚陪路仁跑了兩百公尺，她望著遙遙的終點，眨眨眼道：「我累了。」

或許是龐大運動場給予的視覺衝擊感太強，楚楚總覺得四百公尺格外漫長，像是望不到跑道的盡頭。

路仁吐槽道：「所以媽媽才會一直亞健康……」他沒有抱怨太多，索性停下身，陪楚楚站在賽道上休息片刻。

吳麟及其父親是第二名，他們見前方的兩人停下，女孩不免奇怪道：「路仁，你怎麼不跑了？」

路仁不好意思戳穿媽媽，委婉道：「等等就跑。」

吳麟不明白，她乾脆也站在跑道上，觀察路仁和楚楚在做什麼。她的父親勸道：「我們先走？」

吳麟執著地搖搖頭，像是對探究路仁的祕密產生極大興趣。她有點疑惑，難道前面有什麼陷阱，所以路仁才不往前衝？

楚楚本來是停下來休息，沒想到小女孩目不轉睛地盯著路仁，讓人心生好笑。她索性道：「我幫你們兩個拍張照吧？」

兩個小朋友站在一起還挺可愛的。吳麟聞言沒有意見，路仁稍顯彆扭，不過沒有違抗母親的話。

場上因此出現離奇的一幕，原本比賽中的人突然停在路上拍照，頗有種觀光旅遊的感覺。最搞笑的是第三名的父子，他們本來可以藉機超越路仁和吳麟，卻也停下腳步，要求一起合照留念。

裁判遠遠看到一群人擠在一起：「？」

裁判：這是在幹什麼呢？

老師們見情況不對，出面派人引導：「請您衝過終點再拍吧，現在還在比賽中……」

家長和孩子們這才戀戀不捨地收起手機，眾人剛才還聚在一起，大家乾脆重立起點，共同跑完剩下的兩百公尺。

楚楚休息得差不多，跟路仁配合得又不錯，居然奪回上半場的優勢，誤打誤撞地拿下第一名。路仁作為領獎的小朋友，從老師手中接過金燦燦的獎盃，心情頗為複雜。

路仁：媽媽是不是透過合照，故意拖住其他人的步伐？

楚楚出現在幼稚園，自然有些照片和影片在網路上流傳。好在路仁不負「路人甲」光環之名，並沒有露出正臉照，加上楚彥印有意保護外孫，沒過多久，網路上的照片都被撤下了，而且也沒人透露路仁的班級資訊。

楚楚和路仁回家後，張嘉年得知兩人獲獎的消息很高興。他專程抽空做一頓大餐，犒勞辛苦的母子倆，一家人度過愉快的時光。

飯後，路仁看著楚楚將獎盃放入櫃子，她還將今天的照片洗出來，小心地放在旁邊。

路仁略有感觸，心想今天應該要改變好感度排序。

楚楚並不知道兒子的心思，她望著陳列的照片，忍不住摸了摸下巴，感慨道：「我覺得你沒辦法按時辦理身分證。」

路仁：「？」

楚楚：「拍照糊成這樣，會給戶政事務所的人添麻煩。」

路仁：「……」

——《我有霸總光環【第二部】攻城為下》番外完結——

高寶書版集團
gobooks.com.tw

YH 142
我有霸總光環【第二部】攻城為下（下）
作　　者　江月年年
責任編輯　眭榮安
封面設計　單　宇
內頁排版　賴姵均
企　　劃　何嘉雯

發 行 人　朱凱蕾
出　　版　英屬維京群島商高寶國際有限公司台灣分公司
　　　　　Global Group Holdings, Ltd.
地　　址　台北市內湖區洲子街88號3樓
網　　址　gobooks.com.tw
電　　話　(02) 27992788
電　　郵　readers@gobooks.com.tw（讀者服務部）
傳　　真　出版部(02) 27990909　行銷部 (02) 27993088
郵政劃撥　19394552
戶　　名　英屬維京群島商高寶國際有限公司台灣分公司
發　　行　英屬維京群島商高寶國際有限公司台灣分公司
初　　版　2023年11月

本著作物《我有霸總光環》，作者：江月年年，由北京晉江原創網絡科技有限公司授權出版。

國家圖書館出版品預行編目(CIP)資料

我有霸總光環. 第二部, 攻城為下 / 江月年年著. -- 初版. --
臺北市：英屬維京群島商高寶國際有限公司臺灣分公司,
2023.11
　冊；　公分

ISBN 978-986-506-821-9(上冊：平裝). --
ISBN 978-986-506-822-6(下冊：平裝). --
ISBN 978-986-506-823-3(全套：平裝)

857.7　　112014798